送り人の娘

廣嶋玲子

角川文庫
18823

送り人の娘

OKURIBITO NO
MUSUME

人物紹介

伊予【いよ】

死者の魂を、黄泉《よみ》に送る力を持つ「送り人」。

真由良【まゆら】

「送り人」で、伊予の養い親。伊予を愛《いつく》しんでいる。

闇真【くらま】

妖狼の王。黒銀の毛並みを持つ狼で、人型をとれる。

猛日王【たけびおう】

大国の覇王。恐ろしいほどの美貌の持ち主で、野心家。

名護【なご】

猛日王の側近で呪師。王を敬愛し付き従っている。

一

老いたなと、老婆はふとつぶやいた。

「わしもそろそろか……」

つぶやきは静かに小屋の中に広がっていく。小屋は狭く、暗かった。細々とした明かりが一筋、戸口から差し込んでいるだけだ。そのわずかな光さえ避けるようにして、彼女は猪皮《ししがわ》の敷物の上に座っていた。

枯れ木を思わせる老婆だった。痩《や》せた小柄な体。くすんだ灰白の髪。しわの走る顔は表情が見えにくく、丸い目はどんよりと濁っている。目の病にかかっているのだ。

それを補うかのように、額には目の刺青《いれずみ》がほどこされていた。一風変わった形に象《かたど》られた目玉が一つ、青とも黒ともつかない暗い色で彫りこまれている。単なる魔除《まよ》けやまじないではなく、はっきりとした力と意志を感じさせる刺青だ。

このような刺青を肌に入れるのは、巫女《みこ》や呪師《じゅし》、あるいは王族と決まっているのだが。この者はそのどれとも違うようだった。粗末な衣をまとい、身を飾る玉や石は何一つない。長い髪をくくったところに、鹿の角を削ったものをさしているのが唯一の飾りだ。

一見したところ、老婆はか細く、孤独で、まったくの無力に見えた。だが、放たれる気配は、弱々しい外見を裏切るものだった。目をこらせば見えるほどなのだ、その細い体に、暗い輝きが無数の蛇のようにからみついているのが。

色らしい色のない、焔《ほむら》のように立ちのぼる気配。明らかにこの世のものではなかった。異世の妖火《ようび》とでも言うべきか。そして、それが漂い流れてきているのが、例の刺青の目からなのだ。まるで息づくように、目は異界の気配を吐き出しては、老いた女の体にからませていた。

異形の気配を放つ、異形の老婆。恐ろしいと、まず人はそう思うだろう。しかし、そうした不気味さとは裏腹に、彼女の雰囲気はとても柔らかかった。なんとも言えない温かみが、全身からにじみでているのだ。それがまた不思議であった。

長い間じっとしていた老婆だが、やがてのろのろと炉に近づき、火をつけようとした。だが、手が震えて、なかなか火打ち石を握れなかった。指に力が入らないのだ。小さなつぶやきが、小さな笑いと共にこぼれた。

「死魂《しにだま》を一つ送ったくらいで、この様《ざま》とは……やれやれ。真由良《まゆら》よ、あんたも老いぼれたものだねえ」

それでもなんとか火をつけることができた。ちろちろと燃え始めた火。それに見入る老婆の顔には、疲れが色濃く浮かんでいた。事実、真由良はひどく疲れていた。つい先程、役目を果たしてきたばかりなのだ。

重い息をつきながら、真由良は先程の出来事を思い返した。

里のはずれにある小高い丘。真由良が呼ばれて駆けつけた時には、すでに里人達が集まっていた。老いも若きも晴れ着をまとい、手首や髪に花を飾った姿だ。その向こうにはご馳走《ちそう》が並べられ、大きなたきぎの山が火をつけられるのを今か今かと待っている。

宴《うたげ》の支度は万全に整っていた。だが、宴にふさわしい楽の音も、楽しげな歓声も、笑顔さえもそこにはなかった。あるのは深い悲しみと、張り詰めた空気だけだ。

何かを待っているかのように、息を殺してその場に座っている人々。彼らの視線の先、丘の真上に当たる場所には、石で作られた舟が一艘《そう》置かれていた。大きな石を長細い小舟の形に削り、磨きあげた石舟《いわぶね》。中には一人の女が横たわっていた。

まだごく若い女だ。全身を摘み取ったばかりの野花で飾り、髪もきれいにとかし、頬と口には赤土の紅をほどこしている。花に包まれ、静かに目を閉じている姿は、まるで眠っているかのようだ。だが、その肌の白さは、生きている者の色ではなかった。

真由良はゆっくりと石舟に近づき、中の女をのぞきこんだ。本当に若いと、改めて思った。夫と二人の幼い子供がいる身で、不運にも死に捕まってしまうとは。さぞやこの世に未練があることだろう。それを思うと、哀れみよりも急がなければという焦りが募った。

真由良はそっと女の手を取った。冷たい、血の通わぬ肌を自分の手で温めるようにしながら、ゆっくりと息を整える。静かに呼吸をしずめていき、死者の沈黙に心を合わせ、自分の魂さえも死者のそれに近づけていくのだ。

徐々に呼吸が浅くなり、眠りにも似た暗闇が心に押し迫ってきた。全ての外の音から切り離され、聞こえてくるのは自分の鼓動のみとなる。真由良はその音に心を向け、「ゆっくり、ゆっくり」と言い聞かせた。その意思を受けて、音は少しずつゆるやかなものになっていく。ついには、かなりの間隔を空けて鳴るようになった。

鼓動の間が息を二回つけるほど長くなると、真由良は額に意識を向けた。そうして思い浮かべたのは、刺青の目が開いていく様だった。肌に描かれた目がゆっくりと見開かれていくのを、心の中で思い描く。

みりみりと、自分の額の辺りから少しずつ光が差し込んでくるのを感じた。それは目に見える光ではない。それとはまったく違う、言い表すことのできない光だ。

徐々に開いていく目。そこからの光が強くなればなるほど、心は闇に染まっていく。心が真の闇に包まれ、額から差し込む光がこれ以上ないほど大きく強くなった時、真由良はためこんでいた気合を一気に放った。光に向けて、大きく心を飛ばしたのである。

次の瞬間、さなぎから蝶《ちょう》が飛び立つように、老婆はするりと体から抜け出していた。

体から抜け出た真由良は、周りの人々に視線を走らせた。探しているものはすぐに見つかった。石のように固まっている人々の中に、一人だけ激しくすすり泣いている女がいたのだ。

奇妙に青白いその女は、目を真っ赤に泣きはらした男に身を投げかけ、あるいはそのそばに座る二人の男の子を抱きしめては泣き叫んでいた。その悲痛な泣き声には、石さえも涙を流すのではと思われるほどだ。

が、女に構う者はいなかった。まるで女などいないとでも言うように、誰も見向きもしないのだ。それは異様な光景だった。

真由良はそっと女に近づいた。

「小夜《さよ》」

呼びかけられて、女がこちらを振り向いた。それは、石舟に横たわっているはずの女だった。張り裂けんばかりに目を見開き、涙で歪《ゆが》んだ顔をしているものの、間違いない。

一方、真由良を見て、小夜は大きくあえいだ。

「お、送り人の、ばば様……」

「来るのが遅くなってすまなかったね。もう何も心配いらないよ。さ、こっちにおいで」

差し出された手から逃れるように、小夜は後ずさりした。どうしてかはわからない。本能的な恐怖を、この小さな老婆に覚えたのだ。

小夜の警戒のまなざしに、真由良はため息をついた。小夜はまだ気づいていないのだ。いや、気づいてはいるのかもしれない。だが、頑としてそれを受け入れないようにしている。

気づかせるのも自分の役目と、真由良は静かに告げた。

「おまえは死んだのだよ、小夜」

その静かな一言を理解するのに、どれほどの時がかかったものか。顔色を失う小夜に、真由良は困ったように微笑みかけた。

「ごらん。ここは弔いの丘の上だ。皆がどうしてここに集まっているかはわかるね？　では、そこの石舟に横たわっているのが誰か、自分の目で確かめてごらん」

そう教えられ、この時初めて、小夜は自分達が弔いの丘にいることに気づいた。続いて石舟に横たわる死者が自分であることに気づき、心臓をつかみだされるような恐怖と驚愕《きょうがく》を覚えた。

まさか、そんな……いや、違う。これは別人だ。自分であるはずがない。これは自分ではない。自分であるはずがないのだ。

激しい耳鳴りとめまいをこらえて、小夜はよろよろと石舟に近づいた。

小夜は、そっと眠れる女に触れようとした。だが、できなかった。指が相手の体をすり抜けてしまったのである。小夜の混乱と恐怖はついに弾《はじ》けた。

「違う！　これはあたしじゃない！　あたしじゃない！」

わめきながら、小夜は石舟に横たわる女につかみかかった。自分とそっくりのこの女を、なんとかして目の前から消したかった。この女を石舟から引きずり出せば、あるいは全てが変わるかもしれない。しまいには力いっぱい殴りつけ、蹴《け》り出そうとさえした。

しかし、どうしても相手に触れられなかった。石舟の女の体は、まるで陽炎《かげろう》で作られた幻のようで、小夜のこぶしも何も突き抜けてしまうのだ。

ついに小夜はうずくまってしまった。

「なぜ……ど、どうして……」

すすり泣く小夜に、真由良は穏やかにささやきかけた。

「おまえはね、草藪《くさやぶ》で倒れているところを見つかったんだ。みんなが急いで里に運んだけど、間に合わなかった。かかとに小さな噛《か》み痕《あと》があったよ。蛇に噛まれたんだ。思い出せないかい？」

老婆の言葉は、ゆっくりと小夜の記憶を呼び覚ましていった。

そうだ。あの時だ。あの時、仕掛けを見に、川に行った。仕掛けにはかなりの魚が入っていて、とても嬉《うれ》しかったのを覚えている。早く帰って子供達に見せてやりたくて、近道しようと、暗い湿った茂みを抜けようとした。そうして無用心に踏みだした足が、何かひやりとしたものを踏みつけたのだ。

あっと身を引いた時には、かかとに毒蝮《どくまむし》の小さな牙《きば》が食い込んでいた。慌てて蛇の首を切り落とし、傷口から毒を押し出そうとしたのだが……噛まれたのがかかとであったため、自分ではうまくできなかった。

このままではいけないと、急いで里に戻ろうとした。だが走るうちにもどんどん息が苦しくなり、目が回ってきて……気がついたら、ここにいたのだ。

全てを思い出し、ぶるぶると小夜は震えだした。

「あ、あたし……死んだ……」

「そうだよ。だから、わしが来たんだよ。おまえを黄泉《よみ》に連れて行くためにね」

穏やかに手を差し伸べてくる真由良を、小夜は絶望のまなざしで見つめた。もっと早くにわかるべきだった。真由良が自分の前に現れた時に、気づくべきだったのだ。この老婆は送り人、黄泉の大女神の申し子にして、死者の魂を黄泉に連れて行く案内人なのだから。

この地の人々にとって、死ぬことは決して恐ろしいことではなかった。全ての命は黄泉から生まれ、地上での生を終えれば黄泉に戻る。死とは、全ての母である黄泉の大女神の元に還《かえ》ること、尊いものとして、人々に受け入れられていた。

だが、実際に死を迎えるとなると、様々な未練に捕らわれるものだ。死んだことに戸惑い、また妄執や無念に引きずられる者もいる。死を受け入れられないそうした魂は、時に黄泉への道、黄泉津比良坂《よもつひらさか》を見つけられないことがあるのだ。

道を見つけられず現世《うつしよ》をさ迷う魂は、やがて自分がなぜ現世にとどまっているのか、その理由を忘れてしまう。自分が何者なのかさえ忘れはててしまう。未練や妄執だけが心に残り、その思いだけが全てとなってしまうのだ。

そして、ふと思うのだ。自分がこんなにも苦しんでいるのに、世は川のように静かに流れている。自分がこんなにも暗闇に捕らわれているのに、世は輝きに満ちている。ねたましい。憎らしい。壊してしまいたいと。

そうなると、もういけない。穢《けが》れた思いに呑《の》み込まれた魂は、邪気と不浄をふりまく荒ぶる霊、猛霊になりはててしまうのだ。

そうした禍《まが》つ霊《ひ》を生み出さないために、送り人がいるのだ。死魂をなだめ、鎮め、黄泉まで導く送り人が……。

その送り人の真由良がこうして自分を迎えにきたことに、小夜は激しくうろたえた。まだ到底受け入れられなかった。

小夜は後ろを振り返った。夫と二人の息子達。なにより愛《いと》しい、大切なもの。彼らと離れなければならないと思うと、身が引き千切られるように苦しかった。

いや、だめだ。まだだめだ。逝きたくない。逝くわけにはいかない。

小夜は激しくそれを訴えた。

「まだ逝きたくない！　だって子供達はまだ小さいし。夫だって、あ、あたしが必要なんです！　残していくことなんてできません！」

見逃してくれと頼みこんだ。黄泉に行くことが避けられないのなら、せめてあと少しの猶予がほしかった。もう少しだけ家族を見ていたい。家族のそばにいたいのだと。

だが、老婆はかぶりをふった。送り人はどんなことがあっても、ゆらぎはしないのだ。

「あきらめなさい、小夜。おまえは逝かなくてはいけないんだ」

残酷な拒絶に、小夜は泣いた。胸が苦しくなるほど家族のことを思った。離れたくない。別れたくない。

未練に捕らわれる女から、穢れた粘りがじんわりとにじみ出始めた。

わずかな焦りを目に浮かべながらも、真由良は優しく言い聞かせた。

「ここにしがみつけば、つらくなるだけだよ、小夜。黄泉に行かない死魂《しにだま》に、安らぎはないのだ。今は家族のことだけを思っていても、やがては悪しき思いがおまえにとりつき、猛霊に変えていってしまう。そうなったら、おまえは自分の子供にまで邪気を吐きかけるだろう。猛霊となった者に、人であった頃の心は残らないのだからね。そうなってもいいのかね？」

小夜はたじろいだ。心の中でいくつもの思いがせめぎあった。家族を見守りたいのと同じくらい、彼らの平安を願っていた。この世に残って子供達を見守りたいが、もし猛霊となってしまったら、その子供らに襲いかかるかもしれないのだ。それだけは絶対に避けたかった。

迷う小夜に、真由良は淡々と話し続けた。

「黄泉からでも子供達を守ることはできる。子供らが危ない時、助けを求めている時、おまえは必ず黄泉から駆けつけられるだろう。それに、おまえはまたこの世に戻ってこられるよ。おまえが望む限り、この子らと関わりあえる運命に生まれることができるから」

送り人の言葉に、小夜は顔を上げた。最後の一押しと、真由良は強くうなずいた。

「おまえはまた子供達と会える。だから、今は大女神のもとに帰ろう。わしを信じて。さあ」

これ以上は逆らえない。

あきらめが小夜の目を横切り、ついに小夜は真由良の手を取った。とたん、彼女の姿はかき消え、かわりに銀色の小さな火の玉が真由良の手の中におさまっていた。

この上なく美しく燃える火の玉を、真由良はそっと抱いた。死魂の、重みならぬ重みがずしりと手に落ちる。小夜が黄泉入りを拒んでいたら、この死魂はさらに重くなっていただろう。小夜は早くも迷い始めていたのだから。

手遅れにならずにすんでよかった。真由良はほっとしながら、静かに「黄泉津比良坂」と唱えた。

唱えたとたん、ざあっと暗闇が押し寄せてきた。ただの闇ではない。全てを塗りつぶすような漆黒の、闇という名の水である。その水に呑み込まれ、真由良は石のように沈んでいった。

闇の水界は深く、底がないかのように思われた。はてしなく暗く、恐ろしいほどの静寂に満ちている。だが、そこを降りていくことに、真由良は毛ほどの不安も覚えなかった。この闇は自分に近いもの。恐れることなど何一つないのだ。

やがて底についた。ふわりと降り立った真由良の前には、巨大な二つの岩がそびえていた。

千引《ちびき》の岩だ。はるかなる昔、大神《おおみかみ》イザナギがこの世と黄泉とを隔てるために置いた岩。この岩の向こうにあるのは、地上とは違う理《ことわり》が息づく、黄泉の大女神が治める世界だ。

真由良が降り立つと同時に、堅く閉じ合わさっていた大岩が音もなく横へとすべり、大きく口を開いた。奥に広がるのは、さらに深い漆黒である。そこから放たれる温かい気配に、真由良は微笑んだ。

全てを許し、包み込む安らぎの闇。この闇こそが黄泉の大女神の領土であり、女神自身の腕であり懐なのだ。そして今、闇は優しく小夜を招いていた。

真由良は小夜の死魂をそっと放してやった。黄泉の招きを受け、銀色の火の玉は泳ぐように千引の岩の間をすり抜け、またたくまに黄泉に呑み込まれていった。

それを見届けてから、真由良はとんと足元を蹴《け》った。すぐさま体が浮かび上がり、まっすぐ上へと向かい始める。迷う心配はなかった。黄泉津比良坂を一気に駆け上る間も、地上に戻ってからも、一筋の光が真由良をずっと導いていたからだ。

その光は、地上に残してきた真由良の体の、額の刺青《いれずみ》から放たれていた。自らの体に刻みつけた、現世と幽界とを行き来する門。そこに真由良は身を滑り込ませ、一瞬で自分の体に戻っていた。

それまで握っていた小夜の亡骸《なきがら》の手を離し、真由良はゆっくりと立ち上がった。人々の視線がさっと集まった。不安そうな目をしている彼らに、真由良は柔らかく言った。

「あの子は無事に黄泉入りしたよ」

皆の顔に、ほっと安堵《あんど》の色が浮かんだ。中には嬉しそうに笑う者さえいる。そんな人々に向けて、真由良は大きく声を張り上げた。

「祝ってやろう。無事に黄泉に行けた小夜を祝ってやろう」

送り人の声にうわっと歓声が重なり、その場はたちまち宴《うたげ》の場と化した。大きな火がたかれ、用意されたご馳走《ちそう》が次々と回され、男達は踊り、女達は歌い始める。

無事に黄泉《よみ》入りをすませたのであれば、その魂はふたたびこの世に生まれてくることができる。現世で背負った記憶や穢れを黄泉で落としてから、ふたたび無垢《むく》な生魂《いくたま》となって現世に生まれるのだ。そのことを喜び、一晩中亡き人を思って歌い踊り、黄泉入りを祝う。それが死者への弔いだった。

が、皆がおおいに騒ぎ始めた中、真由良だけは静かにその場を離れた。自分の役目はもう終わったのだ。いつまでもこの場にいては、宴をしらけさせることになりかねない。人々は、送り人を「死者に安らぎを与える者」と尊ぶが、黄泉と現世を行き来できる奇異な存在として、やはり畏《おそ》れてもいるのだ。そのことを真由良はよく知っていた。

せっかくの宴を邪魔したくはないし、なにより体を休めたかった。一仕事終えた体には、早くも重たい疲れがのしかかってきていた。

そうして真由良は、里の一番奥、他の家々からかなり離れた場所に建つ、ひなびた小屋へと戻ったのだ。

真由良は吐息をつきながら、炉の火に手をかざした。あれから小半刻あまりも休んでいるのだが、疲れはしつこく体にまとわりつき、立ち上がる気力さえ起こらない。若い時のようにはいかないものだなと、思わず苦笑した。

何をするのでもなく、真由良はそのまま長いこと座っていた。聞こえるのは火のはぜる音と、自分のわびしげな息の音だけだ。慣れ親しんだその静けさが、どうしたわけか今日はやたらと身にこたえる。

急に、強烈な寂しさが胸に突きこんできた。これまでに感じたことのない激情に痛みさえ感じ、真由良は惑乱した。今にも自分が息絶えてしまうかのような、そんな危うさを覚えたのだ。

だめだ。今朽ちるわけにはいかないと、反射的に思った。このままでは送り人が絶えてしまう。それはだめだ。自分の全てを受け継ぐ者が現れるまで、死ぬわけにはいかない。

そう思った時だ。心の中で何かが鳴り響いた。

耳元でほら貝を吹き鳴らされたかのように、真由良はぱっと飛び上がった。

「そうか。わしにもその時が来たのか……」

本当に突然だったが、真由良は悟った。自分だけで働く時期は終わったのだと。これまでの送り人がそうであったように、自分にも跡継ぎを育てる時期がやってきたのだと。命の灯《ともしび》が消えるには、まだしばらくの猶予があるだろう。跡を継ぐ者を見出《みいだ》し、一人前に育て上げるのに必要な時間は、十分に残っているはずだ。

そう悟ると、真由良の行動は迅速であった。ただちに姿勢を正し、息を整《ととの》え始める。しばらくすると、かすかな音が鳴り始めた。リン、リンと、鈴のような妙なる音。その不思議に麗しい音色は静かに、だが確かに広がっていく。そう、空気にしみるのだ。

ふいに、真由良の前で暗がりが歪《ゆが》んだ。ぐにゃりと、音もなく闇が押し広げられ、さらなる闇がその向こうに広がる。真由良はそこに足を踏み入れた。老婆が中に入るのと同時に、闇の口は元通りにふさがった。

暗闇に入った真由良はその場に座り込み、じっと耳を澄ませた。跡継ぎとなるべき者は、すでにこの世に生まれている。あるいは、もうすぐ生まれるはずだ。真由良は信じて疑わなかった。

だから呼べ。呼んでおくれ。そうすれば、すぐに駆けつける。すぐに迎えに行くから。

息を殺して念じ続けていると、ついに呼び声が届いた。

かっと目を開いた。目の前に、青く輝く道が伸びていた。その道の向こうから、声は聞こえてくる。それは間違いなく真由良を呼んでいた。激しく、そしてひたむきに……。

真由良はすぐさま駆け始めた。刻一刻と強まる呼び声は、老婆にみなぎるような活力を与えてくれた。

二

そこは戦場だった。ただし、戦の終わった戦場だ。もはや武器の嚙《か》み合う音や、男達の雄叫《おたけ》びは聞こえない。悲鳴や断末魔の呻《うめ》きさえない。赤い大地が静かに広がっているだけだ。

だが、動いているものはいた。夜になったばかりの闇の中、いくつもの松明《たいまつ》の火があちこちで動き回っている。勝者達だ。死肉をあさる烏《からす》のように、屍《しかばね》から飾り物や武器をはぎとり、あるいは破壊された家々から酒や食糧などをかき集めているのである。

めぼしい物があらかた略奪されると、今度は火がつけられた。火はまたたく間に広がり、あたかも巨大な蛇のように里を、里中に転がっている屍を呑《の》み込んでいく。

その様子を、少し離れた場所に建つ館《やかた》のやぐらから、一人の男が見下ろしていた。

若い男だ。二十そこそこといったところだろう。だが腰に剣をさし、立派な体軀《たいく》に甲冑《かっちゅう》を着込んだ立ち姿は、すでに一人前の武人のものだ。なにより誇りと自信に満ちた目が、彼が人の上に君臨する者であることを物語っている。

おもざしはすばらしく端整だった。人目を惹《ひ》きつける華やかな目鼻立ち。そこに浮かび上がる苛烈《かれつ》なまでの力強さ。衣や甲冑に飛び散った返り血すら華やかに見える、そんな荒々しくも美しい男なのである。

今、男は広がっていく火を楽しげに見下ろしていた。そのうち、ふと吐息のようなつぶやきをこぼした。

「火はいいな」

火、ことに燃え広がる炎というものは、見ていて飽きるということがなかった。目を見張るほど鮮やかで力強く、そして残酷なほどの容赦のなさで、この世の全ての穢《けが》れを呑み込み、清めてしまう。この世に火ほど美しく高らかなものが、またとあろうか。

「燃えろ。もっと燃えろ」

つぶやきながら、男は燃える里を見つめ続けた。

つい数刻ほど前まで、ここにはある一族が豊かに穏やかに暮らしていた。高貴な顔立ちとしぐさを持ち合わせた、見ているだけで人を幸せにするような優雅な人々。だが、彼らはもういない。あるのは屍だけだ。その屍も炎に包まれ、みるみる黒く焼かれていく。

そうさせたのは彼だ。彼と彼の手勢だ。隙をついて一気に襲い、反撃の機会さえ与えず、女も子供も屠《ほふ》った。屠りつくした。ただ一人を除いては。

虜《とりこ》にした女の顔を、彼は思い浮かべた。この館の本当の主《あるじ》。自分よりもわずかに年上の、この里を治めていた若き女王、大火美《おおひ》姫《び》。捕らえられても傲然《ごうぜん》と頭をあげ、命乞《いのちご》いをしなかった姫の誇り高さは、見ていてまぶしいほどだった。

その大火美姫は今、この館の牢《ろう》にいる。本当はすぐにでも自分の里に連れていくつもりであったのだが。そう思い通りにことは進まなかった。身重であった姫が突然産気づいてしまったのだ。産み月はまだ先だったらしいが、この襲撃のせいで早まってしまったのだろう。

こうなってはしかたないと、赤子が生まれるのを待つことにしたのだが。すでに一刻あまりが経とうとしているのに、生まれたという知らせはまだ来ない。待つというのはなにやら落ち着かなく、そんな気分をまぎらわせようと、里に火をつけさせたのだ。

紅蓮《ぐれん》の炎が地を這《は》っていく光景はすばらしく、彼は時が経つのも忘れて見入った。

燃えろ。もっと燃えろ。

彼の思いを汲《く》み取ったかのように、炎は燃え広がっていく。その美しさに、うっとりと息をついた時だ。炎の音を押し破るようにして、赤子の泣き声が聞こえてきた。

いきなりのことに、男はたじろいだ。それは、悲鳴や叫びに慣れている男が目を剥《む》くほどすさまじい、耳の奥を打ちすえるような泣き声であったのだ。

泣き声は館をゆるがし、こだまとなって周りの山々にまで響き渡った。そこには火花のような激しさと、命へのひたむきさがあふれていた。まるで「自分はここにいるのだ！」と、全身全霊をこめて訴えているかのようだ。

唖然《あぜん》としている男のもとに、部下の一人、雄多加《おたか》が駆け上がってきた。

「王！　た、猛日王《たけび》！」

男、猛日王はすばやく動揺を隠し、落ち着き払った表情に切り替えた。

「ああ、わかっている。生まれたのだな」

鷹揚《おうよう》にうなずいてみせてから、王は初めて苦笑した。

「なんとも勇ましい泣き声を上げる子だな。こんな産声は聞いたことがない。あの牢からここまで声を届かせるとは。成長したら、さぞ強い男になるだろう」

「いえ、生まれたのは女でして」

「ふん。どちらでもよいさ。なんにせよ良い時に生まれてくれた。これで大火美姫の強情も解けるだろう。その赤子は姫にとっては最後の身内、最後の民だからな」

大火美姫は死に物狂いで我が子を守ろうとするだろう。そう、赤子を守るためなら、どんな取引にも応じるはずだ。

望みのものを手に入れたら、あの美しい姫をどうしようかと、猛日王は早くも考え始めた。

だが、満足げな笑いを浮かべる王とは反対に、雄多加は青ざめた顔をしていた。それに気づき、王は雄多加をじっと見た。

「俺が命じたとおりにしたのだろうな？　生まれたら姫から赤子を取り上げろと、俺は命じたはずだが。どうした？」

「大火美姫は……姫はみまかられました」

「何っ！」

思いがけない言葉に、猛日王の顔から血の気が引いた。やがて、ゆっくりとその顔に怒りの色が上っていくのを、雄多加は身をすくめながら見ていた。

「死んだ、だと？」

「はい……子を産み落とすのとほぼ同時でした。おそらく産婆もいない、敵に囲まれた牢の中で産みの苦しみを味わったせいかと……」

「くそっ！」

ののしりながら王はやぐらを駆け下りた。目指すは牢だ。とにかく自分の目で確かめてみなければ、気がおさまらなかった。

牢は血の臭いに満ちていた。頑丈な格子によって隔てられた小汚い小部屋。その奥にしかれた寝藁《ねわら》の上に、大火美姫は横たわっていた。長い髪は床に広がり、乱れた衣は赤く染まっている。美しかった顔には苦悶《くもん》の表情がはりついたままだ。それがお産の苦しみを物語っていた。

怒りと悔しさをはらんだ目で、猛日王は亡骸《なきがら》をながめやった。姫を奪っていった死への憎悪に、体が震えた。やっと手に入れた宝珠が、指の隙間からこぼれ落ちてしまった。そんな喪失感が胸をかきむしる。

王は歯嚙《はが》みした。こうなるとわかっていたら、じかに痛めつけてでも秘密を聞き出していたものを。だが、全ては後の祭りだった。彼が求めていたものは、永遠に失われてしまったのだ。

動かぬ大火美姫。だが、姫の足元には赤黒い塊が産み落とされていた。それはうごめき、その小さな体からは想像もできないような大きな声をはりあげている。かまびすしい泣き声は、王の失意と苛立《いらだ》ちをさらにあおった。赤子など、なんの役にも立ちはしないのに！

握りつぶしてしまいたいと一瞬思ったが、さすがに生まれたばかりの赤子に触れる気にはなれなかった。そこで腰の剣を抜き放った。

「これで生まれ変わりの一族も終わりだな」

憎々しげに言い、剣を振り下ろそうとした時だ。リーンと、澄んだ音が響いた。

振り向けば、奥の暗がりがとろりと溶け、そこから一人の老婆が現れ出るところであった。

突然のことに、その場は騒然となった。今まで何もなかったはずの場所から、突如として人が現れたのだ。もしや血の臭いにさそわれてやってきた魔ではないのか。

「な、何者！」

青ざめた顔で剣を向けてくる男達に、目の濁った老婆《ばば》はうっすらと笑った。

「おやおや、ずいぶんと物騒な出迎えじゃな。この婆がそれほど恐ろしいものに見えるかえ？」

と、老婆は明るいほうに一歩踏み出してきた。その場にいる全員が息を呑んだ。老婆の額にある刺青《いれずみ》を見たからである。

猛日王が突然笑い出した。

「送り人か。まだいるとは思わなかったが。そうか。戦と死の臭いを嗅《か》ぎつけて、さっそく駆けつけてきたというわけだな」

熱心なことだと言う王に、だが老婆はかぶりをふった。

「いやいや、そうではない。わしは呼ばれただけなのだよ、そちらの赤子にね」

不思議な笑いを浮かべながら、老いた女は牢へ向かって歩み出した。誰も手出しはしなかった。それどころか慌てて道をあけ、剣も鞘《さや》にしまいこむ。黄泉神《よみがみ》の愛娘《まなむすめ》を傷つけようとするほど、彼らは愚かではなかった。

牢へ入った老婆は、泣き叫んでいる赤子をそっと抱き上げた。とたん、赤子は静かになった。ぴたりと泣き止んだのである。

老婆は赤子の顔をのぞきこんだ。しわくちゃの真っ赤な顔の中で、潤んだ黒い目が見返してきた。老婆は顔をほころばせた。

「おお、もうわしが見えておるか。うむ。よい目をしておるね。健やかな目だ。闇の奥底まで見通せる、澄んだ目だ。よしよし。今はお休み。もう何も心配はいらないから」

大きな布で赤子をくるみこんだ後、老婆は今度は猛日王の顔をまっすぐ見た。

「わしは真由良と申す。ごらんの通りの送り人じゃ。どうやら、あなたがこの場を束ねておられるお方らしい。そして、この子はあなたに滅ぼされた一族の子供のようだが」

「そうだと答えたら、どうするつもりだ？」

「生き残りの赤子など、あなたにとってはわずらわしいものでしかないはず。この子をわしにくださらんか？　どうせ殺すか捨てるかするつもりであったはず。それなら、わしに引き取らせてくだされ」

猛日王は腕を組んだ。表情はいかめしかったが、目にはこの事態をおもしろがっているような笑いが浮かんでいた。

「くれてやってもかまわぬが、その前に聞きたいな。おまえはその赤子に縁《ゆかり》のある者とは思えん。なのに突然現れ、赤子の命を救おうとする。一体なぜだ？　血のつながらない、手のかかる赤子をどうするつもりなのだ？」

目をしばたたかせた王は、次には豪快に笑い出した。

「なるほど。送り人は生涯独り身を貫き、決して自らの子を産むことはないという。それなら一体どうやってと思っていたのだが。そうか。身寄りのない子供を手元で育てて、役目を継がせていたというわけか」

「誰でもよいというわけではないがね」

「ほほう、選ぶというのだな。おもしろい。その話を詳しく聞いてみたいぞ」

王の目が少年のように輝くのを見て、部下達はそろって青ざめた。

「お、王！　なりません！」

「送り人は死人守《しびとも》り。忌むべき死を嘉《よみ》する者です。そのような者と話をするなど、とんでもないことです！　どうかお考え直しを！」

だが、部下達の言葉を、若い王はうるさげに振り払った。

「いいではないか。今時送り人とは珍しい。その送り人の話など、めったに聞けるものではないぞ。戦にもいささか飽きていたところだしな。婆よ、少し付き合え。酒の相手をしてくれるなら、赤子は貴様にくれてやる」

老婆がうなずくのを見て、王はついて来いと、上へ上がっていった。大きな部屋に入ると手を叩《たた》き、人を呼んで酒と肴《さかな》を運ばせる。

「何？」

「跡継ぎにする」

そうして奇妙な酒盛りが始まった。

酒をあおりながら猛日王は真由良に尋ねた。

「さっそく聞かせてくれ。送り人になれる赤子というのは、一体どんな子なのだ？」

「まず女でなければならぬ」

「そういえば、男の送り人というのは聞いたことがないな。なんだ、男ではだめなのか？」

「だめじゃ。男は道が見えぬゆえ」

道とはなんだと尋ねてくる王に、ゆっくりと真由良は語った。

「女は生まれながらに黄泉と強く結びついておるのじゃ。女は命をこの世に生み出す。その命は、全ての女に通じる道を通って、黄泉から昇ってくるものなのじゃ」

「ははは、ははっ！　それはまたずいぶんと古い考え方だ。東にはそうした考えがまだ多く残っていると聞いたが……そうか。おまえも東の者か」

「と言うと、王は黄泉から昇る命のことを信じてはおられぬのか？」

咎《とが》めるような送り人に対し、むしろ誇らしげに若い王は胸を張った。

「我ら西の者は、海より陸に上がってきた海人《あま》族の末裔《まつえい》だ。我らは古びた教えよりも新たな風を好む。そういう性《さが》なのだ。それより、先を続けてくれ。送り人になれるのは女だけと言ったな。だが、それでは全ての女が送り人になってしまうぞ。次の条件は？」

「……絶対的な死に囲まれながら、それでも生き延びられる強い子でなくてはならぬ。

黄泉の大女神に愛された子、その命を奪うのを大女神がためらうほど愛《め》でられた子でなくては。この赤子のようにの」

と、真由良は腕の中の赤子に目を落とした。

「送り人にとって、大女神の愛《いつく》しみはなくてはならぬもの。そうでなければ、どうして生きたまま黄泉に入ることを許され、また現世《うつしよ》に戻ることを許されようか。我ら送り人ほど死に近く、同時に生に恵まれている者はおらぬのだよ」

なるほどと、王は感心したように赤子を見た。

「確かに、その赤子は万に一つも生きられないはずだった。一族も里も滅び、母親さえ死んだ滅びの夜に生まれてきたのだからな。それが、こうしておまえの腕に抱かれ、生への命綱を手に入れた。うむ。確かに大女神に愛されていると言えるな」

送り人というのはいいものだなと、猛日王はからかうように真由良を見た。

「というと、おまえもやはり大女神に愛された女なのだろうな？」

「もちろんじゃ。わしを育ててくれた送り人の話では、赤子であったわしは疫病で死に絶えた里で一人生き残り、腐ったむくろに抱かれながら泣いていたというよ」

真由良はこともなげに言ったが、その話のあまりの不吉さに、王は初めて顔をしかめた。

「黄泉神に愛されたがゆえに、幼い頃から他者の死に染まっているというわけか。ぞっとしないな。自分の役目を忌まわしいと思ったことはないのか？」

真由良は静かに微笑んだ。

「なぜ忌まわしいと思わねばならぬ？　魂送《たまおく》りは、黄泉の大女神に魂をお返しする大切なお役目。命と死をつなぐ橋渡しじゃ。それを担うことを、わしは誇らしく思っておるよ」

送り人のまなざしに嘘はなかった。それが猛日王には不思議だった。彼にとって、死はあくまで不吉で忌むべきものだったからだ。

彼は戦が絶えない土地で生まれ育った。そこでは老いや災害で死ぬよりも、戦によって命を落とす者のほうが多かった。そうした中、人々はなによりも強さを尊び、命を激しく崇《あが》めるようになった。つまり、死を恐れるようになったのだ。

そして、人々の考え方が変わるにつれて、いつしか魂送りという風習は絶えていった。しかし、黄泉に死魂《しにだま》を届ける送り人のことは、今も脈々と語り継がれている。人であって人であらざる者に対する畏怖《いふ》と不安は、決して消えることなく人々の心に植えつけられているのだ。

が、畏《おそ》れと興味とはまた別のものだ。王はふと、物をねだる子供のような表情を浮かべた。

「なあ、婆よ。俺の国には送り人がおらぬのだ。戦が多いせいか、いつのまにか姿を消してしまってな。だから、俺は魂送りがどのように行われるか見たことがない。どうだ？　一つ、俺の前で魂送りをしてはくれぬか？　ここには黄泉に送るべき死魂が、うようよいるはずだ。俺に魂送りを見せてくれたら、赤子の他に褒美も取らせるぞ」

断るはずがない。王はそう思った。死魂を送るのは送り人の役目なのだし、粗末なりをした真由良にとって、褒美は何をしてでもほしいものだろう。

だが、王の期待は裏切られた。真由良はかぶりを振ったのだ。

「それは無理じゃ、王よ。ここでは魂送りはできぬ」

思いがけない返答に、王は不満げな顔つきとなった。

「なぜだ？　なぜできぬ？」

「誰かに殺された者の死魂は、恐ろしく強いのじゃ。怒りや憎しみによって、この世に必死でしがみついておるからの。それを説き伏せて黄泉《よみ》に連れて行くのは、たやすいことではない。ましてや、ここは戦場。おびただしい死魂の思いが、激しく渦巻いている場所じゃ。このような所で魂送りをしたら、下手したら、わしまで死魂の未練や無念に引きずられてしまう。送り人の力には限りがあるのじゃ。それに……たとえ魂送りができたとしても、王にはその様子を見ることはできぬ。魂送りは、たんなる儀式などではない。わし自身の魂をこの身から切り離し、死者の魂に重ね合わせて黄泉へ導くものなのじゃ」

ぎくりとこわばる男の顔を、真由良は誘うように見上げた。

「送り人の導きとはそういうもの。身から魂を離すことを、《魂駆《たまが》け》と我らは言うがね。どうしても見たいと言うのであれば、王の魂を体から一度追い出さねばならぬ。それがどういうことかはおわかりじゃな？　元に戻すことはできぬが、それでも……」

「いや、いい！　よくわかった！　結構だ！」

硬い声で叫び、王はにじみでてきた冷や汗をぬぐった。自分がどれほど危険な話に足を踏み入れていたか、ようやく気づいたのだ。

「よくわかったとも……だが、最後にもう一つだけ、聞きたいことがある」

王の顔がふたたび微妙に変わった。媚《こ》びるような、それでいてひどく真剣なまなざしで、真由良をひたと見つめたのだ。

「……送り人は死人の魂に触れられる。触れられるのであれば、その魂を黄泉にではなく、現世に連れ戻すことはできぬのか？」

「それは……蘇《よみがえ》りはできるかと尋ねておられるのか？」

「そうだ」

真由良は王を見つめた。血走った目がこちらを見返してくる。その目の中に、真由良は恐れを読み取った。

恐れ知らずな、死さえも笑い飛ばせそうなほど豪快な若者。だが、実際はそうではない。この若者は他の誰よりも死を恐れているのだ。そう悟った真由良は静かに告げた。

「王よ。蘇りを行える送り人はこの世にはおらぬ。送り人の力はそうしたものではない。我らは、死者に穏やかに死を受け入れさせ、その魂を黄泉の大女神の懐に返す者なのだよ」

一瞬王が浮かべた表情に、真由良は驚いた。まるで手痛い一撃を食らったかのような、傷ついたよるべない顔となったのだ。が、それはすぐにかき消えた。王はからからと笑ってみせた。

「ならば俺には用がないな。俺がほしいのは命だ。望むのは生き続けること、ただそれだけだ。その道がないとは思わない。今にきっと見つけ出して、手に入れてみせる」

それは真由良にではなく、自分自身に誓うような口調であった。

王の宣言に、真由良は眉《まゆ》をひそめそうになった。この若い王はどこか魂を病んでいるのではないだろうか。永久に生き続けることを望むなどとは。生き物にはそれぞれ寿命と運命があり、死もまた大切な理《ことわり》の一つだ。それを拒むなど、送り人の真由良には考えられないことだった。

だが、真由良の困惑など、猛日王の知ったことではない。聞きたいことは全て聞いたと、王は傲慢《ごうまん》に真由良を見やった。

「婆《ばば》よ、おまえと話せておもしろかったぞ。約束どおり赤子はくれてやる。どこにでも連れていくがいい。もうまみえることもないだろうが、おまえの話は忘れまい」

「そう言っていただけるのは嬉《うれ》しいことじゃ。それでは、これで失礼させていただこう」

真由良は礼を言い、赤子を抱いて立ち上がった。

現れた時と同じように、真由良は闇の中に溶け込んでいった。それを見届けた後、猛日王はごくりと喉《のど》を鳴らした。今まで平気な顔を作ってはいたが、老婆と話している間、なんとも言えない臭いに悩まされていたのだ。彼にとっては耐え難い臭い。腐臭よりもおぞましい、腹の底から恐怖がこみあげてくる黄泉の臭い。

思わず、それまでいた部屋を飛び出した。しかし、臭いはどこまでも後を追ってくる。まるでこの館《やかた》全てに、いや、体に染み付いてしまったかのようだ。王はぞっとして大声でわめいた。

「雄多加！　雄多加！」

すぐさま雄多加が駆けつけてきた。

「お呼びですか、王？」

「今すぐ禊《みそぎ》をしたい。清めの水と替えの衣を持ってきてくれ。それから兵を呼び集めろ。ここを出るぞ。黄泉の悪臭が臭ってたまらん。あの婆め。とんだ置き土産をしてくれたものだ……全員が出たら、この館にも火をつけろ」

火で清めるのだと、猛日王は命じた。

三

少女が闇の中にいた。その小さな白い体は、止まることなく、なめらかに漆黒の深淵《しんえん》へと滑り落ちていく。

まったく命の気配がない、ひたすら黒い水底《みなそこ》へと向かいつつも、少女の目に恐れはなかった。この闇にはもう何度となく呑《の》まれてきたし、それに一人ではなかったからだ。伊予《いよ》はそっと横に目をやった。白い髪をたなびかせた老婆が横にいた。離れることなく、しっかりと伊予によりそっている。

ばば様だ。伊予の師。そして大事な、たった一人の家族。ばば様を見るたびに、伊予の胸には温かい思いがあふれだす。

それを感じ取ったのか、ばば様は優しく伊予に笑いかけてきた。

伊予も笑い返し、ふたたび下に顔を向けた。その白い額には、青黒い目の刺青《いれずみ》が輝いていた。

やっと底についた。伊予の横に、ばば様もふわりと降り立つ。

「さ、伊予」

うながされて、伊予は顔を前に向けた。あきれるばかりに巨大な二枚の岩の扉が、すうっと開かれるところだった。同時に、その開かれた向こうから、なんとも言えぬ温かい優しい気配があふれだす。

と、ぴくぴくと、伊予の手の中で握っているものが動き出した。小鳥の羽ばたきのような、せわしなくも軽やかな感触だ。

伊予は、それまでしっかりと握りあわせていた手を、そっと開いた。

小さな銀色の火の玉が、伊予の手の中で震えていた。ほんの数月しか現世《うつしよ》で生きることができなかった、赤子の死魂《しにだま》だ。本当に幼くして死んでしまったため、この魂はまったく穢《けが》れていなかった。山から削りだされたばかりの銀のように、美しく清らかに輝いている。泣きたくなるほど無垢《むく》な輝きだ。

その魂を、伊予はそっと千引の岩のほうに差し出した。

「黄泉の大女神様。あなたの御子《みこ》をお返しにまいりました。どうぞ迎え入れてやってください」

目に見えない手が、黄泉から優しく差しのばされてきた。その手にうながされて、ふわっと、魂が伊予の手から離れた。そのまま、するすると黄泉の中に呑み込まれる。魂が黄泉の中に消えると、千引の岩はふたたび閉じていった。

ほっと、伊予は息をついた。送り人にとって、無事に魂送《たまおく》りができたこの瞬間が、一番安堵《あんど》できる、一番嬉しいものなのだ。

ばば様が伊予に微笑みかけてきた。

「では、戻ろうか」

「うん」

二人は現世へ戻るため、浮上し始めた。

上からは光が差し込んできていた。まばゆいのに目を突き刺すことのない、不思議な光。その光を目指して、ぐんぐんと闇水をかきわけて、そして……

次の瞬間、二人は現世に戻っていた。

そこは狭い小屋の中で、中にいるのは伊予とばば様、それにまだ年若い夫婦だけだ。

そして、この四人に囲まれるようにして、青白い小さな赤子が草で編まれた籠《かご》の中に入れられ、静かに目を閉じていた。伊予が今黄泉《よみ》に送ったばかりの魂の、器であった赤子のむくろだ。

七つになる前の子供は、この世とあの世とを不安定に行き来しているという。だから、七歳になる前に死んだ子供には、おおがかりな弔いの祭りは行われない。ただ送り人だけが呼ばれ、ひっそりと魂送りが行われるのだ。

それまで握っていた赤子の手を離すと、伊予は思わずうめいていた。まだ経験の浅い伊予は、黄泉津比良坂《よもつひらさか》から戻ってくるたびに、めまいに襲われる。体と魂がずれているような、気持ちの悪い感覚が残ってしまうのだ。

その感覚をなくそうと、目を閉じていると、ばば様が赤子の親達にこう告げているのが聞こえてきた。

「大丈夫じゃ。この子の魂はちゃんとお返ししたよ。これでまたこの世に戻ってこられる。きっとまた、おまえ達の子供として生まれてくるだろう」

涙と安堵の入り混じった声で、親達は繰り返し礼を言ってきた。

大事な我が子を失ってしまった悲しみは、決して癒《い》えることはないだろう。それでも、また同じ魂をこの腕に抱けるかもしれないという希望が、彼らの胸に宿ったのだ。その希望を与えられるのも、送り人なのだ。それを思うと、伊予の胸にはいつも誇りがわきおこる。

親達の感謝とお礼の品を持って、伊予とばば様はその小屋を出た。まだ日は高いところにあったので、薄暗い小屋から出たとたん、二人は明るい光に包みこまれた。外のまぶしさに目がくらみ、伊予は思わず手で目をかばった。が、ばば様のほうはまったく動じなかった。目を細めさえしない。

光をまっすぐ受け止める真由良の目は、真っ白だった。この現世のものはもはや何も映し出さない、光のない目。だが、盲目になっても真由良は実に勘がよく、本当は見えるのではと、伊予をよく驚かせる。

今も、「さ、戻ろうか」と、すたすたと歩き出した。慣れ親しんだ里の中とは言え、よくこうも迷いなく足を進められるものだと、伊予は感心してしまう。しかも、物にぶつかることも、何かにつまずくこともないのだ。その動きは老婆とは思えないほど軽やかだった。

ばば様の足取りが軽いのは、魂送りがうまくいったからだと、伊予は気づいていた。伊予自身も、役目を無事に果たせたという誇らしさに胸がふくらんでいた。だが、その喜びは、小屋に向かううちに少しずつ嫌な感情に変わっていった。

自分達の小屋に戻る途中、伊予と真由良はすれ違う人達に何度も頭をさげられ、うやうやしく見送られた。だが、伊予は彼らがひそひそとささやいているのを感じた。なにより痛烈に感じるのは、そのまなざしだ。中には、ちくちくと肌に突き刺さるような、露骨なものもある。

むくりと、伊予の胸の中で荒ぶる気持ちが頭をもたげかけた。だが、慌ててそれを抑え込んだ。ばば様は伊予が怒るのを嫌う。いや、悲しむのだ。大好きなばば様を悲しませるのは、伊予が一番嫌なことだった。

『どこか別なところに行って、気持ちをなだめよう』

自分達の小屋につくと、伊予は早口で言った。

「ばば様。あたし、ちょっと山に行ってきてもいい？　栗を見に行きたいの。そろそろ熟れ頃だと思うから。時季を逃すと、山の獣に全部食べられちゃうもの」

「ああ、かまわないよ。気をつけて行っておいで」

ばば様は優しく言ってくれた。

もらった品をそこに置くと、伊予は籠を引っつかんで外に飛び出した。そうして少し走れば、そこはもう山の中だった。

秋の山は静かに燃え立っていた。赤や金に色を変えた木の葉は、触れ合うたびに乾いた音をたてる。心地よい風がほどよく吹き、穏やかな日差しに温められた地面の、こうばしい匂いを運んでいく。

そんな山の中を、伊予はずんずんと歩いていった。歩いて行くうちに、色白の頬は興奮で赤く染まり、目は期待で輝き始めた。口元にも、今にも笑い出しそうな気配が浮かびだす。

季節の中で、伊予はなによりも秋が好きだった。金の秋は短い実りの季節だ。食べ盛りの十三歳の少女にとっては、田畑や山が実るこの時季が一番嬉《うれ》しいものなのだ。

気持ちをなだめるつもりで入った山だが、こうなると本当に栗拾いが楽しみになってきた。栗は焼いて食べてもいいが、伊予がいっとう好きなのは、蒸《ふ》かした栗を穀物に混ぜてつき、栗餅《くりもち》にしたものだ。ほっくりと甘い、秋だけに食べられるごちそうを思い、足取りはさらに軽くなった。

裏山の栗林へは、ほどなくたどり着いた。そこにはすでに先客がいた。同じ里の少女達だ。一緒に遊んだこともある顔見知りに、伊予は嬉しくなって駆けよった。

ところがだ。走ってくる伊予を見て、少女達はぎょっとしたように立ちすくんだのだ。その手から集めた栗の実がぼろぼろとこぼれる。伊予もはっとして立ち止まり、そのまま睨《にら》むように少女達と向き合った。

そうやって対峙《たいじ》すると、伊予と里の少女達は明らかに違っていた。少女達はいずれも似通ったところがある。骨太な輪郭やおおらかな口元、ぱっちりとした目などだ。対する伊予は線が細く、色も白い。目鼻立ちもどことなく垢抜《あかぬ》けている。同じような格好をしていても、見間違えることはまずなかった。

その伊予を前に、少女達は追い詰められた獣のようにびくびくしていた。こわばった顔をし、どうしたらいいかわからないとばかりに伊予を見つめてくる。

伊予は唇を噛《か》んだ。自分を見る少女達の目。それは、里の大人達がばば様を見る目と同じものだった。尊くも恐ろしいものを見る目。関わりたくはないと告げる、畏《おそ》れのまなざし。

　少し前まで分け隔てなく遊んだ仲間は、今年の夏、伊予が一人前の送り人としての刺青《いれずみ》を額に入れたとたん、大人の目を持つようになってしまったのだ。

　ぐぐっと、喉《のど》の奥から熱いものがこみあげてきたが、伊予はそれを無理やり押し込んだ。こんなことで泣いてたまるか。

　できるだけ平気な顔をしながら、伊予は少女の一人に声をかけた。

「久しぶりね、真鹿《ましか》。どう？　今年の栗の実り具合は？」

「……いいわ。どれも大粒のやつばっかりよ。今年は山も田畑も豊作みたい」

　真鹿はうつむきながらぼそぼそと答えた。しかたなく答えているというのが、見え見えだった。それでも返事が返ってきたことに力を得て、伊予は笑顔を作った。

「よかった。それなら、ここにいる全員の分があるってことね。ね、あたしもここで拾っていい？　栗はうちのばば様も……」

「も、もちろんよ」

　伊予の言葉をさえぎるように、真鹿は急いで答えた。

「あたし達、そろそろ帰ろうと思っていたの。ね？」

「そうなのよ。もう十分採ったから。ゆっくり拾うといいわ、伊予」

　そうして、少女達は一群れの雀のように、そそくさと去っていった。伊予をその場に残して……

しばらく立ちつくしていた伊予だが、やがてのろのろと動き出した。地面を見れば、栗の実は腐るほどある。真鹿達はほとんど拾えなかったに違いない。それでも、伊予といるよりはと、離れていったのだ。

散らばる栗を見ているうちに、むらむらと怒りがこみあげてきた。

「なんだっていうのよ！　馬鹿！　弱虫！」

伊予は乱暴に栗をつかみあげ、籠の中に放り込み始めた。

「何よ！　馬鹿！　なんにも知らないくせに！　そんなに送り人が怖いの！　真由良ばば様やあたしが怖いっていうの！　だったら呼ばなきゃいいじゃない！　最初からあたし達のことを頼らなきゃいいじゃないのよ！」

死者が出た時には真っ先に自分達を呼ぶくせに、普段は目をあわせようともしない人々。ばば様は気にするなと言っているが、悔しさや悲しさはどうしても胸に突きこんでくる。

『みんな、もっと黄泉について知るべきなのよ。そして、あたし達のことも……』

まだ一人では魂送《たまおく》りをしたことのない伊予だが、ばば様に連れられ、数え切れないくらい黄泉の国を見てきた。あの暗闇を恐ろしいと感じたことは、一度もない。黄泉の大女神の心は、常に死者への愛《いつく》しみといたわりに満ちていたからだ。

千引の岩の向こう、闇の奥に広がるあの不思議な心地よさと、口では言い表すことのできない安らぎを、皆にも味わわせてやりたい。伊予はいつも思っていた。特に、今日のような仕打ちをされ、どうしようもなく傷ついた時には。

気がつけば、籠《かご》は栗で一杯になっていた。が、伊予はまだ戻りたくなかった。こんなささくれた心のまま小屋に戻りたくない。

気持ちを落ち着かせようと、降り積もった枯れ葉の上に長々と横たわった。が、苛立《いらだ》ちは募る一方だ。抑えきれないどす黒い思いが、心の中で暴れ回っている。

こういう時はどうしたらいいいか、伊予はちゃんと知っていた。泣いてしまえばいいのだ。思う存分泣いて、わめいて、胸の中の嫌なものを涙と一緒に吐き出してしまえばいいのだ。

だが、ここで泣くつもりはなかった。いつ里の者がやってくるかわからない場所で、自分の弱さをあらわにするのは絶対にいやだ。どこか遠くの、それも人がほとんど足を踏み入れないような場所でなければ。

そこを探しに行こうと、少女は起き上がった。だが籠は背負わず、足を踏み出そうともしなかった。その場に立ったまま、ただ自分が行きたい場所を思い描き始める。それが伊予の、いや、送り人の旅のやり方だった。

黄泉《よみ》の大女神の申し子とも呼ばれる送り人。その送り人に、大女神は黄泉と現世《うつしよ》を行き来できる力の他にもう一つ、贈り物をくれる。《はざま》と呼ばれる異界を見つけ、そこを歩む力だ。

果てしなく暗く深く、濃い瘴気《しょうき》と藍色《あいいろ》の妖気《ようき》に満ちた世界。人界にはない形や色が入り乱れた、樹海のような姿を持つ《はざま》。神々が住まう神域ではなく、人が生きることのできる場でもない。そこに息づくのは、異形の姿をした数々のあやかしだ。

つまり《はざま》は、人界とはまったくかけ離れた妖界《ようかい》なのである。

しかし、完全に別なものとも言い切れない。《はざま》は人界と重なり合っているため、その幾千もの道は全て人界につながっている。正しい道をたどれば、送り人はどんなに離れている場所であろうと、わずかな時間でたどりつくことができるのだ。

人気のない深い森を思い描きながら、伊予は腹に力をこめ、息を整えた。額の目が熱くなるのがわかる。それと共に、鈴のような澄んだ音が立ち始めた。伊予が発揮する力に空気が震え、そんな音を立てるのだ。

そのまま周りを見回し、近くにあった入り口を見つけ出した。意識を集中させると、音もなくそれは開き、漆黒の闇が口を広げる。間髪《かんはつ》容れずそこへ飛び込んだ。その瞬間、少女の姿は栗林からかき消えていた。

《はざま》に入った伊予は、複雑に重なり合った道の中から青く輝く道を探した。少女の願いが望みの道を見出《みいだ》し、それを青に染め上げるのだ。道はすぐに見つかった。りんどうのような濃紺《のうこん》に光るその上を、さっそく伊予は駆け始めた。

走る少女の前や横を、奇怪な生き物達が気味の悪い笑い声をあげながら、すり抜けていく。だが、実際に邪魔をしたり、襲い掛かってくることはない。黄泉の匂いをまとう送り人には、妖魔《ようま》達もちょっかいを出してはこないのだ。

ほどなく出口が見えた。道が途絶え、その先に光が見える。伊予は身を投げるようにして、光の中に飛び込んでいった。とたん、空気が変わった。人界に戻ったのである。

息を整えながら、伊予は周りを見回した。見たことのない山の中にいた。周りは柏《かしわ》や楠《くすのき》の大木が立ち並び、その枝から舞い落ちる葉は、鮮やかな敷物となって地面をおおっている。

思い描いたとおりの、静かで美しい場所だった。ここでなら好きなだけ大声で泣きわめくことができると、息を吸った時だ。目の端に何か黒いものが入った。

伊予ははっとなった。すぐそばに立つ一本の大柏。その根元、地面から盛り上がった太い根に抱かれるようにして、一頭の黒い狼が横たわっていたのだ。

それは異形の狼だった。狼を間近で見たことのない伊予だったが、それでも一目で「これは普通の狼ではない」と思った。その色。その体。全てが圧倒的な力を放っていたのだ。

まず驚くべきはその大きさだ。体は雄鹿ほどもあり、四肢の太さにしても、伊予の腕の倍はある。前足など、伊予が精一杯広げた手の平よりも大きかった。

その毛皮はどこまでも黒くありながら、銀色の光を放っていた。星降る夜空を切り取ったかのような、輝かしい色合いだ。ことに首筋から肩にかけてのたてがみは長く豊かで、顔つきにも並々ならぬ気品と力があふれている。

これは王だと、伊予は直感した。かつてはどこかの山か森の主として高く頭を上げ、一族を束ねていたのだろう。その姿をまざまざと思い浮かべられるだけに、今の惨状には胸が痛んだ。狼の体は、数えるのもむなしいほどの傷におおわれていたのだ。

矢が二本も突き刺さった背。ひどくえぐれた後ろ足。顔半分は無残にも切り割られ、右目は完全につぶれている。全身には無数の浅い傷が稲妻のように走っていた。間違いなく鞭《むち》によるものだ。

命あるものをこのように傷つけ、辱めるとは。卑劣な行為に怒りを覚えるのと同時に、狼の風格に伊予は心を打たれた。

そんな姿にもかかわらず、狼からはなお冒しがたい威厳が放たれていた。もう起き上がることもできないのだろうが、こちらを睨《にら》んでくる金の目には、誇り高さが赤々と燃えている。決して人に屈しない、媚《こ》びはしないと、その目は強く語っていた。

だが、その輝きも長くはもたないと、伊予にはわかっていた。狼はすでにどっぷりと黄泉の色に染まっていたのだ。もはや後戻りのできないところまで行ってしまっている。命が尽きようとしているのが、伊予には見えた。

思わず手を伸ばしていた。手負いの獣の恐ろしさを知らないわけではなかったが、そんなことは頭から吹き飛んでいた。こんなにも見事な獣が死にかけている。そのことがただただ悲しかった。

何か、何かしてやりたい。

その思いに突き動かされ、じりじりと伊予は手を伸ばしていった。この時、少女の心はどうしようもないほど狼に傾いていた。全ての感覚は狼だけに注がれ、周りのことなど何一つ目に入らない。呼吸さえ、浅く短くなっていく狼の息に合わさっていく。

知らず知らずのうちに、少女は死にゆく魂にあまりにも近づきすぎていた。いつのまにか、自分が額の目で狼を見ていることにも、伊予は気づけなかった。

指先が狼に触れたその瞬間、伊予は自分の肉体から抜け出ていた。

魂駆《たまが》けだ。魂だけが体を離れ、ふわっと浮遊する。狼の魂に共鳴しすぎたために起こった出来事だった。

だが、突然のことに驚く暇はなかった。伊予が魂駆けするのとほぼ同時に、狼の魂もまた肉体を離れたのだ。こちらは魂駆けではない。正真正銘、命の火が消えたのだ。

器から抜け出た狼の魂は、しばらく自分の体の周りをうろうろしていた。が、やがてあきらめたように黄泉へ向かおうとした。人と違い、たいがいの獣や鳥は死を素直に受け入れるのだ。だが、今回ばかりはそうはいかなかった。そこに伊予がいたからだ。

伊予はとっさに手を伸ばし、狼の魂をとらえてしまった。触れたとたん、狼は光り輝く銀の火の玉となった。くるくると燃える火の玉を、少女はそっと手の中に包み込んだ。

火は冷たかった。死魂《しにだま》ゆえの冷たさだ。それが無性に悲しかった。

一度抱いてしまうと、伊予はなかなか魂を手放せなかった。このまま黄泉に行かせてやるのが一番良いのだと、頭の中ではわかっているのに。手を開くことがどうしてもできなかった。

『放したくない。行かせたくない』

そうしてぐずぐずしていると、ふいに伊予のものではない誰かの声が、小さくささやいてきた。『蘇《よみがえ》らせることができたらいいのに……』と。

送り人としてあるまじきその考えは、一体どこから生まれてきたものか。

のちのちになって、伊予は何度も不思議に思った。自分は送り人だ。ばば様と同じように死を尊び、死という理《ことわり》を祭祀《さいし》として受け入れる心を持っていたはずなのに。

「死者に無駄な哀れみや思い入れを持ってはいけないよ。生死を司《つかさど》るのは黄泉の大女神のお役目。あやしの術を操る呪師《じゅし》でさえ、その領域には踏み込まない。ましてや、我らは送り人。我らは死魂を迷わないように、黄泉に送るだけなのだから」

送り人は、それ以上でもそれ以下でもない。

くどいほど言われてきた言葉、伊予の中で礎となっている言葉だ。これまでだって、まだまだ生きられるはずであった気の毒な死者を見ても、きちんと魂送《たまおく》りをしてやろうとこそ思え、生き返らせたいなどと思ったことは一度もない。

それにもかかわらず、いきなり生まれた「蘇り」の考えは、たちまち伊予の心をとらえてしまった。絶対的な送り人の教えを、この狼だけには当てはめられなかったのだ。

そんな自分に、伊予は戸惑った。この狼を生き返らせることこそが、正しいことだと思えてきてしまうなんて。

戸惑う少女に、心を決めろと、先程からずっと何かがささやき続けていた。この狼を救いたいのか、救いたくないのか、どちらかを選べ。選べば自然と道は開くのだからと。

『決めろ！』

声が響いた。耳に聞こえるほどはっきりとした声に打たれ、伊予の心は決まった。ぎゅっと死魂を握る手に力をこめた。

別に悪いことではないはずだ。ばば様だって、いつも命を尊べと言っている。それにこの狼は寿命が尽きて死んだのではないのだ。だから助けたい。なんとしても。

命がほしかった。この狼が本来持っていた分だけ命を与えることができたらと、狂おしく思った。焼け付くような思いが奥底からあふれでてくる。それが自分の知らない未知の力に満ちていることに、その時の伊予は気づかなかった。

風を頰に感じ、少女ははっと顔を上げた。音のない風がぐんぐんと渦を巻き始めている。おかしいと思った時には、すっかり取り囲まれていた。風の壁に阻まれ、抜け出そうとしても弾《はじ》かれてしまう。まるで嵐の中心にいるかのようだ。

ここで、伊予はようやく気づいた。この風はどこからか吹いてきているのではなく、自分自身が生み出しているものなのだ。だが、そうわかっても、伊予にはそれを止めるすべがなかった。一度ふきだした力は、まるで堰《せき》をきった激流のようで、とどまることを知らなかったのだ。

やがて、風の渦は周りから何かを引き剝《ひは》がし、吸い上げ、中央にいる伊予へと送り込んできた。自分の中に次々と熱い大気の塊が飛び込んでくるのを、伊予は感じた。それは体の中で一つにかたまり、ぐんぐんと大きくなっていく。

このままでは体が弾け飛んでしまう。

耐え切れなくなって、ついに伊予は息を吐き出した。体の中で熱くうごめいていたものが、喉《のど》を伝わって口からあふれるのを感じた。

ぱっと光が弾けた。無数の細かな光の粒が、口から飛び出してきたのだ。霧のようなそれは一つにまとまり、暖かな色にゆらめきながら、すうっと手の中の死魂へと吸い込まれていった。

一呼吸後、劇的な変化が起きた。それまでおとなしく伊予の手におさまっていた死魂。その銀色の焔《ほむら》が、一瞬でまばゆい金へと変わったのだ。それだけではない。氷のようだった炎がみるみる熱くなり、さらには激しく暴れ始めたのだ。それは火傷《やけど》するほどの熱さであり、鳥が籠《かご》から逃げようと暴れる激しさだった。

それ以上持っていられず、伊予は死魂を手放した。そして見たのだ。金に燃え上がる魂が、まっすぐ狼のむくろへ飛び込んでいくのを。

そんな馬鹿なと叫んだ次の瞬間、伊予もまた自分の体に戻っていた。

現世《うつしよ》に戻った伊予は、顔を上げて目をしばたたかせた。一瞬、自分がどこにいるのかわからなかった。周りの景色が、先程とは一変していたからだ。

伊予の周り、伊予を中心とした場所からぐるりと円を描くようにして、かなりの広さが灰一色と化していた。草木はもちろん、土さえ白けた灰色となっている。そして恐ろしいほど静かだった。鳥の声はおろか、木がささやく音さえ聞こえない。

伊予はぞくりとした。灰に染められた箇所には、命の気配がまったく感じられなかったのだ。ただ色が変わってしまったのではない。草も木も、土さえも、命を失って死んでいるのだ。

死には慣れていても、こんな異様な死には覚えがなかった。伊予は震えながら後ろを振り返った。全てが灰色に染められた中で、あの狼のむくろだけはもとのまま、静かにそこに横たわっていた。

伊予はじっと狼を見つめた。胸がどきどきして、今にも飛び出してしまいそうだった。

死魂が一度離れた器へと戻っていく。絶対にありえないはずのことだ。だが、あの死魂は確かにこのむくろの中に戻っていったのだ。それは一体何を意味するのだろう。

恐る恐る狼に触れようとした時だ。がやがやと、人の声と足音が聞こえてきた。

突然のことに気が動転していた伊予は、慌ててそばの大木の後ろに隠れた。そのまま様子をうかがっていると、やがて茂みをかきわけて数人の人影が現れた。

現れたのは弓をかついだ男達だった。全部で四人。うち一人はまだ少年だ。伊予よりも二つほど年上なだけだろう。

しかし、男達の中で一番身分が高いのは、その少年のようだった。その証拠に、他の誰よりも立派な弓を持ち、輝くような衣をまとっている。色白な顔も整っていて、高貴な形に結った髪にも首元にも見事な玉を飾っており、なにもかもが美々しく華やかだ。

だが、伊予は気に入らなかった。少年の顔は、それとわかるほど傲慢《ごうまん》の色が強かったのだ。

彼らは灰に染まった風景も気にならぬ様子で、まっすぐこちらへやってきた。死んだ狼を見るなり、少年は不満げにつぶやいた。

「なんだ、案外もたなかったな。とどめをさしてやりたかったのに」

仏頂面になる少年に、男の一人が機嫌をとるように言った。

「しかし、王子が仕留めたことにはかわりません」

「そうですとも。こやつを黄泉《よみ》に送り込んだのは、王子が放った矢。お見事でしたぞ」

残りの男達も相槌《あいづち》を打つ。少年はふんと鼻で笑った。大人びた薄笑いが口元に張り付く。

「口がうまいやつらだ。だが、そんなことで俺を丸め込めるなどと思うなよ。だいたい、おまえ達が足跡を見失ったりしなければ、俺は誓って、こいつにとどめをさせたんだ。俺の狩りを台無しにしたことは、きっと伯父《おじ》上に伝えるからな」

「王子……」

男達は困ったように顔を見合わせる。主《あるじ》である少年の言葉に振り回されているようだ。

少年は肩をすくめた。

「まあいい。少しは楽しめたからよしとしよう。そいつの首と尾を切り取れ。伯父上への土産にする。皮は放っておけ。傷がつきすぎて、使い物になりそうにないからな」

「はい」

男達が小刀を抜いて狼に近づいていくのを見て、我慢できずに伊予は飛び出していた。身を投げ出すようにして狼を庇《かば》った。

「な、なんだ！」

「小娘？　どうやってこんな山奥に！」

突然飛び出してきた少女に、男達は驚いて大声を上げた。少年も驚いたようだが、すぐに目を細めて伊予を見た。汚いものでも見るような、うとましげなまなざしだった。

「その刺青《いれずみ》……送り人か。まだいたとは驚きだ。とうの昔に滅んだものと思っていたのだが。白毛の鹿や狐よりも珍しいものを、この目で見られるとはな。それに、ふん、語《かた》り部《べ》の話もあながち嘘ばかりではないようだ。よくよく死の臭いに敏《さと》いとみえる。そうやって死臭を嗅《か》ぎつけてやってくるところは、うじと同じだな。いの一番に死肉を喰《く》らいにわいて出てくる」

送り人であることを、これほどあからさまに侮辱されたのは初めてだった。憤慨のあまり言い返すこともできず、伊予はただ少年を睨《にら》みつけた。

少年は顔を歪《ゆが》めた。なまじ整っているだけに、そういう表情を浮かべると醜悪に見えた。

「気に入らないやつだな。そこをどけ。穢《けが》れた手で俺の獲物に触れるな」

それを聞いて、伊予は笑い出しそうになった。俺の獲物！　付き人を三人も引き連れ、一人では獲物の足跡をたどることもできないくせに。まるで自分一人の力で、この狼を仕留めたかのような威張りようではないか。

伊予の嘲笑《ちょうしょう》を、少年は敏感に感じ取った。白い顔にたちまち朱がのぼる。

「無礼な！」

叫びざまに少年は矢筒から矢を抜き取り、弓にかけた。きりきりと弓弦《ゆづる》を引き絞り、矢の先を伊予に向ける。

伊予は血の気が引いていくのを感じた。だが、付き人達のほうはもっと慌てふためいた。

「王子！」

「な、なりません！　落ち着いてください！」

「うるさい！」

騒ぐ付き人を怒鳴りつけ、少年は伊予をねめつけた。

「死人と親しむ穢れた送り人が、よくもこの俺を睨めたものだ。だいたい、ここは穂高《ほだか》見《み》の王族だけが入れる神聖な狩り場なのだぞ。王族の許しなくここに入った者は、首打ちされても文句は言えない。わかるか？　俺はおまえを罰することができると言っているんだ」

勝ち誇ったように言い放った後、少年の口元にいやらしい笑いが浮かんだ。

「だが俺は寛容だ。おまえのように卑しい者の命など、取ってもなんの勲《いさお》にもならないからな。さあ、どうする？　今なら許してやらないこともないぞ。惨めったらしく命乞《いのちご》いをして、俺の沓《くつ》の先をなめればの話だがな」

少年は嘲《あざけ》りをこめて、ひざまずけと伊予に命令した。命令することに慣れきったその口調とまなざしに、伊予の胸に屈辱と怒りがふつふつとたぎった。

イヤダ！　絶対ニイヤダ！

魂がそう叫んでいた。この少年にだけは絶対頭を下げたくない。震えを止めるために、さらにしっかりと狼を抱きしめながら、伊予は燃えるような睨みをひたと少年に向け続けた。

少年の顔から徐々に赤みが薄れていった。まさか少女が命乞いをせず、それどころか挑むように睨んでくるとは思いもしなかったのだ。こうなると引くに引けない。少年は唇を嚙《か》み締《し》め、慎重に狙いを変えた。少女の顔から胸元へと、矢じりの先を移す。

主の考えを読み取った男達は蒼白《そうはく》になった。

「い、いけません、王子！　送り人を手にかけた者は、黄泉神の怒りを買うといいます！」

「王子とて神の怒りを逃れることはできませんぞ！　どうかおやめを！」

「黙れ！　俺は穂高見の伊佐木《いさき》王子だ！　ほ、誉れ高い王の血族だぞ！　その輝きに、穢れた力が及ぶものか！　犬みたいに吼《ほ》えるな、馬鹿が！」

男達を怒鳴りつける少年。が、その顔色は他の誰よりも白く、声も甲高く裏返っていた。

少年は怯《おび》えている。自分と同じほど、いや、それ以上に怖がっている。

そう悟り、伊予の胸に希望の火が灯《とも》った。相手はこれだけ動揺しているのだ。素早く動けば、最初の矢をかわすことさえできれば、逃げ切れるかもしれない。逃げてやると、伊予は燃えた。こんなやつに殺されてたまるか。

隙をうかがい、身を転がそうとした、まさにその時だ。どくりと、体の下で何か脈打った。

「えっ？」

伊予がはっと下を見るのと同時に、ひゅっと空気を切り裂く音が響いた。矢が放たれたのだ。しまったと思ったが、もう遅い。伊予は絶望の苦味を噛み締め、矢が体に突き刺さる瞬間に備えようとした。

だが、その瞬間が訪れることはなかった。矢が届くよりも早く、足元から黒い風が巻き起こり、伊予を突き飛ばしたのである。全ては一瞬のことであった。

「そ、そんな馬鹿な……」

恐れと驚きの入り混じったつぶやきは、少年が放ったものだろうか。それとも、立ちすくんでいる男達がもらしたものだろうか。

だが、そんなことはどうでもよかった。伊予はただぽかんとした顔で、自分を救ってくれた黒い影を見つめていた。毅然《きぜん》と頭をもたげ、どっしりと大地を踏みしめてそこに立っている、大きな黒い狼の姿を……。

啞然《あぜん》としている人間達の前で、狼は大きく身震いをした。背に刺さっていた二本の矢がぽとりと落ちた。破れた肉が盛り上がり、矢を押し出したのだ。腰の傷口からしたたっていた血も止まる。つぶれた目はさすがに元には戻らなかったが、残る片目には生気がみなぎっていく。

みるみるうちに傷を癒《いや》した狼は、牙《きば》を剝《む》きだして少年達を威嚇《いかく》した。あきらかに伊予を守っているのだ。

ここでようやく我に返り、伊予は狼にささやきかけた。

「逃げて。あたしは大丈夫だから」

狼は伊予の言葉がわかったようだ。いやだと唸《うな》り声《ごえ》をあげる。伊予は言葉を尽くした。

「お願いだから逃げて。本当にあたしは大丈夫だから。逃げ道があるの。大丈夫なのよ」

いくらこの狼が強くとも、相手は四人で、それぞれが強弓《こわゆみ》を手にしているのだ。戦っても勝ち目はない。だから逃げてほしかった。いまだ信じがたいことだが、せっかく蘇《よみがえ》った命なのだ。大切にしてもらいたい。

少女の必死な言葉に、狼の目に何かが浮かんだ。狼は首を伸ばし、濡《ぬ》れた鼻先をそっと伊予の頰に押し当ててきた。何かの儀式かと思わせるほど、うやうやしいしぐさだった。

それから狼は身を翻し、風のように茂みへと駆け込んだ。その姿は木立の中に溶けこみ、たちまちのうちに見えなくなった。

ほっとした伊予だが、前を向いて、のんびりはしていられないと悟った。男達は先程とは違ったまなざしを、伊予に向けてきていたのだ。一人が震え声で尋ねてきた。

「お、おまえ……おまえ、一体何者だ？　蘇りをしてのけるなんて……」

あっと伊予は思った。そうだ。自分がやったのはまぎれもなく蘇りなのだ。遅ればせながらそのことに気づき、途方もないことをしてしまったと伊予は怯えた。

『帰らなくちゃ。帰って、ばば様にこのことを話さなくちゃ』

途方にくれながら伊予は《はざま》への入り口を探し、そこへ逃げ込んだ。

一方、いきなり娘が消えてしまったことに、男達は灰のような顔色になった。

「こ、これは一体……」

どうしたらよいものかと、男達は主《あるじ》のほうを振り返った。そして、主がまるで当てにならないと悟った。

少年は今起きた怪異についていけず、目を剥いたまま立ちつくしていたのだ。大きく見開いた目には、驚愕《きょうがく》と恐怖が躍っていた。

四

伊予はいったん元いた栗林に戻った。まっすぐ小屋に戻ることもできたのだが、集めた栗のことを思い出したのだ。こんな時にと、自分でもあきれたが、せっかくの収穫を残していくなど考えられなかった。冬を越すための蓄えは、いくらあっても困ることはないのだ。

栗が入った籠《かご》を背負い、伊予はふたたび《はざま》に入って歩き始めた。なんだか雲を踏んでいるような心地だった。うつつの感触がまるでしない。籠のずっしりとした重みもまったく感じず、気がつけば自分の小屋の前に立っていた。

戸のかわりに張り付けてある薦《こも》を押しあげて、小屋に入った。中は薄暗かったが、まったくの暗闇というわけではなかった。炉には小さな赤い火が踊っており、上には鍋《なべ》がかけられている。その鍋をかきまぜているばば様の後ろ姿が、伊予の目に入った。

伊予が呼びかけるよりも先に、真由良は振り返った。

「おかえり、伊予」

黙って歩み寄ってくる少女に、真由良は言った。

「山はどうだった？　ああ、栗はたくさん採れたんだね」

「……どうしてわかるの？」

「おまえの足音がいつもよりずっと重いからだよ。ふふふ。このぶんじゃ、さぞ欲張って採ってきたんだろうねえ」

と、真由良は愛《いと》しげに伊予に微笑みかけた。その温かい笑顔に、伊予はどっと緊張がほどけるのを感じた。気がつけば籠を放り出し、真由良にすがりついていた。

うわっと泣き出した少女に、真由良は驚いた。この気の強い娘はめったなことでは涙を見せないというのに。

何かあったのかと尋ねようとして、真由良は体を引きつらせた。泣きじゃくる伊予の体から、なじみのない気配が立ちのぼっていることに気づいたのだ。

真由良は伊予を抱き起こし、見えないはずの目で少女を見据えて言った。

「伊予、おまえ、何をやったんだね？」

「ばば様……」

「おまえは、《はざま》を通ったね。それから魂駆《たまが》けをして、死魂《しにだま》に触れたんだね。だが、黄泉《よみ》には行っていない。一体、おまえは何をした？　お話し、伊予。何をやったんだい？」

それは嘘をつくことも沈黙することも許さない、厳しい声音であった。

問われるままに、伊予は全てを白状した。一部始終を話し終えた頃には、涙も乾いていた。

伊予が口をつぐむと、小屋には重苦しい静けさが満ちた。やがて真由良はささやいた。

「それでは、おまえは蘇りをやったというのだね？　確かにそれをしてのけたのだね？」

はれあがった目をこすりながら、少女は小さくうなずいた。

「あ、あたしの息がかかったら、死魂が急に熱くなって、むくろに帰っていったから……」

「なんてことだ……」

真由良の体を言いようのない興奮が押し包んだ。まさか蘇りをしてのけるとは。伊予がというよりも、それをできる者がこの世にいたということが驚きだった。

巫女《みこ》や呪師《じゅし》でさえも、そんな真似はできはしない。生死を操るのは神の御業《みわざ》、それも全ての命を生み出し、刈り取る黄泉の大女神だけがなせる行為であるはずなのに。

真由良は震えをこらえながら、目まぐるしく考えをめぐらせた。

伊予が蘇りを行えたのはなぜだろう？　送り人としての技を持っていたことはもちろんだろうが、それだけでは蘇りは行えない。実際にやってみたことはないが、自分にはできないと、真由良は直感していた。自分にその力はない。では、伊予は一体どうしてそれができたのだ？

長い間考え込んだあと、真由良はふいに立ち上がった。伊予は目を見張った。

「ばば様？　どこ行くの？」

「ちょっと出かけてくる。おまえは小屋にいなさい。今日はもう外に出るんじゃないよ。誰かがやってきても、忌み日だからと言って追い返すのだよ。わかったね？」

有無を言わさぬ声で言い渡し、真由良は《はざま》へ滑りこんでいった。

真由良が消えると、伊予はへたりこんでしまった。怖くて怖くてたまらなかった。何がどう怖いのか、それすらもわからない。はっきりしているのは、自分がとてつもないことをしでかしてしまったということだけだ。

新たな涙がふきこぼれてきて、伊予はふたたび泣き始めた。押し殺した泣き声は、暗い小屋の中に鈍く響いた。

美《うま》し穂高見。

人はこの国をそう称《たた》える。その名にふさわしく、穂高見は稲穂が高らかに実る、豊かな国であった。肥沃《ひよく》な土地を抱え、すがすがしい山々を従え、いくつもの豊かな水源を我が物としている、西方でも屈指の大国だ。が、その歴史は浅い。なにしろ、穂高見という国が造られたのは、ほんの十年ほど前なのだ。

十年前まで、この辺り一帯は争いが絶えない土地だった。小さな里、豪族などが無数にひしめいており、お互いの動きに目を光らせ、こぜりあいを続けていた。

それを、一人の男が終わらせた。一部族の長《おさ》にすぎなかったその男は、類《たぐい》まれな勇猛さと際立った統率力でみるみる頭角を現し、周辺の里と豪族を一つにまとめあげ、穂高見を造ったのだ。その力ずくの行為のためにずいぶんと血が流されたが、その血の臭いも十年のうちに薄れた。

今、穂高見は最も豊かな国として、他国からの羨望《せんぼう》のまなざしを一身に受けている。

そして国が栄えれば栄えるほど、それを造り上げた男の名と誉れは広まっていく。

その男の名は猛日といった。そう。十三年前に伊予の一族を滅ぼした、あの男である。

あの戦からさほど経たないうちに、彼は国を造り上げたというわけだ。

猛日王が住まう宮は、国を一望できる小高い山の上に建てられていた。艶《つや》のある材木をふんだんに使って建てられた、豪華な造りの宮だ。宮のまわりには、白い細かな石をまいてあり、朝日には金に、月光には銀に染め上げられる。

その宮の、奥まったところにある一室は、とりわけ豪奢《ごうしゃ》なものだった。遠くの国々から運び込まれた稀《まれ》なる品々で飾られ、国一の座にある男の部屋に実にふさわしい。

今、その部屋には二人の男がいた。一人はむろん猛日王だ。

猛日王は十三年前とほとんど変わっていなかった。端整な顔はあいかわらず若々しく、結い上げた髪には一本の白髪もない。たくましい体は少しも衰えてはおらず、その姿はまるで年を取らないかのようだ。

だが、物腰がかつてとは違う。年相応の落ち着きがどっしりと身に備わり、それが彼の不自然なほどの若々しさを和らげ、色気とも言えるような華やかさに変えている。

そこにいるのはもはやただの猛々《たけだけ》しい青年ではなく、並ぶ者なき英雄と呼ぶにふさわしい、見事に成熟した男であった。

だが、誰もがうらやむ富と力を手に入れたにもかかわらず、今の王はけだるげだった。熊皮の上に寝転がり、酒をなめている姿にはあまりにも覇気がない。目には全てに飽きてしまったかのような、それでいて焦りを含んだうつうつとした光がある。

呪師にして側近である名護《なご》は、そんな王を心配そうに見つめていた。

名護は小柄な男だった。ずば抜けて大きな猛日王と並ぶと、まさに大人と子供である。骨格も細く、ひょろひょろとしていて、まるで鷺《さぎ》のようだ。顔立ちは悪くないのだが、頬とあごが尖《とが》っており、いかにも小回りのききそうな賢さと油断のなさが表れている。

なにより目が独特だった。底冷えするような白い光がいつも目の奥にあり、なんとも言えない薄気味の悪さを放っているのだ。

その粘ついた目を不安で染め上げながら、名護は主《あるじ》を見つめていた。

『王はすっかり冷めてしまっておられる』

こんな無気力な王の姿を見るのはたまらなかった。思わず口を開いた。

「王。狩りをなさってはいかがです？　お望みなら、また妖魔《ようま》などをご用意いたしますが？」

どんよりと猛日王は名護を見た。その口元がかすかな笑いを作る。

「おまえが枷《かせ》をかけ、力を封じた妖魔を狩れというのか？　あんなものを狩ってどうする？　伊佐木のような若造ならともかく、俺は一度やればたくさんだ」

にべもなく言われ、名護はため息をついた。

この王は火の性《さが》を持つ。戦の時ともなれば、巨大な松明《たいまつ》となって味方を率い、そして敵を追い散らす。だが、いかなる火も、燃やすものがなければ消えてしまう。王もそれと同じだ。追い求めるものがなくなると、急速に力を失ってしまうのだ。

今の王がどれほどの苛立《いらだ》ちと焦りを抱えているか、名護はよくわかっていた。行き詰まった思いが、病のように王を蝕《むしば》んでいる。その病を癒《いや》すのが、自分の役目であるはずなのに。その手立てが見つからず、名護もまた苛立っていた。

どうしたらよいかと悩みながら、名護はいつもの癖で頭に手をやった。名護の頭には髪がない。全て剃《そ》りあげてしまっているのだ。そのつるりとした頭一面に、ぐねぐねとした形の刺青《いれずみ》が毒々しい赤で彫りこまれている。赤い毒蛇が頭のあちこちから這《は》い出しているような、なんとも不気味な刺青だ。

だが、人に気味悪がられようとなんだろうと、この刺青は極めて役に立つ、名護にとってなくてはならないものだった。

呪師が頭に手をやった時、刺青が命が宿ったかのように、ぼんやりと光りだした。名護ははっとした。刺青が熱い。何者かの接近を告げているのだ。

「王！　ご用心を！」

名護がそう呼びかけるのと、部屋の暗がりから一人の老婆が現れるのとは、同時であった。

刺客かと、名護は呪術《じゅじゅつ》で使い魔を呼び出そうとした。だが、王がそれを押しとどめた。

「やめろ、名護」

慌てて口をつぐむ名護の前で、額に刺青を刻んだ老婆はゆっくりと進み出てきた。白濁した目をまっすぐと猛日王に向け、老婆は少しばかりの親しみをこめて言った。

「おひさしぶりだね、王よ。ご息災のようでなにより」

同じほどの親しみをこめて、猛日王は言葉を返した。

「本当にひさしぶりだな、送り人の婆《ばば》よ」

「おや、わしを覚えていてくだされたか」

「忘れられるはずもない。その目はどうした？　前はそこまで白くなかったはずだが」

「なに。病が進んでね。あの頃からぼんやりとしか見えなかったが、五年ほど前に完全に見えなくなってしまった。じゃが、あまり不自由はしておらぬ」

「おまえならそうだろうとも」

猛日王と老婆は笑みを交わした。そこには二人にしかわからない空気があり、そこから弾《はじ》き出された名護にとっては、なんとなくおもしろくないことであった。

「それで、今日はどうしたのだ？　また赤子を探しにきたわけか？」

「いや、そうではない。あなたにお聞きしたいことがあってね」

「ほう。それでわざわざ訪ねてきたというわけか。俺の名さえ知らず、目も見えぬのによくここにたどり着けたな」

「送り人には送り人の道があるゆえ。それに、たとえ名を知らなくても、あなたの気配は間違いようがない。探し出すのに、それほど手間はかからなかった」

猛日王は大きく笑った。

「間違えようがないか。嬉《うれ》しいことを言ってくれるではないか。よしよし。なんでも答えてやるぞ。それで何を聞きたいというのだ？」

「十三年前の、あの里のことについて」

老婆の表情が真剣になるのを見て、猛日王も顔を引き締めた。

「名護、部屋の外に出ていろ」

「し、しかし……」

「いいから行け。この婆とは顔なじみだ。俺に危害を加えるような者ではない。行け。呼ぶまで入ってくるな」

名護はしぶしぶ部屋の外に出た。大事な主を得体の知れぬ送り人と二人きりにさせるなど、本当はとんでもないことなのだが、王の命令とあればしかたない。部屋の気配を一つも逃すまいと、全身を耳にしながら冷たい廊下にうずくまった。

一方、部屋の中では真由良が微笑んだところだった。

「あの呪師《じゅし》はよほどあなたに惚《ほ》れ込んでいるらしい。役立つ男を味方になされたの」

「言葉も交わしていないのに、やつが呪師とわかるのか？　さすがだな。ああ、その通りだ。あいつは役に立つ、しかも俺にこのうえなく忠実な男だ。俺が命じれば、たとえ火の中でも喜んで飛び込んでいく、そういう男だ。ま、あいつのことは今はどうでもいい。それで、あの里の何を知りたいのだ？」

うながされ、真由良は静かに切り出した。

「王よ。あなたがなぜあの里を滅ぼしたのかは知らぬ。また知りたいとも思わぬ。ただ、あの里がどこの一族のものであったのかを、教えていただけぬか？」

拍子抜けして王は苦笑した。

「何かと思えば、そんなことか。そんなことなら、いくらでも教えてやるとも。あれは名のある一族のものだった。おまえとて名くらいは知っているはずだ。あの里があった山の名は輝火《かぐび》。そして住んでいたのは、火具地《かぐち》と呼ばれる一族だった」

王の言葉に、真由良は息をのんだ。

「では、生まれ変わりの一族の？」

「そうだ。火具地に生まれた者は火具地として死に、また火具地に生まれる。その言い伝えが示すとおり、火具地は一族の死魂《しにだま》を黄泉《よみ》には送らず、新たに生まれてくる子に宿らせることで、生まれ変わりを行ってきたという。送り人とはまた違った形で魂に触れられる、魂をこの世に留《とど》まらせる力を持つ血族として知られていた」

そしてそれは嘘ではなかったと、王の顔に畏怖《いふ》の色が浮かんだ。

「火具地を滅ぼす前、俺は偵察もかねて火具地の里に行ったのだ。狩人《かりうど》のふりをしてな」

実に豊かな里だったと、王は振り返る。山の上を切り開き、大滝から水をひいた田畑。神火《かむび》を祀《まつ》った神家。鉄を鍛える聖《ひじり》の鍛冶場《かじば》に、土器を作る女達の焼き小屋。なにもかもが美しく、すがすがしかった。

「なにより住んでいる人々が豊かだった。奴婢《ぬひ》は一人もおらず、里人は血の絆《きずな》で固く一つに結ばれていた。女も子供も堂々と胸を張り、誰もが輝くような誇りを目に宿していた。俺がどれほど力を尽くそうと、あれほど豊かな、そして情愛に満ちた国を造ることはできまい」

　滅ぼすのは惜しいと、その時の猛日王は素直に思った。この美しい里を、美しい人々を踏みにじりたくはなかった。それよりも火具地の王族と縁《えにし》を結び、鉄器などの優遇の約束を取り付けたほうがよいのではないか。

　火具地達のもてなしを受けながら考えていた時、一人の、まだ四歳くらいの男の子が猛日王に笑いかけてきた。

「物珍しげに俺を見てくるのがかわいらしくてな。俺は、可愛い子だ、この家の子かと声をかけたのだ。するとその子はにこりと笑って、『今はここの家の子だよ。でも、その前はあっちの家のお母さんだったんだ』と言ってきた……」

　なんの冗談だと王が尋ねると、本当だと子供は言い張った。

『ほんとだよ。ほら、あそこを通るおじさん。あれはぼくの息子だったんだ。難産だったけど、ぼく、がんばってちゃんと産んだんだよ。おおい、彦根《ひこね》。狩りに行くの？　それじゃ気をつけて。蘆柄《あしがら》の淵《ふち》には行ってはだめだよ。昨日の雨で土がぬかるんでいるから』

　向こうを歩く男にそう呼びかける子供の幼い顔には、母親の情愛が浮かんでいた。

　あの時は心底ぞっとしたと、猛日王は言った。

「里の者に聞いてみたところ、別にその子供が特別なのではないという。この里で生まれる赤子は、全て火具地であった者の生まれ変わり。それゆえ、生まれ変わる前のことを覚えている子が多いのだと。もっとも、前世の記憶を覚えているのはだいたい二、三歳くらいまでで、それから徐々に忘れていくのだとか言っていたがな」

無言で話を聞いていた真由良だが、「そう言えば」と、はたと昔のことを思い出した。まだほんの幼子の頃、伊予はよく不思議なことを口にしたものだった。「うちの里にはよく白い鹿が遊びに来たんだよ。ここには来ないんだね」とか、「前はもっと家の近くに泉があったんだ。あそこの水はここのよりおいしかったよ」とか。

そうしたことは伊予が大きくなるにつれ、いつの間にかなくなり、真由良も今の今まですっかり忘れていたのだが。

『そうか。不思議なことを言うものだと思っていたが、あれは火具地としての前世の記憶だったのか』

真由良が心の内でうなずいている間も、猛日王の話は続いていく。

『……死魂を生魂《いくたま》にして、新たな赤子に宿す。それが我ら火具地の宿命であり業なのだ。我らは常に火具地、魂が滅ぶその時まで火具地なのだ……』

そう火具地の男は言っていた。なぜかひどく苦しげな声で。だが、そんなことは猛日王にとっては、もうどうでもいいことだった。

生まれ変わりの言い伝えは真《まこと》であったのだ。それを知った時、猛日王の中で火具地を襲撃する旨は決まった。それまでのためらいなど、一瞬で消え失せた。生まれ変わりの秘密を手に入れたいという望みの前では、それはあまりにも些細《ささい》なものだったのだ。

「そして俺は里を襲った。あっという間の制圧だった……だが、捕らえられてもなお、火具地は強情だった。生まれ変わりは一族だけに伝わる秘儀で、教えられるようなものではなく、また俺に施せるようなものでもないと、口をそろえてな。俺も気長なほうではないので、女王の大火美姫だけを残して皆殺しにしたのだ」

「……姫から秘密を聞き出すためにかえ？」

「ああ。だが、その姫も思わぬ手違いで死に、生まれ変わりの秘密は永遠に失われてしまったというわけだ。生き残りは、おまえが引き取った子供だけだ。ついでに教えてやるが、おまえの跡継ぎとなったのは大火美姫の実の娘だ。王の血を誰よりも色濃く引いている。俺が火具地を滅ぼさなかったら、一族の姫として、それは大切に育てられていたことだろう」

火神の血を引く、高貴なる一族とうたわれた火具地。その姫ともあろう者が、送り人になるとは。運命とは皮肉なものだと、猛日王は唇に薄い笑みをにじませた。

だが、真由良のほうはすっかり顔色が変わっていた。まさか伊予が火具地一族の、それも王族の娘だったとは。あまりのことにめまいさえ覚えた。

なんという類《たぐい》まれな血を持つ娘を、自分は手元においていたのだろう。しかも、生まれ変わりの一族の出であるその子は、送り人として黄泉に行く力をも手に入れたのだ。なるほど、蘇《よみがえ》りをしてのけたのも、決して驚くほどのことではないのかもしれない。

おおいに納得している真由良を、猛日王は見つめた。純粋な興味がその目に宿っていた。

「今度は俺が尋ねてもよいか？　今頃になって、なぜそんなことを尋ねる？　何か深い意味でもあるのか？」

尋ねられ、真由良はすぐに動揺を押し隠した。この王にだけは、伊予がしたことを話してはいけない。とっさに浮かんだその思いは、心の奥底から湧き上がってくる本能だった。

微笑を作り、真由良は答えた。

「なに。たいしたことではない。あの子も、色々と難しい年頃になってね。自分の生まれを知りたいと騒ぐので、こうして探りに来ただけのこと。わずらわせてしまって申し訳なかった。では、わしはこれで失礼するよ。ありがとう、王よ」

そう言って、真由良は逃げるように《はざま》に入っていった。

五

真由良が消えたあと、猛日王はなにやら考え込む顔つきになった。

どうもおかしい。あの送り人の話には嘘がある。わざわざ赤子の生まれを尋ねに来るなど、何かあるとしか思えない。その何かを探り出したいと、ひさしぶりにわくわくした。もちろん、戦での激しい興奮とは比べ物にならない、ささやかなときめきであったたが。

この時、遠くから怒号が聞こえてきた。続いて、誰かが暴れているような激しい物音も。その騒がしさに、王は苛立《いらだ》ち、名護を呼んだ。

呪師《じゅし》は飛び込むように部屋に入ってきた。一目で先程の老婆が消えているのを見て取ったようだが、そのことについては何も言わなかった。

「お呼びで？」

「ああ。あれは伊佐木のやつか？」

王はあごをしゃくって物音のするほうをさした。名護はうなずいた。

「はい。先程狩りから戻られたのですが。なにやら不愉快なことがあったようでして」

それから先は言われずともわかった。猛日王は舌打ちした。

「それで酒を食らったわけか。たいして強くもないくせに、まったくどうしようもないやつだ。よし、やつを呼んで来い。やけ酒など十年早いと、教えてやる」

意地の悪い笑いを嚙《か》み殺して、名護は部屋を出て行き、すぐに一人の少年を連れて戻ってきた。

王は目を見張った。やってきた甥《おい》はまるで野猿のようだったのだ。髪を振り乱し、染みや泥がついた狩装束をまとったその姿は、うぬぼれの強い伊佐木とも思えない。何より顔がすさまじかった。血の気がまったくなく、目だけが真っ赤にはれあがっている。

出かかっていた叱責《しっせき》の言葉を、猛日王は素早く引っ込めた。何かあったことは確かだが、伊佐木はそのことに腹を立てているのではない。心底、怯《おび》えているのだ。

名護を外に出すと、王は顔を引きつらせている甥に優しく話しかけた。

「どうした、伊佐木。やけに荒れているではないか。何かあったのか？」

温かい声をかけられて、王子は目を伏せた。幼い頃に父母を病で失い、周囲から甘やかされて育った伊佐木にとって、この伯父《おじ》は誰よりも頼れる、だが同時に誰よりも怖い相手なのだ。

話すのをためらう甥に、猛日王はさらに言葉を続けた。

「おまえは俺にとっては息子も同然の、たった一人の甥っ子だ。そうやって取り乱している姿は見るに堪えん。一体何があった？　どんなことでも聞いてやるから、話してみろ」

優しくうながされ、伊佐木はついに顔をあげた。その顔色は異様に白かった。

「伯父上……私は、し、信じられないものを見たのです」

「信じられないもの？　まあいい。話せ、話せ」

うながされ、少年は声を震わせながら話し始めた。

「今日は狩りに行ったのです。伯父上がくださった狼を七景山《ななかげやま》に放し、それを狩り立てて遊びました。やつはなかなかにすばしっこくて……ようやく仕留め、その首を土産に持っていこうとした時でした。む、娘が一人飛び出してきて、狼の上にかぶさって……そ、そうしたら……」

ごくりと伊佐木はつばをのんだ。

「……し、し、死んでいたはずの、お、狼が生き返ったのです！」

「なんだと！」

思わず立ち上がる伯父の前で、伊佐木は髪をかきむしりながら叫んだ。

「あれは確かに死んでいたんだ！　矢が二本も背中に刺さっていて……なのに、立ち上がって、や、矢が抜けて……あの小娘だ！　あ、あの禍々《まがまが》しい目をした娘の、いや、化け物のしわざだ！」

「落ち着いて話せ、伊佐木！」

ぴしりと王は叱りつけた。その目が早くも光り始めている。

「穂高見の王子ともあろうものが見苦しいぞ。落ち着いて、もう一度初めから話せ。おまえは狼を山に放して、それを狩った。そうなのだな？」

「は、はい」

「おまえが狼を仕留めると、そこへ一人の娘が現れた。その娘が触れると、死んだはずの狼が生き返ったというが」

「……その通りです」

その時の恐怖を思い出して伊佐木は身を震わせたが、王は容赦しなかった。

「本当なのだろうな？　その娘が死んだ獣を生き返らせた。それに間違いないのだな？」

「はい……」

半べそをかきながらうなずく王子に、王はさらに詰め寄った。

「どんな娘だ？　歳はいくつくらいだった？　くわしく話せ」

「わ、私より年下で、小汚いなりをしていました。色白で、顔立ちもそう悪くはないのですが、目がぎらぎらとしていて……まるで獣のようでした。私が矢を向けても、平気な顔で私を睨《にら》んできて……」

「矢を向けただと？」

狼狽《ろうばい》したように王子は目をさ迷わせた。

「そ、その娘は私を睨んだのですよ、伯父上。おまけに、王族しか入ってはならない七景山にいたのです。それで……す、少しばかし脅そうと思っただけです。卑しい娘などにあなどられて黙っているなんて、恥もいいところだ。そうでしょう、伯父上？」

甘えた鼻声を出す王子。あふれそうになる唸《うな》りを、猛日王は必死で抑えこんだ。この愚かな甥を叱るのは後回しだ。今は話の続きを聞きたかった。

「続けろ、伊佐木。それからどうなった？　おまえは娘に向けて矢を放ったのだろう？その後、何が起きたのだ？」

伯父が怒らなかったことにほっとしたのか、王子はぺらぺらと話し出した。

「はい。私が矢を放ったとたん、それまで倒れていた狼が起き上がって、娘の衣をくわえて飛び上がったのです。大きなやつだったので、小娘を一人持ち上げるなど、たやすいこと……」

「そんなことはどうでもいい。娘のことを話せ」

「は、はい。生き返った狼に、娘はなにやら話しかけていました。狼はそれを聞き分けたようで、すぐさま逃げていき、そして娘のほうはいきなり闇に溶け込んでいきました」

「闇に、溶け込む？」

「ええ。するりと消えてしまったんです」

何かが引っかかり、猛日王は厳しい顔のまま考えにふけった。それを邪魔するように、伊佐木は熱心に言った。

「伯父上、昔語りの語《かた》り部《べ》が言ったのは本当のことでした。かつて、この地にもいたという送り人のことは、伯父上もご存知でしょう？　額に黄泉神《よみがみ》の御印《みしるし》を刻み、闇の道に通じていたという。あの小娘はまさにそれでしたよ」

がっと、王は目を見開いた。火をふくような激しい光がそこに宿っていた。

「娘が送り人だったというのか！　見たのか、そのあかしを？」

怒鳴りつけるような大声で問われ、怯えながらも伊佐木はうなずいた。

「は、はい。あれは間違いなく送り人でした。禍《まが》つ目《め》の刺青《いれずみ》を額に刻みつけていた。十《とお》をいくつか出たくらいの小娘のくせに、黄泉の臭いをぷんぷんさせていて！　あれは送り人だ。忌まわしい黄泉国《よみのくに》から来た災いに間違いありません！」

そう叫んだ後で、王子は唖然《あぜん》とした。伯父の顔に、見たこともないほど嬉《うれ》しげな笑みが浮かんでいたのだ。

「お、伯父上？」

こぼれんばかりの笑みを王子に向け、猛日王は優しく言った。

「伊佐木。礼を言うぞ。まったく、おまえのような甥を持って俺は幸せだ。いいことを教えてくれたものだ。そうだ。褒美をやろう。野月《のづき》の若駒はどうだ？　前からほしがっていただろう？」

なぜ伯父が上機嫌になったのか、伊佐木にはわけがわからなかった。だが、単純な王子のこと、褒美と聞いて目を輝かせた。

「本当ですか、伯父上？」

「俺がやると言ったのだ。穂高見の猛日王の言葉を疑うな。さあ、さっそく遠乗りにでも行ってこい。ただし忘れるなよ、伊佐木」

一瞬、王の目と声に凄《すご》みが加わった。

「今、俺に話したことは、絶対に他言無用だ。おまえは全てにおいて口が軽いが、この件に関して口を滑らしてみろ。その舌を切り取って、声なしに変えてやるからな」

あまり深くものを考えない王子にも、これが単なる脅しではないということは十分に伝わった。青くなりながらうなずいた。

「わ、わかりました。誓って誰にもしゃべりません、伯父上」

「よしよし。なら、行ってこい」

「はい！　ありがとうございます！」

嬉々《きき》として伊佐木王子は部屋を出て行き、それと入れ替わりに名護が入ってきた。ひざまずく呪師《じゅし》に、王は言った。

「名護、今の伊佐木の話を聞いたな？　送り人の娘のことを？」

「はい。あれほどの大声でわめかれれば、いやでも耳に入りますから」

名護はそう答えて、主の顔をじっと見た。じとりとした目が奇妙な熱をはらんでいた。

「おめでとうございます、王。ようやくお望みが叶《かな》う時がまいりましたね」

「ああ。そのようだ。運命は俺に微笑んだらしい。この機会を逃すつもりはないぞ、名護」

「はい。蘇《よみがえ》りを行ったという娘を探し出すのですね？」

「そうだ。しかもその娘、どうやら俺と少なからず関わりがあるらしい」

くすくすと猛日王は笑った。

「十をいくつか出たくらいの、額に送り人の刺青をほどこした娘だと？　しかも、なかなか顔立ちの整った娘だと？　そんな送り人が二人といてたまるものか。賭《か》けてもいいぞ、名護。その娘は、さっき現れた婆《ばば》の養い子、火具地の大火美姫の娘だ。まさかあの時の赤子が、俺が追い求めてやまぬものであったとはな」

そうとわかっていたら、決して手放しはしなかったものを。とんでもない遠回りをしてしまったものだと、王は自分の軽はずみを苦々しく思った。だが、今からでも遅くはない。決して遅くはないのだ。

「名護、あの婆を探し出せ。娘は必ずあの送り人と共にいるはずだ。どれほど人手がかかろうと、時がかかろうとかまわん。なんとしても娘を手に入れるのだ」

そう命じる猛日王に、先程までの無気力さはなかった。かわりに熱く激しい気迫に満ち満ちている。そこにいるのは、名護が愛してやまぬ炎の王その人であった。

主《あるじ》の復活を心から喜びながら、名護はすぐに部屋を出た。急ぎ足で渡り廊下を歩く。そこへ聞きなれた笑い声が聞こえてきた。見れば、中庭の向こうにある廏《うまや》の前に伊佐木王子が立っている。遠目からでも上機嫌であるのが見て取れた。

褒美をもらってほくほくしている少年を、名護は憎しみと嘲《あざけ》りをこめて眺めた。

『愚かな王子。おごりに満ちた幼い王子よ。せいぜい今の喜びを大事にするがいい。自分は王に愛されているのだと、幸せな勘違いをしているがいい。だが、それは長くは続かぬぞ。おまえは王の心の、ごくわずかなところすらも知らないのだからな。だが、私は違う』

自分は猛日王を誰よりも理解し、その心の奥、暗い闇の部分までもくまなく知っている。そう言い切れるだけの自負が、名護にはあった。当たり前だ。十年という歳月をかけて、それだけのものを築き上げてきたのだから。

王に出会わなかったら、自分はどうなっていただろうかと、名護はふと思い浮かべた。

十年前、二十九歳であった名護はすでに呪師として名をはせていた。しかし、特定の主を持ってはいなかった。豪族の館《やかた》や里をめぐり歩き、仕事を受けてはまた去っていく。

流れの生活を、名護は気に入っていた。誰にも必要以上に近づかず、近づけず。人の潤いなど切り捨て、ただ力のみを求めて。

そんな時だ。名護のもとに一人の男がやってきたのは。

それは月神のように整った顔をした若い男で、銀の甲冑《かっちゅう》で身をかため、見事な剣を腰にさし、全てにおいてきらびやかだった。なにより、全身を包む紅蓮《ぐれん》の闘気がすばらしかった。勇猛な魂の輝きが内からほとばしり、その華やぎが見る者の目を奪うのだ。

美しい武人から、名護は目が離せなくなった。男の、その強さと美しさにただただ魅せられ、惹《ひ》きつけられた。それはもう恋としか言いようがない慕情だった。

俺に仕えよ。おまえは俺のものだ。

男は当たり前のように命じてきた。そう言われたことが死ぬほど嬉しくて、名護はすぐさまその男に、猛日王の前にひざまずき、忠誠を誓っていた。それまでの信念などかき消えていた。頭にあるのは、『この人のそばにいたい！』という、たぎるような思いだけ。

これは宿命なのだ。これまで強さを求めたのも、この人に力を捧《ささ》げるためだったのだと、名護は信じて疑わなかった。十年経った今も、そう信じている。

王のそばにいられるだけで胸が一杯になるほど幸せで、自分をそんなにも幸せにしてくれる王に少しでも報いたいと、名護は力を尽くした。そうした真心はおのずと伝わるものだ。今では王は、なくてはならない右腕として自分を扱ってくれる。名護は最もほしかった、王の信頼を勝ち得たのだ。

今の喜びも満足も、全ては血がにじむような努力をしたからこそ報われたことだ。それだけに、伊佐木王子のうぬぼれた態度には腹が立った。

『猛日王がおまえなどを愛《いっく》しんでいると、本気で思っているのか？』

王子の顔を見るたびに、名護はそう言ってやりたいのを我慢しなければならなかった。子供のいない猛日王にとって、伊佐木王子はただ一人の甥《おい》であり、もっとも血の近い男子だ。王にもしものことがあれば、この国の全ては王子が継ぐことになる。そのことを、猛日王はいつも言葉や態度に匂わせていた。「猛日王は、伊佐木王子を王にするつもりでいるのだ」と、この頃《ごろ》は周囲も納得しつつある。

だが、それこそが猛日王の思惑だった。伊佐木に跡を継がせたいのだと思わせることで、王は巧みに心を隠しているのだ。そして、他の誰も知らなくとも、名護だけは知っていた。王がいかなる跡継ぎも望んでいないこと、誰にも王の座を譲る気などないことを。

永久に生き続ける。たとえ死んでも、また何度でも蘇り、この世に王として君臨し続ける。

永遠の命。それが猛日王が望んでいる唯一のものだった。そして、命を欲する情熱こそが王の力の源だった。熱くたぎる血、破壊を生み出す荒ぶる魂そのものなのだ。彼が王になれたのも、この激しい欲望があったればこそだろう。

王が自分の望みを名護に打ち明けたのは三年前。その時、名護の中にも一つの夢が生まれた。「私の手で王に永遠を与えたい」という夢が。

「そうなれば、私の名は王の心に永遠に刻まれるだろう。私は王にとって誰よりも特別な存在になれるのだ。いや、方法さえつかめれば、私もまた不死になれるかもしれない。そうなれば、ああっ、ずっと王によりそい、お仕えすることができるではないか！」

この夢を叶えるために、名護はよりいっそう王に尽くすようになった。やるべきことはなんでもやり、汚い役目も引き受けた。王の寵愛《ちょうあい》を受けた女達のうちの何人かに、ひそかに術をほどこすこともあった。ひそかな、穢《けが》れの極みと言うべき術を。

どれほどおぞましい役目であろうと、王が望めば、名護はどこまでも忠実にそれを果たした。よい気がしなかったのは確かだが、悔いはしなかった。王の、「ご苦労だったな、名護」という一言さえあれば、どんな罪にも耐えられたのだ。

そういう意味では、名護はまさに猛日王の影だった。彼の魂は、王のそれと二枚貝のようにぴたりと合わさっていたのだ。だから、この呪師にはよくわかっていた。今こそ、自分が本当の意味で力を尽くすべき時なのだと。愛《いと》しい主が心底ほしがってきたものが、ようやく見つかったのだ。どんな犠牲を払ってでも、手に入れなくては。

自分の部屋に戻ると、名護は呪術《じゅじゅつ》で僕《しもべ》にした妖魔《ようま》、使い魔を呼び出した。使い魔は彼の影から次々と飛び出してきた。が、その数はわずか四匹だった。たったこれだけかと名護は驚き、前に襲撃された時からまだ間もないことを思い出して、舌打ちした。

猛日王の命を狙ってやってくるのは、人だけではない。敵の呪師達が送り込んでくる使い魔をどれほど打ち破ってきたか、名護は覚えていなかった。また名護のほうから、敵に使い魔を送り込むこともある。使い魔達の寿命が短いのも当然だった。争いごとに使われ、またむごい命令で命をすりへらされ、虫のように死んでいってしまうのだ。

だが、彼らが次々と死んでいくことに、名護はなんの良心の呵責《かしやく》も覚えなかった。彼にとって、使い魔はあくまで道具だったのである。

とにかく四匹では心もとないと、名護は新しく捕らえることにした。その場に座り込み、ゆっくりと呪言《じゅごん》をつぶやきながら息を整え始める。息を整えることは、すなわち集中することだ。すぐに周りの物音や気配が遠のき、しんとした静けさに取り残される。

そのまま気配を探った。望みのものはすぐに見つかった。そこだ。隅のこごった闇の中だ。そこに向けて強く念を放った。

ぐわっと、暗がりがこじ開けられた。みるみる開いていく丸い穴。その向こうに広がるのは暗く深い闇の森、《はざま》であった。

だが、《はざま》を開いても、名護はそこに踏みこもうとはしなかった。生身のまま妖界《ようかい》に入れば、ただではすまない。そこに満ちる妖気《ようき》に体を侵され、たちまち正気を失ってしまう。生身で《はざま》に入れるのは、送り人くらいなものなのだ。

足を踏み入れる代わりに、名護は先程とは違った呪言を唱え始めた。彼の頭の刺青《いれずみ》が息づくように光りだし、そこから赤い焔《ほむら》がじんわりと立ち上り始めた。それはよりあい、一本の細い、だが強靭《きょうじん》な糸と化す。

名護は糸を《はざま》に投げ入れた。ちょうど、釣り糸を水に投げ入れるようにだ。そのままじっと獲物がかかるのを待った。

息を殺して待つことしばし。手応《てごた》えを感じ、名護は糸を引き戻し始めた。徐々にたぐりよせられる糸。やがて現れた先端には、一匹の妖魔がひっかかっていた。

それはかなり大型の妖魔であった。三本の角を頭にはやし、真珠色の羽毛が全身を覆っている。猛々《たけだけ》しい猛禽《もうきん》の顔と翼を持っているのだが、体つきや手足は人とよく似ている。人とも鳥とも言えぬ奇怪な姿だ。

《はざま》から引きずり出されたそれは、逃げようと激しくあがいた。だが、全身にからみついた糸は切れもゆるみもしない。

逃がさないように、名護はさらに呪言に力をこめた。呪《まじな》いによる糸がますます妖魔に食い込んでいく。

ぬかずけ。私のものとなれ。

巌《いわお》のような重い命令を、無言で叩《たた》きつけられ、ついに妖魔は屈した。名護を見て自らの名を告げたのだ。

「飛天《ひてん》」

名護はその名を呼んだ。とたん、妖魔はおとなしくなった。名前はあやかしの命。それを名護に握られてしまっては、もはや逃げることはできないのだ。

これまでにこの方法で捕らえてきた妖魔は、数百あまり。しくじったことがないのも名護の自慢だった。

『いや、一度だけあるか』

思い出して、名護は皮肉げに口の端を吊《つ》り上げた。

つい先日捕らえた、狼によく似た妖魔。あれは、《はざま》から引きずり出すのにかなりの時がかかったばかりか、恐ろしいまでの意志の強さで、名を明かすのを拒んだのだ。

あまりの強情さに、使い魔にするのはあきらめた。が、そのまま逃がしてやるのも口惜しいと、術をかけて妖力《ようりょく》を奪い、王への捧げ物にした。それが伊佐木へと下げ渡され、結果として、王子を蘇《よみがえ》りを行う少女と出会わせたのだという。

運命とはおもしろいものだと思いながら、呪師《じゅし》は次々と妖魔を捕らえていった。一呼吸つ十ほどの妖魔を釣り上げ、使い魔に変えた時には、すでに夜となっていた。

いた後、そこにひれふしている異形のモノどもに名護は命じた。自分が求めるものを探し出してこいと。たとえ千日かかろうと、必ず見出《みいだ》して、ここに戻ってこいと。

そうして、彼らを解き放とうと戸を開けた時、またしても伊佐木王子の笑い声が遠くから聞こえてきた。今日はなんと良い日だと、名護はつぶやいた。

「これで王に跡継ぎはいらない。跡継ぎなどなくとも、王は何度でも蘇り、永遠に穂高見を治めるのだからな」

声を殺して笑いながら、名護は闇に向かって使い魔を放った。

六

伊予は麻糸を洗っていた手を水から引き上げ、はあっと息を吐きかけた。泉の水は日増しに冷たくなってきている。そのうち、指が千切れるような冷たさになるだろう。真冬の水汲《みずく》みを思って、少女は憂鬱《ゆううつ》になった。

「なんで冬なんか来るんだろう。季節なんて、春と夏と秋があればそれで十分なのに」

ぶつくさ言いながらも、ふたたび麻糸をすすぎ始めた。とにかく、何かやる事があるのはありがたかった。そうやって打ち込んでいる間だけは、何も考えずにすむからだ。

蘇りを行ったあの日から、数日が経っていた。何事もなく、いつもと変わらない平穏な日が続いている。そのことに、逆に伊予は当惑していた。真由良は何も言ってこないし、あれは夢だったと思えてしまうほどだ。

だが残念なことに、あの出来事は伊予の頭にしっかりと焼きついてしまっていた。少しでも気を緩めると、たちまちまぶたの裏に鮮やかによみがえってくるのだ。

体に満ちていったあの熱い高ぶり。手の中で金色に変わっていった死魂《しにだま》のまばゆさ。矢を向けられた時の恐怖。蘇った狼の燃えるまなざし。高慢な少年の怯《おび》えた顔。

また思い出してしまい、伊予は慌てて頭を振った。ぼんやりしていて、大事な糸を流してしまったら大変だ。今だけでも集中しなくては。

自分を叱りつけ、伊予は最後の糸束を洗い終えた。しっかりと絞ってから籠《かご》に入れ、小屋へと戻る。

戻ってきた少女を、真由良はいつもと同じように出迎えた。

「ご苦労様。糸を干すのはわしがやるから、おまえは火にあたっておいで」

「うん」

炉の火に手をかざしながら、伊予は明るい声で言った。

「すごいのよ。昨日からぐんと水が冷たくなってね。まるで氷みたいだった」

「そうかい。いよいよ秋も終わりだね」

当たり障りのない会話。だが、どこか張り詰めたものがある。

伊予がそっとため息をつくのを、真由良は聞き逃さなかった。目は見えなくても、少女の様子は手に取るようにわかる。色々なことで心を悩ましているのだろう。潑剌《はつらつ》さが失われ、食欲さえさほど振るわなくなっているのも、知っていた。

だが、真由良はあえて何も言わなかった。真由良自身、どうしたらよいのか考えあぐねていたのだ。このまま今まで通り、伊予をただの跡継ぎとして扱うか。それとも生まれを明かし、別の生き方を選ばせるか。どちらも正しく、どちらも間違っているように思える。

『どうしたらいいんだろう』

真由良と伊予、二人の心に繰り返しその言葉がこだました。

やがて夕闇が押し迫ってきた。煮炊きのためのそだを取りに、伊予は石斧《いしおの》を持って近くの林に走っていった。お目当ては、前の嵐で倒れた柏《かしわ》の木だ。ずいぶん前に倒れたものなので、その枝はほどよく乾いている。

伊予はさっそく石斧を振るい、手ごろな大きさに枝を切っていった。もういいだろうと、作ったそだを腕にかかえようとした時だ。突然、生々しいばかりに強い視線を感じ、ぎょっとして後ろを振り返った。

すでに辺りはかなり暗い。その暗さにまぎれるようにして、何かがうごめいていた。いくつもの光る目が自分を見つめていることに気づき、伊予は立ちすくんだ。

それは人の目ではなく、かといって野山の獣のものでもなかった。悪意も飢えもなく、死んだ魚の目のようにうつろで、濁った光だけがじわじわとまたたいている。

生気のない、生き物らしからぬ目に見つめられ、伊予はあえいだ。口の中が干上《ひあ》がり、それとは反対に冷や汗がふきだしてくる。

伊予はすくんでいる足を叱りつけ、そろそろとその場を離れ始めた。手の中の石斧を痛いほど握りしめ、後ろを振り返らないようにしながら、小屋を目指す。足音はしなくとも、彼らがひたひたとあとを追ってくるのがわかった。

這《は》うようにして伊予は小屋の中に戻った。見れば、真由良はとっくに気配を感じ取っていたようだ。見たこともないほど青ざめた顔をしている老婆に、伊予はすがりついた。

「ば、ばば様……」

「静かに。こういう時はやたらに動かないほうがいい」

硬い声で真由良は言った。

と、静かな足音がこちらに近づいてきた。足音は小屋の戸口の前でぴたりと止まり、ものやわらかな声が響いてきた。

「火具地の姫。私は名護と申すもの。穂高見の猛日王の命により、お迎えにあがりました。どうぞ、そこよりお出ましになってください」

呼びかけの言葉に、伊予は目を見張った。火具地の姫？　一体誰のことだろう？　一瞬戸惑ったものの、すぐに思いあたった。きっと、外にいる人は、訪ねる家を間違えているのだ。ここにいるのは、ばば様と自分だけなのだから。

教えてあげようと、伊予は口を開きかけたが、真由良が低い声でそれを止めた。

「おやめ。何も言うんじゃないよ」

その声にこもった響きに、伊予はおののいた。ばば様は恐れている。外にいる誰かを恐れているのだ。

外からの声は低く笑った。くぐもった嫌な笑いだった。

「困りましたね。私としては、できるだけ穏便にことをすませたいのですが。いつまでも強情をはられると、この小屋を壊す、などということをしでかしてしまうかもしれない。繰り返しますが、手荒な真似はしたくないのです。どうかお願いです。そこから出てきてください」

柔らかいのに、ぞっとするほど冷たい声音。生きた人の声とは思えなかった。

もはや伊予は冷や汗でぬれそぼっていた。恐ろしくて震えが止まらない。だが、このままでは声の主は本当に小屋を壊しにかかるかもしれない。それがまた怖かった。

真由良もそれを恐れたのだろう。覚悟を決めたように立ち上がった。

「ば、ばば様……」

「大丈夫だよ、伊予。わしが守るから」

手をつなぎ、お互いを支えあうようにしながら、二人は外へ出た。

戸口から少し離れた所に、赤い刺青《いれずみ》を頭にほどこした小男が立っていた。伊予は悲鳴をあげそうになった。男の白く光る目は、獲物を追い詰めた蛇のような、冷たい喜びにぎらついていたのだ。

一方、相手が誰か見破った真由良は、ひどく苦いため息をついた。

「……王のもとに行くのではなかった。何があっても、あの王に尋ねるのではなかった……」

あきらめと後悔の入り混じった送り人のつぶやきに、名護は声を上げて笑った。

「おやおや、何をおっしゃるかと思えば。嘆くのではなく、むしろ養い子の幸せを祝ってさしあげるべきですよ。その姫はやっと、あるべき姿に戻れるのですから」

と、名護は青い顔をしている少女ににっこりと笑いかけた。

「そうです。火具地の姫。私はあなたを迎えにまいったのですよ。あなたはその生まれにふさわしい衣をまとい、玉で身を飾るのです。美しい物だけを愛《め》で、笑いさざめくことそが、あなたにはお似合いだ。私と共においでなさい。あなたを我が王のもとへお連れします。王はこのうえない愛《いつく》しみを以《もっ》て、あなたを受け入れるでしょう」

そう言って名護は手を差し伸べたが、伊予は動こうとしなかった。男の言っていることはわからなかったし、なにより男が怖かったのだ。

かたくななまなざしに、名護は真由良のほうに目を移した。

「あなたから説得していただけませんか？　これは姫のためになる話なのだと」

「わしに娘を売り飛ばせと言うのかえ？」

軽蔑《けいべつ》をこめて言う真由良に、名護は不思議そうに首をかしげた。

「何が不満だというのです？　あなたは娘と言うが、その大事な娘が高みに昇ることの何が気に食わないのですか？　粗末ななりをしていても、それだけの見目麗しさを見せる姫だ。ふさわしい身なりをすれば、どんなに美しいか。死者の相手をして朽ちるべき方ではない。そして、その方を姫に戻せるのは、穂高見の猛日王だけなのですよ？」

「だが、王がその見返りを望むだろう。それが何か、わしは知っている！」

くわっと真由良は声を荒げた。

「確かに、あんた達は大切にこの子を扱うだろう。自分達の望みを叶《かな》えるためだけに、この子を愛するだろうさ。だが、その望みがどれほど罪深いか、この子がかぶる穢《けが》れがどれほどのものか、考えたことはなかろう。あんた達は自分達の罪深さに、この子を巻き込むという！　ああ、そんなことはさせない！　黄泉《よみ》の大女神にかけて、そんなことはさせやしない！」

伊予は驚いた。小さなばば様が、急に山のように大きく感じられたのだ。それほど真由良の、子供を守ろうとする気迫は激しいものだった。

「王のもとにお戻り、呪師《じゅし》よ。そして、わしの言葉を伝えるがいい。死を恐れるあまり、王は生きる道を見誤っておられる。神でもないものが永遠を生きようなどと望むのは、ねじくれた考えだ。そのだいそれた浅ましい望みは、今にその身を滅ぼすだろうと」

先程から真由良の暴言に耐えていた名護だったが、これはまさにとどめの一言だった。それを聞いたとたん、名護は決めていた。この老婆をこの世から消してやると。猛日王を侮辱した罪は、死であがなわせなければ。

彼はわざとらしく舌打ちした。

「困った人達だ。まるで話が見えていませんね。しかたない。こうなったら、私も力ずくでお役目を果たすしかなさそうだ」

名護から殺気が漂い始めたことに気づき、真由良は小声で伊予にささやいた。

「《はざま》にお逃げ。わしもすぐに行くから」

伊予はうなずき、目をこらした。そして絶句した。手近な《はざま》への入り口は、全てふさがれていたのだ。どの入り口の前にも、奇怪な化け物達が陣取っている。真由良もそれに気づいたのか、その顔色は夜目にも悪くなった。

二人の絶望と恐怖を楽しみながら、のんびりとした口調で名護は言った。

「ええ、あなた方がよく使う道は封じさせてもらいましたよ。逃げられては困りますから。さあ、姫。おいでなさい。大事なばば様に傷ついてもらいたくはないでしょう？　だが、あなたがいつまでも我を張ると、そういうことになるかもしれませんよ」

静かな脅しに、伊予は震えた。どうしようと真由良を振り返り、はっとした。真由良の顔には、ある決意があったのだ。

「ば、ばば様……」

「伊予。わしが隙を作る」

唇をほとんど動かさずに、真由良はささやいた。

「おまえはその隙をついて、ふさがっていない《はざま》まで走るんだよ。振り返ったりして時を無駄にしちゃいけない。わかったね」

有無を言わさぬ声で言うと、真由良は伊予の肩をつかみ、押し出すようにしながら前に歩み始めた。名護は笑った。

「そう。それでいいんです」

彼の目には、命が惜しくなった老婆が少女を差し出しにきたように見えたのだ。だが、今回ばかりは名護も相手を見くびりすぎていた。

あと数歩というところで、いきなり真由良は自分の腰紐《こしひも》を引き千切り、名護に投げつけたのだ。名護の胸に当たった腰紐は、大きな水蛇となって彼にからみついた。

　ぎりぎりと締め上げられて、名護は目を見張った。ぬるりとした鱗《うろこ》の感触、そこから立ち上る強い水の香り、さらには締め付けられる痛みをはっきりと感じる。だが、これは幻だ。本物であるはずがない。

　目くらましなど、呪師にとってはほんの手遊びのような小技だ。が、いきなりのことだったので、名護は一瞬気をのまれてしまった。主《あるじ》の驚きに、使い魔達も戸惑う。

　今だと、伊予は駆け出した。

　兎のように走り出した娘の姿に、名護は我に返った。同時に、ただれるような熱い怒りがわきあがってきた。この自分が、送り人ごときが作り出した目くらましに引っかかるとは。こんな屈辱は初めてだった。ぎりっと、嚙《か》みしめた歯が音を立てた。

『許さん！　許さんぞ！』

　見れば、老婆は逃げようともせずにその場に立っている。その穏やかな目線を受けて、名護の怒りは爆発した。

「殺せ！」

　主の命令を受けて、使い魔の一匹がゆらりと真由良のほうに動いた。

　一方、名護の声は逃げる伊予の耳にも届いた。それを聞いたとたん、伊予は立ち止まっていた。振り返らずに走る。ひたすら走る。そうしなければいけないと、頭の中ではわかっていた。だが、それでも振り返ってしまったのだ。

そして見たのだ。翼をはやした異形の化け物が、真由良に太い前足を振り下ろすのを……

「ばば様！」

伊予の悲鳴が夜の闇を切り裂くのと、奥の林からたくさんの影が飛び出してくるのとは、ほぼ同時であった。

やってきた影達はまったく躊躇《ちゅうちょ》しなかった。いっせいに、名護の使い魔に襲いかかったのだ。たちまち大乱闘となった。咆哮《ほうこう》と悲鳴、地に叩《たた》きつけられる音や、肉を引き裂く音が響き渡る。

「な、なんだ、これは！」

さしもの名護も動揺を隠しきれなかった。これではどこに娘がいるのかわからない。それどころか、次々と襲いかかってくる影をかわすのがやっとだ。

その大混乱のさなか、伊予は必死で倒れている真由良のもとに行こうとしていた。まわりのことなど何一つ目に入らなかった。とにかく、ばば様のところに行かなくては。

そんな少女に、一つの影が走りよった。影はすくいあげるようにして伊予を抱き上げると、そのまま走り始めた。たちまち騒ぎが遠ざかる。伊予はもがいたが、体に回されている腕は鋼のように硬く、身動き一つできなかった。できたのは、叫ぶことだけだった。

「ばば様を助けて！　ばば様を！」

強靭《きょうじん》な腕に抱えられ、風のような速さで運ばれながら、伊予は気を失うまで叫び続けた。

七

ゆっくりと目が覚めてきたのを、伊予は感じ取っていた。深い水の底から浮上するような感覚、魂駆《たまが》けした魂が体に戻る時にも似た感触で、意識が徐々にはっきりとしてくる。

完全に意識が戻ると、目を閉じたまま周りの気配を探った。どうやら、自分は長い間眠っていたらしい。その間に、まったく知らない場所に連れてこられてしまったようだ。その証拠に、辺りに漂う空気には、伊予の知らない草木と土の匂いがした。

ほんの少し体をゆすってみた。背中に伝わってくるがさがさとした感触から、自分が枯れ葉や草の上に横たわっているのがわかった。地面の上ではない。だが、家屋の中でもない。一体ここはどこなのだろう。

それを確かめようと、重いまぶたを開こうとした時だ。ぼそぼそとした話し声が聞こえてきて、伊予はびくりとした。

誰かが、そう離れていない場所にいる。

伊予は寝た振りをしながら、耳をそばだてた。まず女の声が聞こえてきた。

「じゃあ、あとわずかももたないんだね？」

女としては低い、だが響きのよい声。その声に、今度は野太い男の声が答えた。

「闇真王《くらま》、そんな目で俺を見ないでください。あの人間がまだ生きていること自体、不思議としか言いようがないんです。だが、それも限界が来ている。これ以上は……」

苦いものでも飲んだかのように、男は残りの言葉をにごす。女が重い息をついた。

「わかった。ありがとう。もういいよ、矢津多《やづた》。おまえには最後まで付き合ってもらったが、もう帰っておくれ。いや、頼むから帰っておくれ。取り返しがつかなくなる前に、ここから去るんだ！」

ぴしりと言った後、女の声が優しくなった。

「おまえには色々と迷惑をかけてしまった。今宵《こよい》、おまえと一族が私のためにしてくれたことを、私は決して忘れないよ。だが、もう十分だ。そろそろ息苦しくなってきただろう？　早くお戻り。帰って、皆にも礼を伝えておくれ。本当に感謝していると」

「……ご自分で伝えられる気はないのか？」

「ない。このまま別れたほうが互いのためだ」

しばしの沈黙の後、あきらめきった口調にわずかな希望をにじませながら男は尋ねた。

「また戻ってこられますか？」

「……いや」

寂しさを漂わせながらも、女は静かに言った。

「私の運命は、一族から遠く離れてしまったのだよ、矢津多。もう二度と交わることはないだろう。鳴風《なるかぜ》の闇真王は死んだんだ。そう思っておくれ」

女の淡々とした口調に対して、男の声はひどく潤んでいた。

「……あ、あなたをこんな形で失うことになるとは。一族にとって、こんな手ひどい痛手はない。あなたを失う悲しみを、二度も味わうはめになるとは」

男はたまりかねたように嗚咽《おえつ》し始めた。押し殺したすすり泣きは深い悲しみに満ち、事情を知らぬ伊予でさえ涙を誘われた。

やがて男は泣くのをやめ、気力をふるいたたせるように別れの言葉を告げた。

「いつも良い風があなたに吹くように祈っています。ご武運を、闇真王」

「私はもう王じゃないよ、矢津多」

「いや、俺にとっては、あなたはいつまでも鳴風の闇真王だ」

その言葉を最後に、男の気配は消えた。一瞬で消えてしまったのだ。だが、そのことに驚くひまは、伊予にはなかった。誰かが自分の傍らにやってくるのを感じたのだ。

身を硬くしていると、先程の女の声が降ってきた。

「目が覚めたようだね。なら、起きておくれ。ぐずぐずしてはいられないからね」

そう言われて、ますます伊予は目をぎゅっとつぶった。声の主は苦笑した。

「そう怯《おび》えずに。おまえのばば様がおまえを呼んでいるんだよ。だから起きなさい。早くしないと、手遅れになる」

がばっと、伊予は跳ね起きた。ばば様と聞いて、いてもたってもいられなかったのだ。目を開けると、自分が穴の中にいることがわかった。土を掘りぬいて作った、大人が二人やっと入れるような狭い薄暗い穴だ。そして伊予の横には、一人の女が片膝《かたひざ》をついて腰を落とした格好で、こちらを見ていた。

伊予は息をのんだ。それは、これまでに見たことのない類《たぐい》の女だったのだ。

女は、黒い毛皮をそのまま体に巻きつけたような、奇妙な衣を着ていた。足ははだしだったが、腕とすねには毛皮のこてとすねあてをしている。腰には黒石の短刀をさしていた。女が持つ物とも思えない、切っ先の鋭い長めの短刀だ。

まるで山人のような猛々《たけだけ》しい格好だが、なにより女自身に突風のような荒々しさがあった。のびやかな手足、しなやかな体つきの中に、鋼のようなたくましさを兼ね備えている。

肌は、闇に溶け込むほど色が黒かった。世間では女は色が白いのが好まれるが、この女の黒い肌ほど美しいものは見たことがないと、伊予は思った。

結わずに奔放になびかせた髪。それにふちどられた顔立ちはきつく、はっとするほど美しかった。惜しむべきは右の額から頬にかけて、長い白い傷が走っていることだ。その傷のせいで頬は引きつり、右目は完全につぶれてしまっている。だが、そのぶん無傷の左目の美しさが際立っているとも言えた。

驚いたことに、女の瞳《ひとみ》は、秋の稲穂のような鮮やかな金色だった。まなじりのつりあがった目におさまった、深い黄金《こがね》の瞳。見ているだけで心を奪われそうな、あらゆるものを吸い込むような強さが、そこにはあった。

　雄々しい隻眼の女は、伊予に笑いかけてきた。その親しみのこもった微笑みに、伊予は思った。自分はこの人を知っている。この人も自分を知っていると。だが、いつどこで出会ったのか、まるで思い出せなかった。こんな鮮やかな相手を、忘れるはずがないのだが。

　首をひねっている少女に、女は言った。

「私は闇真だ。色々聞きたいことはあるだろうが、それは後回しにして、まずはおまえのばば様と話をしておやり。おまえが起きるのを、ばば様はずっと待っていたのだからね」

　女が視線を移したほう、伊予が寝ていた場所よりさらに奥に、真由良が横たわっていた。

「ばば様！」

　飛びついて、伊予は声を失った。真由良は、右肩から脇にかけて、体がほとんど二つに裂けるようなすさまじい傷を負っていたのだ。血止めはほどこされていたが、赤黒い染みは、地面にまで広がっている。

　あまりの傷に圧倒されている少女に、闇真は静かに言った。

「本当なら、この人はとっくに黄泉《よみ》に旅立っているはずなんだ。だが、それを意志の力で押しとどめている。おまえと話をするために、この人は信じられないような忍耐で、壊れた器に宿り続けているんだよ。私だったら時を無駄にしないがね、伊予《う》」

その言葉に我に返り、伊予は真由良をのぞきこんだ。血の気がすっかり失せた顔には、死相が色濃く浮き上がっていた。

「ばば様……」

涙がぼろぼろとこぼれて、真由良の上にしたたった。

と、うっすらと真由良が目を開けた。もはや口をきくこともできないのだろうが、わずかに左手を震わせる。伊予はその手を握り締めた。早くも冷たくなってきている真由良の手に、息を吹きかけるようにしながら、すがりついた。

そうやって手を握ったのは、ずいぶんと久しぶりだった。こんな時だというのに、伊予の頭に昔の思い出が幻のようによみがえってきた。

昔、伊予がまだ本当に幼かった頃、真由良はこうして手を取り、魂駆けのやり方を教えてくれたものだ。自分の魂と伊予の魂を触れ合わせ、ゆっくりと体から導き出してくれて……やり方を覚えるまで、何度も辛抱強く教えてくれた。伊予が何か一つ覚えるたびに、覚えが早いと褒めてくれた。

「送り人は黄泉の大女神様の愛し子《いとご》。だが、おまえはその中でもひときわ女神様に愛されているようだねえ」

そう言って、優しく頭を撫《な》でてくれたばば様は、伊予にとって誰よりも愛しい人だ。

そのばば様が死にかけているなんて。悪夢としか思えなかった。

すすり泣きながら伊予はささやいた。

「お願い……死なないで」

だが、その言葉が終わらないうちに、真由良は事切れていた。

「いやっ！」

すぐさま伊予は魂駆《たまが》けした。ばば様を死なせはしない。狼にやった時のように、絶対に蘇《よみがえ》らせてみせる！　どんなことがあっても助けてみせる！

肉体を離れた伊予の前に、真由良の青ざめた姿が浮かんでいた。

「大丈夫よ、ばば様！　すぐ助けてあげるから！」

叫びながら伊予は手を差し伸べた。ところが、真由良はそれをするりと避けたのである。

驚く少女に、真由良は毅然《きぜん》とした声で告げた。

「伊予。それ以上、わしに近づいてはいけない。そのままでわしの話を聞いておくれ」

「だ、だめよ！　何言ってるの！　手遅れになっちゃったらどうするの！」

話なら後でいくらでもできる。だから今はこっちに来てくれと、伊予は叫んだ。だが、真由良はかぶりをふり、愛《いと》おしそうなまなざしを伊予に向けながら言ったのだ。

「手遅れになっていいんだよ、伊予。わしは蘇るつもりなどないのだから」

伊予は胸を貫かれるような衝撃を食らった。耳の奥がきんと痛くなり、音という音が聞こえなくなる。ばば様の言葉を頭から締め出そうと、体が躍起になっているのだろう。だが、聞かなかったことにするには、あまりに重すぎる言葉だった。

放心する少女を、真由良は優しく叱りつけた。

「さあさあ、しっかりおし。どうしても話しておかなければならないことがある。そのためにおまえを待っていたんだよ。大事な話だ。ちゃんと聞いておくれ」

そうして真由良は、伊予が生まれ変わりの一族と呼ばれた火具地の王の子であり、自分達を襲ったのが、その火具地を滅ぼした猛日王の手の者だということを告げた。

「伊予、お逃げ。猛日王からどこまでも逃げるんだよ。王は絶対におまえをあきらめないだろう。だが、捕らえられたらおしまいだ。あれは恐ろしい男、おまえの力をしぼりとることしか考えていない、心を病んだ男だからね」

わしがおまえのことを告げなければ、王もおまえのことを知ることはなかったろうにと、苦しげに真由良は顔を歪《ゆが》めた。

「本当にすまないことをしてしまった。許しておくれ、伊予。どうかわしを許しておくれ」

「もちろん許すわ」

焦りながら伊予は言った。伊予にとっては、真由良を現世《うつしよ》につなぎとめることが大切だった。自分の生まれや狙われていることなど、それこそどうでもよかったのだ。

「ばば様を許すわ。だからこっちに来て。一緒に現世に戻って。まだ逝くには早すぎる。

お願いだから、蘇りたくないなんて言わないで。お、お願いだから」

懇願するそばから、涙があふれてくる。泣きじゃくる少女を見ても、真由良はがんとしてうなずかなかった。困ったような笑いを浮かべて、真由良は言った。

「蘇るわけにはいかないよ、伊予。おまえを滅ぼすような真似を、わしにさせないでおくれ」

伊予の喉《のど》の奥で、叫びがつまった。愕然《がくぜん》としている少女に、真由良はゆっくりと語った。

「伊予、蘇りは禁忌なのだよ。死者をこの世に引き戻すことは、黄泉の大女神に叛《そむ》くこと。触れてはならない禁忌の技だ……本当なら、おまえは罪人として罰せられていただろう。そうならなかったのは、ひとえに大女神がおまえを愛《いつく》しんでくださっているからだ。だが、一度目は見逃されても、二度目はない。二度と蘇りに手を出してはいけない。それはおまえを滅ぼすよ」

だが、伊予は納得できなかった。自分の一族、火具地とやらはそれをやっていたはずだ。そのことを伊予が言うと、真由良は一気に厳しい顔になった。

「馬鹿なことを言うものじゃない！　生まれ変わりと蘇りは、まったくかけ離れたものだ。少なくとも、生まれ変わりはきちんと死を受け入れる。だが蘇りは違う。死をはねのけることだ！　それに、おまえは命を作って死魂《しにだま》に与えているわけではない。言っていただろう？　蘇りを行った後、周りの草木が灰色になって死んでいたって」

伊予は、あの時の光景を思い出した。灰一色に染まった林。かさかさに乾いた草の感触と、耳の奥が痛くなるような不気味な静寂。

ぎくりとする少女に、真由良は強いまなざしをそそいだ。

「そうだよ。おまえは狼に与えるために、周りにあった草や木、虫から命を奪ったんだ。たった一つの命のために、たくさんの命を犠牲にしたんだよ。蘇りとは、それだけの代償を必要とするもの。だからこそ禁忌の技なのだよ。さあ、もう決して蘇りを行わないと、約束しておくれ。誓っておくれ、伊予！　おまえのため、おまえをいとおしんでいるわしのために！」

激しい気迫に圧倒され、伊予は約束した。もう二度と何かを蘇らせたりしないと。

伊予に約束させたあと、真由良はやっと顔を和らげた。

「これでいい。これでやっと黄泉に行けるよ」

「だめ！　行ってはだめ！」

「伊予。わしはすでに十分に生きた。声が聞こえるんだよ。もう安らぐ時だと、大女神様がわしを招いておられる声が。だからね、このままわしを行かせておくれ」

「いや！　それならあたしも一緒に行く！」

「馬鹿を言ってはいけない。おまえの命はこれからだというのに」

ゆるやかに真由良は笑った。

「かわいいわしの娘。おまえと過ごせた十三年ほど、幸せな時はなかったよ。ありがとう。今度はおまえが幸せになっておくれ……ああ、そんなふうに泣かないで。これが本当の別れではないことは、おまえもわかっているだろう？　大丈夫。わしはいつも黄泉《よみ》からおまえを見ているよ。おまえが危うい時は、わしは必ず駆けつける。何度でもこの世に駆け戻り、おまえを助けてみせるからね」

そう言って、真由良は今度こそ伊予に背を向けた。その体が黄泉津比良坂《よもつひらさか》の闇に沈みこむ。

伊予は夢中であとを追った。が、真由良はまたたくまに闇を駆け下り、黄泉の奥へと滑り込んでしまった。そして入り口である千引の岩は、無情にも伊予の目の前で閉ざされた。

こうなっては伊予には追うことはできない。真由良の魂を現世に連れ戻すことは、もう決してできないのだ。

胸にぽっかりと穴があいたような心地となった。そこから痛みがこみあげてきたのは、しばらく経ってからだった。

「うわあああああっ！」

突然、すさまじい絶叫が喉からほとばしった。その激しい、獣じみた声をあげたとたん、少女は黄泉津比良坂から弾《はじ》き飛ばされていた。

「ばば様！」

少女の叫びは闇を悲しく震わせた。

八

熱い涙が頬を伝わるのを感じ、伊予は自分が現世《うつしよ》に戻ったことを知った。すぐに胸を突き上げてきたのは、ばば様を失ったという痛みだった。信じたくはなかったが、まぶたを開けば、物言わぬ屍《しかばね》となったばば様が目に入る。

そうだ。ばば様は死んだのだ。そう思うと、たまらなく胸がうずいた。

死なら、これまでに何度も見てきた。だが他人の死と、自分の愛する者を実際に亡くすのとは大違いだ。死は肉の滅びであって、魂の滅びではない。そのことは他の誰よりもわかっているはずなのに。それでも、素直に受け入れることはできなかった。

なぜなら、ばば様は殺されたからだ。普通に老いて死んだのであれば、これほど悔しくも悲しくもなかっただろう。だが殺された。体を引き裂かれて死んだのだ。こんな理不尽なことはない。恨みと悲しみが荒れ狂い、心がおかしくなってしまいそうだ。

が、涙にひたる猶予は与えられなかった。あの女、闇真がのぞきこんできて言ったのだ。

「戻ってきたようだね。では、そろそろ行くよ。ここを離れなければ」

「離れるって……ばば様はどうするの？」

こんな所に亡骸《なきがら》を残していくなどできない。ましてや、ばば様は優れた送り人だったのだ。きちんと、ふさわしい弔いをしてあげなくては。

だが、そんな少女の思いを、闇真は不思議そうにはねのけた。

「そこにあるのは、おまえのばば様の器だったもの。言わば、ただの抜け殻だ。そんなものを気にかけてどうする？　生きているならともかく、死んだ者にかまけている暇はないよ」

闇真は悪意があって言ったのではない。それはわかったが、伊予にしてみれば傷口に塩をすりつけられたようなものだった。痛みに耐え切れず、伊予はわめきだした。地面を叩《たた》きながら、荒れ狂う心のままに言葉をほとばしらせた。

「こんなの、こ、こんなのはいやよ！　帰して！　あたしをもとのところに戻してよ！　ばば様が生きている時に戻して！　なんでばば様がこんな目にあわなくちゃいけないの！　ひどい！　ばば様を生きて返してよ！」

ぱんと、高い音が鳴った。闇真が、軽い平手を伊予に見舞ったのだ。それは軽くとも、少女を正気に戻すのには十分な一打ちだった。

目を見張る少女を見据え、闇真は静かに言った。

「伊予。おまえは稀有《けう》な力の持ち主だ。そうした力は様々な運命を引き寄せやすい。時には災いもね。だが、力を持つ者は、災いと戦えるだけの力も持っているものだ。おまえは戦えるはずだ、伊予。だから、こんなところで無駄に取り乱してはいけない」

その口調は力強く、迷いがなかった。伊予のことは誰よりもよく知っているのだと、言わんばかりだ。伊予は震えながら、不思議な女を見つめた。

「あなた誰なの？　どうしてあたしに関わるの？」

ささやかれて、女はほのかに笑った。

「おまえのほうが、先に私に関わってきたんだよ。忘れてしまったかい？」

隻眼の目が伊予にそそがれる。その金の瞳《ひとみ》を見るうちに、伊予の頭にひらめくものがあった。

「あの時の狼……」

「よくわかったね。さすがは私を生き返らせた娘だ。改めて名乗るとしよう。私は闇真。おまえ達が《はざま》と呼ぶ場所に生まれた者だ」

誇らかに名乗る女を、まじまじと伊予は見つめた。

「《はざま》の、妖魔《ようま》……」

人ではないのだ。力ある妖魔であったのだ。言われてみれば、おおいに納得できることだったので、伊予はそのことについてはそれほど驚かなかった。それよりも別のことが気になった。つばを飲み込み、思い切って言った。

「さ、さっき、矢津多って人が言っていたわ。あなたは王だって。鳴風の闇真王だって」

「ああ、矢津多との話を聞いていたんだね」

ほんの少し、闇真の声音が乱れた。

「そうだね。ついさっきまで、私は確かに鳴風族の王だった。だが、今は違う。その役を降りた、ただの闇真だよ」

「……どうして？　なぜ王をやめたの？」

伊予は食い下がった。聞いておかなければならない気がしたのである。

「それは……私なりのけじめだからだ。一度死んだ者が、王を続けるわけにはいかないだろう？　それに、王というものは常に一族のことだけを考え、一族のそばにいなくてはいけない。それではおまえを守ることなどできないからね。そうだろう、伊予？」

闇真の言わんとしていることを理解するのには、少し時間がかかった。

「……あたしを、守ってくれるの？」

「ああ。おまえは私を助けてくれたからね。命の借りは命で返すのが、鳴風の掟《おきて》だ。心配しなくていいよ、伊予。おまえは私が守るから」

気負いない言葉。だが、どんな重々しい誓いよりも、伊予にはその言葉が信じられた。

「……ありがとう」

小さな声で礼を言う少女に、闇真は優しい表情になり、なだめるように言った。

「だからね、今から私が言うことを、守り人の言葉として聞いておくれ。悪いけど、今はおまえのばば様を葬る暇などないんだ。一刻も早くここを離れないと。おまえ達を襲たやつらが、いつ嗅《か》ぎつけてくるか、わからないからね」

あの男！　いきなりやってきて、ばば様を殺したあの男！

かっと、伊予の目から火がふいた。わきあがってきた憎悪は、はらわたを煮えくりかえらせ、まだ足りぬとばかりに胸を焼いた。あまりの激しさに、全身が内から弾け飛びそうだ。

激情に駆られるままに、伊予は復讐《ふくしゅう》を誓った。あの男も、猛日王とやらも、絶対に許さない。王だろうがなんだろうが、ばば様の命を奪った代償は必ず払わせてやる！

そのためには、まず逃げ延びなければ。生き延びなければ、復讐は遂げられない。

少女は燃え立つ目を闇真に向けた。

「いいわ。今すぐどこへでも行く。もうわがままは言わない」

闇真に手を引かれて外に出る前に、伊予はもう一度真由良の亡骸を見つめた。

ばば様のことだ。自分のむくろをどうしようと、それこそ弔いなんかしなくたって、なんとも思わないだろう。だが、伊予はつらかった。大好きなばば様を放っていくなんて。その体を清めもせず、花で飾りもしないで立ち去るなんて。

『ばば様、ごめんなさい』

苦い思いを胸に満たしながら、伊予は最後の別れを告げ、外に出た。

洞穴から出てみると、すでに空の高い所に月が昇っているのが見えた。どうやら真夜中を過ぎているようだ。月の光に目を細めながら、伊予は辺りを見回した。

まったく知らない森の中だった。黒々とした杉の木が立ち並び、さわやかな匂いを漂わせている。こんな立派な杉林がある森は、伊予の里の近くにはない。

「ここ、どこ？」

「おまえが住んでいた里から、山を十ばかり越えたところだよ。あいつらをまくには、それくらい走らなくてはいけなくてね」

ずいぶん上から闇真の声が降ってきたので、伊予は顔を上げて、目を剝《む》いた。今まで穴の中にいたのでわからなかったのだが、闇真はとても背が高かったのだ。まっすぐ立つと、並の男よりもさらにこぶし二つ分はあるだろう。

そのしなやかな長身が急にたわんだ。闇真が体を二つに折るようにして身をかがめ、両手を地面につけたのだ。一瞬、その姿が水面《みなも》に映った月のようにゆらめいた。と思うと、次には巨大な狼がそこに立っていた。

前にも見たことがある、闇真の狼としての姿だ。だが、前に見た時よりも確実に二回りは大きく、そのすみずみにまで力がいきわたり、びりびりするような迫力がある。その美しさに、伊予は息を吞《の》んだ。

「きれい……前よりもずっときれいだわ」

少女の感嘆のつぶやきに、くすぐったそうに闇真は笑った。

「きれいと言われて悪い気はしないものだね。まあ、前は枷《かせ》をかけられていたから」

「枷？」

「ああ、妖魔としての力を全て封じ込まれていたのさ。だから、あの時は人の言葉はしゃべれなかったし、《はざま》に戻ることも、風に乗って山を一息で駆け抜けることもできなかった。そうでなければ、あの馬鹿王子の矢になど、誰が当たるものか」

悔しげに闇真は牙を噛《か》み合わせる。真っ白な牙《きば》が、月の光を浴びて銀色に輝いた。

「誰がそんなことを……？」

「おまえ達を襲った呪師《じゅし》だよ。あいつは私達の狩り場に罠《わな》を張っていてね。一族の末子《すえご》がそれに引っかかってしまった。なんとかその子は逃がせたものの、かわりに私が捕らわれてしまったというわけさ」

首筋の毛を逆立てながら、闇真は苦々しげに吐き捨てる。

捕らわれた闇真は名護によって妖力を封じられ、猛日王に献上された。そして、そのまま王の甥《おい》へと下げ渡されたのだという。

「山に放される前、私は半刻あまりあの王子になぶられた。狩りやすいようにと目をつぶされ、左足の腱《けん》を断ち切られ、全身を鞭打《むちう》たれて……あの屈辱を私は忘れない。いつか必ず、あいつの顔を噛み裂いてやる！」

闇真の唸《うな》りに、伊予は荒々しく笑った。伊予は、名護の次にあの王子を憎んでいたのだ。そもそも、あの少年が闇真を狩ったりしなければ、自分は闇真を生き返らせることはなく、ばば様が死ぬこともなかったかもしれない。それを思うと、憎悪はおさまることを知らなかった。

「あいつにはぴったりだわ。一生残るような傷をつけてやってね」

「言われるまでもない」

大きくうなずく闇真。その姿を見るうちに、別の疑問が伊予の心に浮かんできた。

「……ねえ、さっきのことなんだけど。闇真達はちょうどいい時に助けに来てくれたでしょ？　でも、どうして？　どうして、あたし達が襲われているってわかったの？」

「いや、あの時はおまえの危機をわかっていたわけではないんだよ。その前からおまえを探していただけでね。やっと見つけて、駆けつけてみたら、おまえ達が襲われているのが見えて。で、問答無用でかっさらってきたというわけさ」

運が良かったと笑う狼を、伊予はじっと見つめた。

「あたしの守り人になってくれるのは……あたしが狙われているからじゃないのね？」

違うよと、闇真はかぶりをふった。

「おまえに蘇《よみがえ》らせてもらった時から、守り人になると決めていた。だが、まずは力を取り戻さないことにはどうにもならない。幸い、《はざま》の仲間達が私を探しに来てくれてね。彼らに術をはずしてもらったんだが……それが意外と時がかかってしまった。おまえを探し出すのにも手間取ってしまって。もう少し早く探し出せていれば……」

闇真はそこで口を閉じ、言葉の続きを呑み込んだ。その先を言ってもむなしいだけだ。

わずかな沈黙の後、気を取り直したように狼は言った。

「さあ、おしゃべりは終わりだ。背にお乗り。これから少し遠くまで行くからね」

「……《はざま》を使わないの？」

そのほうが早いのにとつぶやく伊予に、闇真はかぶりをふった。

「使わない。あの男が網を張っていないとも限らないし、それに……私はもう《はざま》には入れないんだよ」

驚いて訳を尋ねようとする少女を、闇真は目で黙らせた。これ以上は聞かないでくれと、その目は激しく訴えかけていた。

「その話は後だ。さあ、乗って。しっかりとたてがみをつかんで。脇をしめて、ひじで私の首をはさみこむようにしなさい」

有無を言わせぬ声に、伊予は黙って闇真の背に這《は》いのぼった。言われた通りに荒縄のように硬いたてがみをつかみ、獣臭い毛皮に体をしっかりうずめる。

「それでいい。私が走っている間は口を閉じ、声をもらしてはいけない。声からおまえの気配がこぼれてしまうからね。私の背にぴたりとくっついて、気配を私の中に溶け込ませるんだ。それから絶対に落ちないように。落ちれば、怪我どころではすまないからね」

そう言って、闇真は走り出した。初めは体をほぐすようにゆっくりと、それから徐々に速く。

やがて、空気を切り裂くようなすさまじい速さとなった。周りの景色がぼんやりとした影となり、ものすごい勢いで伊予の横を駆け抜けていく。

声を出すまいと、伊予は必死で歯を食いしばった。耳元をびゅうびゅうと風がかすめる。耳を引き千切っていくかのようだ。髪の毛は残らず後ろになびき、強い力で引っ張られる。首がもげそうになったので、慌てて顔を伏せた。

さらに速度が速まり、伊予は目をつぶった。飛び込んでくる風が目に痛くて、まぶたを開けていられないのだ。手にも冷たい風がぶちあたり、みるみる感覚がなくなっていく。

このままではいつか手がゆるんで、振り落とされてしまう。この速さで放り出されたら、打ち身どころではすまない。地面に叩《たた》きつけられて、全身の骨が砕けてしまうだろう。

『いやだ！』

死んでも放すものかと、伊予は必死で狼にへばりついた。歯でたてがみに食らいつきさえした。粗い毛のせいで息がつまりそうになったが、落ちるよりはましだった。

そのままどれほど狼に乗っていたのか。伊予にとっては、永遠とも言えるような長く苦しい時間が過ぎ、最後にはごうごうと唸る風の音さえ、聞こえなくなった。しばらく気を失っていたのかもしれない。

静けさの中に取り残されていると、いきなり闇真の声が聞こえてきた。

「ついたよ、伊予」

はっと伊予は目を開けた。

二人は大きな洞窟《どうくつ》の中にいた。伊予の小屋が軽く三つは入るほどの、奥行きと高さがある。地面はよく乾いており、中の広さに比べて、入り口はとても小さいので、風も入ってこない。冷たい風にさらされていた少女にとって、洞窟の中はほっとするほど温かかった。

「ここ、どこ？」

「尾白山《おじろやま》さ」

聞いたことのない山の名だった。

伊予が背から降りると、闇真は人の姿に戻って言った。

「ちょっとここで待っておいで。食べるものを取ってくるから」

そう言って、闇真は外に走っていってしまった。残された伊予は、ずるずるとその場にへたり込んだ。食べ物と聞いて、自分がとんでもなく空腹であることに気づいたのだ。もう立っていることもできそうにない。

『お願いだから早く戻ってきて！』

伊予の祈りが届いたのか、闇真はすぐに戻ってきた。

「ほら、お食べ」

そう言って闇真がよこしたのは、まだ死んでいくらも経っていない大きな野兎《のうさぎ》だった。これをどう食べろというのかと戸惑う少女の前で、闇真は持っていたもう一羽の兎を、そのままむしゃむしゃと食べ始めた。皮も剝《は》いでいない兎の、血のしたたる生肉や臓腑《ぞうふ》を嚙み裂き、うまそうに飲み込む姿に、伊予はぞっとした。

少女の怯《おび》えに気づき、闇真は不思議そうに顔を上げた。口の周りが赤く濡《ぬ》れていた。

「どうした？　遠慮していないで、早くお食べ」

そうは言われても、とても手が出せなかった。空腹は痛いほどだったが、まだ生肉に食らいつくほど飢えてはいなかったのだ。

黙り込んでいる少女に、闇真は首をかしげていたが、はたと目をしばたたかせた。

「ああ、火か。忘れていたよ。人は火を使って肉を食らうんだったね」

闇真はもう一度外に出て行き、たくさんのそだを抱えて戻ってきた。それを下に置き、石を強く打ち合わせて火花を起こす。しばらくすると炎が赤々と燃え始めた。

火の番は伊予にまかせ、闇真は今度は兎をさばき始めた。短刀を使って手早く皮を剝ぎ、はらわたを抜いて、手ごろな大きさに肉を切り分ける。最後に削った木の枝に肉を突き刺し、火にたてかけた。すぐに肉があぶられるいい匂いが漂い始めた。

「焼き加減は私にはわからないから、あとは自分でやっておくれ」

「うん！　ありがとう！」

伊予は火の前に座り込み、肉が焼けるのを今か今かと待った。こんなに待ち遠しい思いを味わったことはなかった。おまけにその匂いときたら。腹が立つくらい良い匂いなのだ。それが空っぽの胃をつつきまわすものだから、目の前がくらくらしてくる。

が、この空腹を伊予は浅ましいとも思った。

『ばば様が死んでしまったばかりなのに、あたしは早く肉を食べたいと思っているんだ……本当に悲しい時は、胸が詰まってものが食べられないっていうのに』

食べることなど忘れてしまえるほど、悲しみにひたりきれたら。そう思った。だが、空腹はとても我慢できるものではなく、悩むことに疲れた少女は肉に目を戻した。

ようやく焼きあがった。すぐにもかぶりつきたいのを我慢して、伊予は闇真を見上げた。

「闇真もどう？」

「気持ちは嬉《うれ》しいが、遠慮しておくよ。私には生肉が一番うまいものなんだ」

そう言って、闇真はふたたび自分の兎にとりかかった。

もう遠慮はいらない。伊予は焼けた肉にかぶりついた。肉は信じられないほどおいしくて、伊予は何もかも忘れてむさぼった。たくさんあった肉は、ほどなく全部腹の中におさまった。

腹がくちくなると、今度は眠気が襲ってきた。闇真はふたたび狼となり、まぶたが落ち始めた少女の真横にすりよってきた。その温かい毛皮に身をあずけ、すぐに伊予は眠りの中に引き込まれていった。

その夜、伊予が見た夢は決して快いものではなかった。怪我した真由良が現れ、闇の中に沈んでいく光景を、繰り返し見たのである。ばば様が現れるたびに、今度こそと手を伸ばすのだが、その手がばば様に届くことはない。思い通りにならない、苦しい悲しい夢。

だが、苦しくて泣くと、何かとても温かい濡れたものが顔に押し付けられて、涙をふき取ってくれるのを、何度も夢うつつに感じた。

ああ、誰かが守ってくれている。少なくとも、自分は一人ではないのだ。

そのことに安心して、伊予はまた夢の中に戻っていき、長い夜は静かに過ぎていった。

九

伊予はこの冬を尾白山で越すことになった。冬場はここが一番安全な場所なのだと、闇真が言ったのだ。

「ここは雪姫《ゆきひめ》が住まう山なんだよ。雪姫は全てを凍らせ、閉じ込める女神だ。ここにいる限り、姫の冷たい力が敵を欺いてくれるし、私達の気配が外にもれることもない。もっとも、加護を受けられるのは冬だけだ。春になると、姫は山に入って眠ってしまうからね」

だが、一冬あれば、これからどうするかをじっくり考えられる。これからの身の振り方を定めることができるだろう。それが闇真の考えだった。

しかし、伊予は不安だった。この洞窟に隠れ住むのはいいとして、ここにはなんの蓄えもないのだ。長い冬を越せるとはとても思えない。

そんな少女の不安を、闇真はあっさり笑い飛ばした。

「大丈夫。おまえは何も心配しなくていいよ。必要なことは全部、私がやるから」

その言葉通り、闇真はそれは忙しく働いた。集められる限りの薪《まき》を集めたり、洞窟をふさぐための大岩を転がしてきたり。伊予も手伝おうとしたが、叱りつけられてしまった。

「追われていることを忘れてはいけない。私にまかせて、おまえはおとなしくしておいで」

しかたなく、伊予は言われたとおり、何もしないで洞窟にこもって日々を過ごした。

やがて冬がやってきた。ちらほらと降り始めた雪を見て、伊予は暗い気分になった。いつだって冬は嫌なものだが、今回はことさら恐ろしく心細く思えた。本当に無事に次の春を迎えられるだろうか。

だが、少なくとも食料については、なんの心配もいらなかった。闇真は二日とおかず狩りに出かけ、必ず獲物を手にして戻ってきたからだ。兎や魚、太った雷鳥、時には鹿や猪などの大物を仕留めてくることもあった。

また「人間のおまえには肉ばかりでは物足りないだろう」と、さりげない気遣いを見せてくれ、胡桃《くるみ》や凍った橘《たちばな》の実などを雪の下から掘り出してきてくれた。半分凍った橘の実は、歯にしみるほど冷たくて、びっくりするほど甘かった。おいしいと目を丸くする伊予を見ては、闇真はそれは楽しげに笑うのだ。

しかし、闇真はただ伊予を庇護《ひご》するだけではなかった。吹雪が激しくて外に出られない時は、少女を鍛えることに時を費やした。

伊予は泣き言を言わず、むしろ喜んで鍛錬を受けた。洞窟の中にただ閉じこもっているというのは、十三歳の少女にはあまりにも退屈なことだったのだ。

そうして、伊予は皮のなめし方や火のおこし方、気配の殺し方や罠《わな》の仕掛け方など、様々なことを学んでいった。だが、なにより熱心に学んだのは戦い方だった。

闇真の教える戦い方は独特だった。使える物はなんでも使え。どんな卑怯《ひきょう》な手を使ってでも勝ち抜け。生き残ることこそが大切なのだ。それが彼女の教えだった。

「おまえには牙《きば》も爪も、大きな体も強い力もない。だから、どんなものでも武器にしなくてはいけないし、卑怯だのなんだのと、こぎれいなことを言って、ためらったりしてはいけない。そんな余裕はないってことを、決して忘れるんじゃない」

そう言っては、目つぶしや不意打ちのやり方、素早く体を転がして相手の足の筋を強打する方法を、少女に教えた。

毎日闇真を相手に組み合ったり、跳ね回ったりするうちに、伊予の体はそれなりに引き締まり、目やあごにも鋭さが見え始めた。身のこなしは素早くなり、細い腕や脚にもばねが宿ってきた。

今の自分を見たら、里の顔見知りの人達はなんて思うだろう。

雪が積もり始めた頃、伊予はふと思った。

「きっと、あたしだってことに気づきもしないんだろうなあ」

何日も体を洗っていないので、顔も体も真っ黒に汚れ、髪はもつれあってひどい有様だ。おまけに土蜘蛛《つちぐも》のように獣皮をまとい、腰には闇真が作ってくれた石の小刀をさしている。里の少女達が今の伊予を見たら、きっと飛んで逃げることだろう。

だが、伊予自身は今の格好をけっこう気に入っていた。こうして毛皮をまとうと、まるで闇真と同族のように思えてくる。それが嬉しかった。そう思えるほどに、闇真はかけがえのない相手となっていたのだ。

　闇真の存在が伊予を支えてくれていた。真由良を失った痛みは今も変わりなくうずくが、それに耐えられる力がついたのも、ひとえに闇真のおかげだ。甘やかしはしないが、決して見捨てることはない闇真の誠実さが、伊予にはありがたかった。

　だが、闇真を好きになるにつれ、伊予の中の苦しみもまた大きくなっていった。故郷の森や仲間のことを話してくれる時の、闇真の目。その、かぎりなく懐かしい愛《いと》しいものを思うまなざしを見るにつけ、自分の罪を突きつけられるような気がした。闇真がもう二度と《はざま》に戻れないことも、その理由も、伊予はすでに知っていたのだ。

　人にとって《はざま》の妖気《ようき》が毒であるように、《はざま》の妖魔《ようま》にとっても、こちらの大気は身を腐らせるものなのだ。すぐに死ぬわけではないが、大気は確実に妖魔の体を蝕《むしば》む。どんな大妖《たいよう》も長くはもたず、やがては血反吐《ちへど》を吐き、もだえ苦しみながら息絶えるのだという。

　その死から逃れられる方法はたった一つ。妖魔の命である名を、人間に預けることだ。そうすることで、妖魔の名はその人間のものとなり、人間の命が妖魔の命を守る結界になるのだという。だが、それはその妖魔が人界の生き物となったあかしでもある。そうなった妖魔は、二度と《はざま》へは戻れないのだ。

すでに闇真は伊予に自分の名を告げている。もはや、こちらの大気に侵されて死ぬ心配はないが、かわりに《はざま》との縁は断ち切れてしまった。どんなに望もうとも、闇真はもはや故郷には帰れず、仲間とまみえることもできない。

それを考えるたびに、伊予は胸が苦しくなった。闇真を一族から引き離してしまったのは自分なのだと、焼きごてを突きつけられるような心地になる。

だが、闇真はそのことを気にかけられることを嫌がった。とうとうある日、少女をきつく叱った。

「いい加減にやめておくれ。おまえの守り人になることは誰でもない、私自身が決めたことだ。おまえにめそめそされ、わびられる謂《いわ》れはないよ」

うなだれる伊予を見て、言い過ぎたと闇真は目を和らげ、優しい口調で語り始めた。

「ねえ、伊予。鳴風族の掟《おきて》では、一度王になったものは、一生その役目を担い続けることになっている。王がその座を降りるのは死んだ時か、あるいは掟を破った時だけだ」

掟を破った王には、一族は死よりも容赦のない制裁を与える。その者の両耳を食い破り、名を奪い、追放するのだ。追放された王ははぐれと呼ばれ、どこの一族からもつまはじきにされ、一人で生きていかなければならない。

「王とはそれほど重い役目なんだよ。誰よりも強く気高くなくてはならず、わずかな誤りも許されない……私は一族のために生きることは少しも苦痛ではなかったけど、王として振る舞うことに息苦しさを感じることもあった。だから、ただの闇真に戻れて、本当に嬉《うれ》しかった。おまえのおかげだよ、伊予」

だがねと、闇真は言葉を続けた。

「正直なところを言うと、おまえにはもう二度と蘇《よみがえ》りをやってもらいたくはないんだ。今度もし私が死にかけても、その時は助けずに黄泉《よみ》に逝かせておくれ」

伊予は蒼白《そうはく》になった。頭を殴られるような、激しい衝撃を受けたのだ。

「……蘇らせないほうがよかった？」

青い顔で尋ねてくる少女に、闇真は笑った。

「そういう意味で言ったんじゃない。もう蘇りをするなというのは、おまえ自身のためだ。死は新たな始まり。黄泉で一時の安らぎを得た後、魂はふたたびこの世に生まれる。新しい体、新しい仲間を得て。この世のなによりも大切な儀式だ。それを冒すことを、神々が、特に黄泉の大女神がお喜びになるとは思えないんだよ」

伊予はじっと闇真を見ていたが、やがて震える唇でつぶやいた。

「……ばば様も同じことを言ったわ。今度蘇りをやったら、大女神は必ずあたしを罰するだろうって」

伊予はとつとつと話した。ばば様の死魂《しにだま》を追って魂駆《たまが》けをした時、ばば様が蘇りを拒み、伊予へきつい忠告をしてきたことを。

聞き終えると、闇真はうなずいた。

「ばば様の言ったことは正しいね。助けられた身でこんなことを言うのはなんだけど、蘇りは世の理《ことわり》に背くことだ。おまえがどんなに大女神の愛《いっく》しみを受けていようと、やってはいけない禁忌というものは確かにあるんだよ」

伊予は目を伏せた。なんとなく納得できなかった。せっかく自分は蘇りを行える力があるのに。大事だと思っている人達はその力を拒み、かわりに名護達のような欲の皮の突っ張った人間が群がってくるなんて。不満とやりきれなさがこみあげてきた。

「こんなことなら、力なんかなければよかったのよ！」

食いしばった歯の隙間から声がもれた。

「なんで神々はあたしに蘇りの力なんか与えたのよ！　使ってはいけない力を与えるなんて、残酷すぎる！　変よ！　こんなこと、絶対変よ！」

「落ち着きなさい、伊予」

癇癪《かんしゃく》を起こす少女を、闇真はなだめた。

「そう、落ち着いて。そのことだけどね、おまえの力は蘇りのためのものではないと、私は思う。神々がわざわざ禁忌の力を与えるとは思えないからね。ただ力が強すぎたんだ。ありあまる力が、間違って蘇りという奇跡を起こしてしまっただけであって、おまえの力はもっと他のための何かなんだ。私はそう思うよ」

伊予は目をぱちぱちとさせた。そんなことは考えてもみなかったのだ。

「……じゃあ、どうすればいいの？」

「難しく考えることはない。本来の使い方を見つけ出せばいいだけだ。それも、無理に探ることはない。月が満ちるのと同じように、時が来れば自然とわかるはずだから」

そう言って、闇真は優しく少女を抱きこんだ。

かつての闇真には、一族が全てだった。離れた今でも、一日だって一族のことを忘れたことはなく、彼らへの愛しさも慕わしさも変わることなく胸にある。

それでも、その一族と同じほど、今は伊予を愛《いと》おしいと思う。小さな体に大きすぎる宿命を背負ったこの少女を、あらゆることから守ってやりたいと思うのは、恩を返したいという義務感からではなくなっていた。

『守ってみせる』

絶対の誓いを、闇真は改めて自分の中に定めた。

十

闇真は洞窟《どうくつ》の入り口をふさぐ大岩に手をかけ、渾身《こんしん》の力で岩をひいた。ばりばりと、氷の割れる音を立てながら、岩は動き始めた。開いた箇所からは、さあっと、まぶしい光が差し込んできた。雪に反射した日の光だ。光はまだ弱々しかったが、そこには確かに春の気配がした。

十分に岩を開くと、闇真は光の中に立ちながら、伊予に手を差し出した。

「さあ、行こう」

長かった冬も、もう終わりだ。雪姫は眠りにつき、山の守りも解かれた。二人が山を降りる時が、ついにやってきたのだ。

胸をどきどきさせながら、伊予は闇真の手をとり、数か月ぶりに外に出た。

出たとたん、目がくらんだ。降り積もった深雪が、日の光をあびて白銀に輝いていた。吹く風は切り裂くように冷たく、凍った空気を吸い込むと、鼻の奥が痛んだ。だが、その冷たささえも伊予には嬉しかった。やっと外に出られた喜びに、体がはずむようだ。

晴れやかに笑う少女に、闇真は言った。

「さて、仮の住まいに別れを告げようか。世話になった礼を、雪姫に言わなくてはね」

と、一振りの枝を伊予に差し出した。枝には小さな若葉がたくさんついていた。鮮やかな緑に萌《も》えた枝は、雪姫に捧《ささ》げるのにもっともふさわしいものに思われた。

伊予は枝を受け取り、それを洞窟前の雪の上に立てた。りんとした声で闇真が言った。

「我らを匿《かくま》い、豊かな獲物をくだされた姫神、麗しき雪白乙女《ゆきしろのおとめ》姫に、厚く御礼を申し上げる。次のお目覚めの時まで、姫が健やかなる夢をごらんになることを、心よりお祈り申し上げる」

そうして春の眠りについた姫神に祈りの言葉を捧げた後、闇真は狼の姿となった。

「さあ、行こうか」

「うん！」

どこに行くかは冬の間に決めてあった。もうずいぶんと前のある日、闇真は伊予の安全を考えた上で、伊予に尋ねたのだ。どこか行きたい所はあるかと。

「西へ行きたい」

迷わず伊予は言った。昔からそうなのだ。日が沈む方角に、いつもふと心を呼ばれるような、不思議な憧《あこが》れを覚える。それは、どこかせつなくもある憧れなのだ。

そのことを話すと、闇真はうなずいた。

「西には、火具地一族が住んでいた輝火山がある。きっと、おまえの中の血が、故郷に帰りたいと騒ぐのだろう。輝火山に行けば、もしかしたら火具地を守ってきた霊や神が、おまえを守ってくれるかもしれない。行ってみようか？」

尋ねられたとたん、伊予の胸は激しく打ち始めた。

行ってみたい！　自分の血族が暮らしていたという場所へ！

伊予は目を輝かせ、頬を真っ赤にしてうなずいた。

それで話は決まった。それからの伊予は、春になるのを指折り数えて待っていたのだ。

『早く、早く行きたい！』

数え切れないくらい心の中で唱え、やっとその日が来たのだ。興奮のあまり、体がかっかとし、湯気さえたちのぼりそうな心地だ。

胸を高鳴らせながら、少女は妖狼《ようろう》の上にまたがった。

そうして旅は始まった。山から山へと駆け渡りながら、西へと向かう。闇真は、昼間はほとんど休むことなく駆け続けた。そのかわり夜は一箇所を動かず、そこで野宿した。名護の使い魔は夜動くため、動かないほうがかえって見つかりにくいのだ。

闇真の足をもってしても、火具地の里はなかなか遠く、目的の地にほど近い山についたのは、尾白山を発《た》ってから四日も経ったあとだった。

その山につくと、闇真は足を止めた。

「この山を越えれば、輝火山が見えるはずだ。だが、どうも奇妙な気配がする。先を確かめてくるから、おまえはここで待っておいで」

そう言って、闇真は伊予を残して駆け去った。少女を一人残していくことには多少不安があったが、今が真昼であることが気の緩みとなった。普通の妖魔《ようま》ならともかく、使い魔にされた魔性は日の光を忌み嫌う。それを考えると、今ほど安全な時刻はないのだ。

一人になった伊予は、退屈しのぎに辺りを歩き回った。もちろん遠くまで行くつもりはなかった。ただ少し、自分の足で地面を踏みしめたかったのだ。

ここは尾白山よりずっと温かいらしく、もう雪は名残程度にしか残っていなかった。むき出しになった地面には、早くも芽吹きの気配が見られる。

春が来ているのだと、伊予が嬉しく思った時だ。近くの笹藪《ささやぶ》ががさがさと揺れた。

伊予ははっとした。揺れはかなり大きい。人か、それとも獣か。闇真が一緒でない今は、山の獣だって十分危険だ。恐れと緊張に、みぞおちが冷たくなる。

落ち着け。落ち着くんだ。

小刀を握りしめながら、伊予はそのまま油断なく音のするほうを睨《にら》み続けた。

やっと、音を立てていたものが姿を現した。笹藪から出てきたのは一人の少年だった。

伊予はあっと声を上げた。伊予を見た少年も愕然《がくぜん》とする。顔を突き合わせた子供達は、そのまま凍りついたように立ちすくんだ。

伊予は驚きの目で相手を見つめ続けた。こぼれんばかりに目を見開いている少年は、自分とさほど歳が違わないだろう。背の高さも体つきも同じくらいだ。粗末な着物をまとい、腰に小さな石斧《いしおの》をさしている。

そして、その顔は伊予と驚くほどよく似ていた。色白な肌や、口や頬の感じはそっくりで、一瞬、自分が現れたのかと思ったほどだ。だが、伊予がきつい目をしているのに対して、少年は優しい目をしていた。うららかな日差しを思わせる、人を癒《いや》すまなざしだ。

その少年を見たとたん、伊予の心が歌いだした。なんとも言えない懐かしさ、親しみ、愛おしさが、美しい音色となってあふれでてくる。

驚いて、必死で押しとどめようとしたが、だめだった。心の歌はとまらない。

見れば、少年が同じことを感じていることがわかった。少年のほうも、胸を押さえ、こちらを食い入るように見つめてきていたからだ。

二人の魂は鳴り合い、響き合い、一つとなって喜びの調べを奏であげていった。それは同じ血を持つ者にしか許されない、同族の絆《きずな》であった。

だが、そんなことが伊予にわかるはずもない。少女はただただ驚き、戸惑い、胸を高鳴らせていた。嬉《うれ》しくて、でもその嬉しさの意味がわからなくて、泣き出しそうなほどだ。

少年の顔や姿が懐かしいわけではない。少年の持っている魂そのものが、懐かしくて愛《いと》しいのだ。

知っている。あたしはこの子のことを知っている。この子も、あたしのことを知っている。

そんな思いが心からほとばしった次の瞬間、伊予の中に不思議な光が流れ込んできた。川水のように流れ込んできた光には、様々な光景が映っており、そこには今とは違う姿をした、伊予と少年がいた。

ああ、そうかと、伊予は全てを悟った。

この子とあたしは、これまでに何度も出会っているんだ。かつて、この少年はあたしの息子だった。妹だった。従兄《いとこ》であったり、叔父《おじ》であったり。妻だったこともある。そして、あたしは彼の母親で、兄で、従妹《いとこ》で、姪《めい》で、夫だった。何度も出会いと別れを繰り返しながら、あたし達の魂はいつも愛《いつく》しみで結ばれていたんだ。

だが、伊予がそれらを心に刻みつけようとした時には、光の光景は風のように伊予の中を駆け抜け、消え失せていた。そして光景が消えたとたん、伊予自身も、そのことをまたたく間に忘れてしまったのだ。ただ一つの、強い思いを残して。

あたし達の魂はとても深い絆、縁《えにし》で結ばれている。確信と愛情に満ちた目で、伊予は少年を見つめた。と、少年がささやくように伊予に呼びかけてきた。

「織火姫《おりほ》……？」

伊予は殴られるような衝撃を食らった。織火姫……初めて聞く名のはずなのに、なんとしっくりと心になじんでくることか。何度もその名で呼ばれたことがあるような気がした。

動揺している伊予を見て、少年は急に笑顔となって駆け寄ってきた。最初の警戒振りが嘘のように、少年は嬉々《きき》として伊予の手を取った。

「やっぱり織火姫ですね！　大火美姫様の御子《みこ》の！　やっぱり生きてらしたんだ！　母さんの夢は嘘じゃなかった！　ああ、火具地の生き残りはぼくだけじゃなかったんだ！」

少年は狭霧《さぎり》と名乗った。歳は伊予と同じ十三だという。

狭霧のはしゃぎぶりに、伊予は声が出なかった。火具地の生き残り。そうだ。この少年は間違いなく、伊予と同じ血族の者。まさか、自分の他に生き残っていた者がいたなんて。喜びと戸惑いが胸にあふれ、とにかく何を口にしたらよいのか、わからなかった。狭霧もすぐに黙り込み、子供達はお互いの顔をじっと見つめあった。やがて伊予は言った。

「あたし、自分が火具地だってことを、最近知ったばかりなの。よかったら火具地のことを話してくれる？　なんでもいい。あたしは何も知らないから」

狭霧は一瞬面食らった顔をしたが、すぐに一族のこと、人々の暮らしぶりや里について話し始めた。少年は優れた語り手だった。その話から、女達がたくみに土をこねあげて美しい器を作る様子や、男達が青銅や鉄を鍛えて農具や武器をこしらえる様子が、伊予の脳裏にまざまざと浮かんできたほどだ。

伊予が知りたいと思っていたことを、狭霧はなんでもよく知っていた。そのことを伊予は不思議に思った。どうして、こんなに色々と知っているのだろう？　自分が生まれたのは、里が焼かれた夜だと言う。狭霧が自分より先に生まれていたとしても、まだほんの赤ん坊だったはずなのに。

そのことを尋ねると、狭霧ははにかむように笑った。

「母さんが話してくれたんです。里や一族のことをいつも話してくれた。絶対に一族のことを忘れないようにって。それが生き残った自分達にできる、ただ一つのことだからって」

「生き残った……」

その言葉の不吉さに、伊予は震えた。そうだ。火具地はなぜ滅びたのだろう。一番知らなければいけないのはそのことだと気づいた。

「どうして火具地は滅びたの？　猛日王が襲ってきたのは知ってるわ。でも、なぜ？　どうして猛日王は火具地を襲ったりしたの？　知っているなら教えて」

せがまれ、狭霧はつらそうに話し始めた。

「猛日王が襲ってきたのは、本当に突然のことだったんです。襲撃のあった日、母さんは用事があって赤ん坊だったぼくを連れて、里を離れていた。ぼくらはそれで命拾いをしたんです。用事をすませて戻ろうとしてみたら、輝火山が真っ赤に燃えていて……火がおさまるのに三日、焼けた灰が冷めるのに、さらに一日かかったと言っていました」

五日目の朝、狭霧の母、比奈《ひな》は真っ黒に焼けた山を駆け上がり、里があった山頂へ急いだ。だが、そこには何もなかった。家も何も、全てが灰になっており、人々の骨さえ見つからなかったという。

悲しみに押しつぶされながらも、比奈は噂を集めて、どうしてこんなことになったのかを知ろうとした。そうしてわかったのは、猛日王が生まれ変わりの秘儀を求めて里を襲い、大火美姫だけを残して、火具地を皆殺しにしたということだった。

そこまで話した時、狭霧の目に激しい光が浮かんだ。

「馬鹿なことだ！　生まれ変わりを特別な恩恵と勘違いするなんて！　どうして火具地が生まれ変わりをするのか知ろうともしないで、物のように手に入れようとするなんて！」

吐き捨てる少年の声には、骨まで染みるような無念がこもっていた。

「……それからどうなったの？」

「母さんは輝火山に残って、新たな里を造ろうとしました。でも、できなくて……それで、輝火山と隣り合っているこの山に身を寄せたんです。せめて愛しい故郷をいつも見守れるように。ぼくはここで育った……ぼく自身は一族や里のことは何も覚えていないんです」

その声は悲しげだった。伊予はふと思った。狭霧はずっと不幸だったのではないかと。

伊予にはばば様がいた。ばば様がいる場所が家だった。だから、自分の本当の親や一族のことなど思い浮かべたことはなかった。満足していたし、幸せだったのだ。

だが、狭霧は違う。母親から火具地のことをずっと聞かされて育ったのだ。「私達の暮らすべき場所はなくなってしまったのだ」と、聞かされ続けてきたのだとしたら、この少年にとって、日々の暮らしはどんなにか寂しいものであっただろうか。

落ち着かなくなり、伊予は狭霧を盗み見た。狭霧は寂《さみ》しげな顔をしていたが、伊予の視線に気づくと、にっこりした。

「でも、不思議ですね。あなたのことはすぐにわかりました。なんだか初めて会った気さえしない。きっと、母さんがいつもあなたのことを話してくれていたからですね」

「それ、どういうこと？」

狭霧は話した。大火美姫が亡くなったと聞いて、比奈はお腹の子も助からなかったのだと思ったそうだ。だが、その後気がかりな夢を繰り返し見た。火の消えた炉に小さな火種が隠れていて、それがどんどん大きく明るい炎になっていくという夢を。

「その夢を見て、母さんは感じたそうです。あなたがどこかで生きていると。織火姫様は生きておられる。いつか必ずこの地に戻ってきて、火具地を新たに生み出してくださる。母さんはそう信じていました……そうだ。あなたの名前にもちゃんと意味があるんですよ」

火具地では、もっとも尊いものは「火」とされていた。それゆえ一族の要《かなめ》、王族の直系はみな「火」、あるいは「火」にまつわる名を頂くのだと、狭霧は話した。例えば、伊予は織火、伊予の母は大火美、その父王は大火古彦《おおびこひこ》という具合だ。

「織火という名は、父君の久須那《くすな》様がつけたそうです。姫ということは巫女《みこ》の先見でわかっていたので。久須那様は織火、織火と、お腹の中にいるあなたに呼びかけていたそうですよ」

伊予の心に、会ったことのない父母や一族への慕わしさが、突然わきあがってきた。もっと火具地のことを知りたい。火具地の全てを知りたい。苦しいほどのせつなさに襲われて、伊予は熱心に頼み込んだ。

「あたし、狭霧の母様に会いたい。お願い。あんたの母様に会わせて。話をさせて！」

実際に一族のことを見知っている人に、直接話を聞きたかった。だが、狭霧はなぜか顔を背けたのだった。

「狭霧？」

「……母さんは死んだんです。去年の秋に風邪をこじらせて……」

はっとして伊予は身をこわばらせた。見れば、少年の顔には痛々しい表情が浮かんでいる。まだ癒《い》えてもいない傷口をえぐってしまったのだと悟り、伊予は激しく後悔した。

「ごめん……」

「いえ、いいんです。それに、きっと母さんはあなたを見ている。母さんの魂はこの辺りにいるはずですから」

そう言って、狭霧は上を見た。母の魂がこの辺りを漂っていると、確信しているまなざしだった。伊予の首筋を悪寒が走った。

「ここにいるって、それってさ迷っているってこと？　どうして？　送り人に頼んで魂《たま》送《おく》りをしてもらわなかったの？」

ふたたび狭霧はうつむいた。

「……送り人に頼んでも無駄なんです。火具地は黄泉《よみ》に行くことはできない。ぼくら火具地は火神の血を受ける一族、黄泉の大女神に憎まれている一族だから」

伊予は驚きで息が止まるかと思った。やっとのことで呼吸を鎮め、声をしぼり出した。

「……その話、聞きたいわ」

狭霧は、一族に伝わる言い伝えを話し始めた。

その昔、火の神・火之輝彦《ほのかぐひこ》は、母神イザナミを誤って火傷《やけど》させてしまい、激怒した父神イザナギに剣で斬られて深手を負った。なんとか殺される前に逃げ出したものの、必死で逃げる火の神を、全てのものがののしり、憎み、つばを吐きかけた。

輝火山に逃げこんだところで、火之輝彦は力尽きた。もはやこのまま死ぬしかない。

そう思われた。だが、男神《おがみ》のうめきを聞きつけて、一人の美しい乙女が山に入ってきたのだ。

乙女は火之輝彦の傷を癒《いや》し、火之輝彦は乙女を妻に迎えた。二人の間にはたくさんの子が生まれ、それが火具地の祖となったという。

だが、火之輝彦による火傷がもとで死に、黄泉の大女神となったイザナミは、火之輝彦とその血を受け継ぐ人間達を決して許そうとはしなかった。彼らの死魂《しにだま》を黄泉に入れることを、がんとして拒んだのである。

拒まれ、世に残った死魂は輝火山に取《と》り憑《つ》き、猛霊となり始めた。猛霊がふりまく不浄は、多くの災いをもたらした。人々の心は荒《すさ》み、土地はやせ、獣や鳥さえも輝火山を捨て始めた。

人々は苦しみ、その苦しみを目の当たりにしなければならない火之輝彦は、さらに苦しんだ。だが、誰よりも苦しんだのは、この地を治める女神、大豊須《おおとよす》姫であった。地の女神である姫にとって、土に染み込む不浄は毒そのものだったのだ。

たまりかね、ついに姫は行動を起こした。どの神からも見捨てられていた人々に、救いの手を差し伸べたのだ。しかし、それは火之輝彦の犠牲なくしては、なりたたない救いだった。

大豊須姫は弟神に言った。

「死人の骨を焼き、その灰と土を混ぜて、土人形を焼き上げなさい。死人のなごりを持ち、我が力を宿す土によって作られた人形にならば、さ迷う死魂を宿すことができるでしょう。そして新たな赤子が生まれてきたら、土人形を砕き、中に宿っていた魂を赤子に入れるのです。黄泉に下ることが許されなくとも、生まれ変わりによって、あなたの血族は絶えることなく栄えましょう……しかし、土人形を焼き上げる火は、あなたのその永久の命を炎と変えたものでなければなりません。あなたの命の火以外に、彼らを救えるものはないのです」

火之輝彦は姉の言葉を受け入れ、自らの体を焼き尽くし、その命と引き換えに、尊い神火《かむび》を一族に与えた。一族は、火之輝彦の亡骸《なきがら》から第一の土人形を作り上げ、一族の守り神として、神火と共に祀《まつ》るようにしたという。

「……こうして、火具地に生まれた魂は未来永劫《みらいえいごう》、火具地に生まれてくることになりました。火具地という名を一族が頂いたのも、そこからなんです。火の神と地の女神、二人の神の恵みを併せ持つ一族ということで」

「……そうだったの」

知らなかったことばかりだ。だが、知ってよかったと伊予は思った。

狭霧に出会った時、なぜあれほどの愛《いと》しさと懐かしさを覚えたのかも、これで理解できた。生まれ変わりによって、狭霧と伊予は何度も火具地として生まれ、そのたびに愛《いつく》しみを結んできたのだ。肉体は別物でも、魂は変わらない。たとえ前世の記憶は失せていたとしても、築き上げてきた絆《きずな》はしっかりと魂に刻まれている。

だからこそ、伊予は出会ったばかりの狭霧のことが大事で、愛しくてたまらなかった。決して失いたくないと思えるほどに。もう二度と離れたくないと思えるほどに。

だが、伊予はある矛盾に気づいた。

「でも変だわ。それが本当なら、火具地は誰も黄泉には行けない。そうなんでしょう？」

「ええ。黄泉津比良坂《よもつひらさか》を下れた者すらいないはずです」

それがどうかしましたかと、狭霧は伊予を見た。そしてはっとした。少女の顔は、月のように青ざめていたのだ。伊予は自分の体をかきいだくようにしながら、つぶやいた。

「……やっぱり変よ。だって、あたしは……あたしは何度も黄泉津比良坂を下ったもの」

今度は狭霧が息をのむ番だった。ありえないものを見るように、伊予を見つめる。思い切って、伊予は額をおおっていた前髪をかきあげて見せた。

「あ、あたし、送り人なの」

本当は、送り人であることを告げるのは怖かった。ただ一人残った自分の同族。その子にまで畏《おそ》れられるのはいやだ。耐えられない。そう思った。だが……

その心配は無用だった。狭霧の目は、みるみる興奮と感動に染まっていったのだ。

「それなら、あなたは許しの子なんだ！　黄泉の大女神の許しを得た、いや、それどころか愛しみさえ得た御子《みこ》なんだ！　信じられない！」

感極まったように叫ぶなり、狭霧は伊予の手を握りしめ、目を輝かせながら言った。

「きっと、あなたならできるはずです！　あなたならきっと皆を救える！　一族の魂を救い、あのむごい運命を断ち切れるはずだ！　ああ、本当に帰ってきてくれてよかった！」

「ちょ、ちょっと。それどういうこと？　むごい運命？」

伊予はぞくりとした。そういえば、どうして狭霧の母親は輝火山にいられなかったのだろう？　本当なら、何をおいても里の再建に力を入れるだろうに。

後ろの笹藪《ささやぶ》が不自然にゆれたのは、詳しくわけを尋ねようとしたその時だった。

振り向いた伊予は、心臓が止まりそうになった。笹藪から現れたのは名護だったのだ。一瞬幻かと思った。だが、小柄な体、剃《そ》りあげた頭、なにより白く光る目は、あの男以外のなにものでもない。

しばし我を失っていたものの、伊予はすぐに動いた。どうしてこの男がここにいるのか、その理由などどうでもよかった。大切なのは敵が目の前にいるということなのだ。腰の小刀を抜き放ち、地を蹴《け》った。狭霧が後ろで何か叫んだが、少女の耳には届かなかった。伊予には名護しか見えていなかった。

名護は隙だらけに見えた。今なら殺《や》れる！

伊予は雄叫《おたけ》びをあげながら、小刀を突き出した。今にもその切っ先は、呪師《じゅし》の腹に突き刺さるかに見えた。だが……

突然脇から飛び出してきた男が、伊予の腕をひっつかんだ。強くつかまれたのと、自分自身の勢いもあいまって、伊予の足はふわっと宙に浮き、そのまま背中から地面に叩《たた》きつけられた。

変な音がして、右肩に激痛が走った。今まで味わったこともない痛みに、あぶら汗がどっとふきだしてきた。右腕を動かそうとしたが、だらんと伸びきってしまっていて力が入らない。ずきずきと痛みが脈打ち始め、その激しさに吐き気さえ覚えた。

うずくまる少女に、名護は滑るように歩み寄った。そのまま優しくささやいた。

「なるほど。誰かがあなたを守っているのだとは、薄々感じていましたよ。でも、その守り人は、戦う技もあなたに教えたのですね。いい気迫だった。相手が私一人だったら、たぶん仕留めていたことでしょう。残念でしたね、火具地の姫君」

そのあと、名護は少し驚いた。少女が睨《にら》み返してきたからだ。激しい痛みに息をするのもままならないくせに、その目に宿る殺気と憎しみには、少しの衰えも見られなかった。

「い、いつか必ず殺すわ！　必ずあんたを仕留めてやるから！」

激しい叫びを、名護は笑って聞き流し、少女の右肩と腕をつかんだ。

「な、何するの！」

「お静かに。はずれた骨を元に戻すのです。最初に言っておきますが、これはかなり痛いですよ。歯を食いしばったほうがいい」

そう言って、名護は素早く腕を動かした。

ごきっと鈍い音がたち、伊予の目から火花が散った。激痛に声も出せない。あえぐのがやっとだ。流れる涙は滝のような汗とまじりあい、顔中をびしょびしょにした。

だが、少しずつ痛みが引き始めると、前よりずっと楽になっていることに気づいた。痛みはまだあるが、耐えられないほどではないし、なにより腕を動かすことができる。

よりにもよって、この男に助けられるなんて。

恨めしげな顔をしている少女に、呪師は穏やかに笑いかけた。

「そんな目をしなくても大丈夫ですよ。恩を売るつもりはありませんから。それにしても、思わぬ所でお会いすることになったものだ。やはり同じ血は引き合うものなのですね」

そう言って名護は視線をずらし、伊予もそちらを見て、あっと叫んだ。狭霧が捕らえられていたのだ。数人の男達によって、地に押し倒されている。

「この辺りに火具地の生き残りらしき少年がいると、噂を聞きましてね。それを餌にして大物を釣ろうと思ったのですが。餌を取りに来てみれば、狙っていた大物を獲《え》ることになるとは。これだから運命というものはおもしろい」

くつくつと喉《のど》を鳴らして笑う名護に、伊予は必死で懇願した。

「あの子は関係ないわ。火具地でもなんでもない。ただの猟師の子で、あたしは道を尋ねていただけなのよ。放してあげて」

名護の粘っこい目に冷たい笑いが浮かんだ。

「嘘はもっとうまくつくものですよ、火具地の姫。あなたとあの少年の顔は、あまりにも似すぎている。同族でなければ、こうは似ない。それに、あの少年にはまだ使い道がある。ぜひとも一緒に来てもらいますよ」

「卑怯者《ひきょうもの》！」

「なんとでも」

と、名護は手を伸ばして、伊予の髪を一本引き抜いた。それを胡桃《くるみ》ほどの大きさの、何か丸い青緑色のものに巻きつけ、不思議な言葉をつぶやいてから、静かに地に置いた。すると、煙がたちのぼるように一人の少女がそこに現れた。その姿に伊予はあえいだ。

「あ、あたし？」

それはまさしく伊予だった。顔はもちろん、姿や着ているものにも寸分の違いもない。

あなたの守り人への贈り物ですよと、名護が楽しそうに笑った。

「本当はもっと手の込んだ罠《わな》をはりたいところですが、時間も足りないことですし、ここはささやかな置き土産ですませようと思いましてね。この影に触れると、核となっている卵が弾《はじ》け、妖虫《ようちゅう》が孵化《ふか》する。あなたをこれほど巧みに守ってきた相手だから、妖虫ごときで死ぬことはないでしょう。が、それでも足止めはできるはず。あなたを宮へお連れするための時は、十分に稼げるというわけです」

そんなことになってたまるか。闇真を呼ぼうと、伊予は息を大きく吸い込んだ。が、名護のほうがわずかに速かった。叫ぼうとする少女に、素早く当て身を食らわせたのだ。一瞬で伊予は気を失っていた。

ぐったりと頭を落とす少女を、名護は冷ややかに見下ろした。

「なかなか世話を焼かせる姫君だ。そら、おまえ達、引き上げるぞ」

それが合図だった。屈強な男達は子供達を肩に抱えあげ、名護の後に続いて、素早くその場から離れた。彼らの姿はあっという間に山の奥へと溶け込んでいった。

十一

『大丈夫。こんなのどうってことない。平気だ。あたしはまだ戦える』

そう繰り返し唱えながら、伊予はこみあげてくる吐き気と必死で闘っていた。

今伊予がいるのは小さな輿《こし》の中だ。輿と言っても、そのまま檻《おり》として使えるような頑丈なもので、中からは外へ出られない仕組みになっている。おまけに、薄絹で周りをすっぽりくるまれているので、空気がこもってしまって非常に息苦しい。

ここに入れられたのは今朝で、それからずっとどこかに運ばれている。かなり揺れるので、伊予はすっかり酔ってしまっていた。気持ちが悪くて、脱走を考えるどころではない。

昨日までは手を縛られ、馬に乗せられてきた。その時は狭霧も一緒だった。言葉を交わすことはできなくとも、二人は目で心を通わせ、お互いを励ましあっていた。それがどれほど慰めになっていたことか。

だが、昨日どこかの館《やかた》に泊まった時に、狭霧とも引き離されてしまった。それ以来、彼の姿を見ていなかった。

『狭霧……無事かな？』

そうであってくれと、痛いほど願った。それから闇真の無事も。

さらわれて今日で五日目となるが、この間、闇真の気配を感じることは一度もなかった。きっと名護の罠にかかってしまったのだろう。闇真の苦痛を思って、伊予は苦しくなった。

浮かんでくるのは暗い考えばかりで、気分の悪さをさらにあおる。もう何も考えまいと、体を丸めて吐き気をこらえていた時だ。馬の蹄《ひづめ》の音が聞こえてきた。それはすぐ近くで止まり、若い声が響いてきた。

「名護じゃないか。狩りにでも行ってきたのか？　いつも伯父《おじ》上のそばを離れないおまえが、珍しいじゃないか」

軽蔑《けいべつ》もあらわな高飛車な声。続いて、穏やかに答える名護の声が聞こえてきた。

「これは伊佐木王子。ちょうどよいところにおいでくだされた。あなたにぜひ見ていただきたいものがあるのですよ」

「なんだ？　おまえのくだらない目くらましなぞ、ごめんだぞ」

「違いますよ。まあ、とにかくこれをごらんください」

いきなり輿の中に日の光が差し込んできた。薄絹のおおいが引き上げられたのだ。

突然の光に目がくらんでいる伊予を、誰かが輿の枠ごしに覗《のぞ》き込んできた。伊予も目を細めながら見返した。だんだんそれが少年であることがわかってきた。自分より年上の、整った顔をした少年。初対面の相手ではないことに気づいて、伊予は目を見張った。

一方、うとましげに伊予を見ていた少年の目にも、変化が表れた。見下したまなざしがいぶかしげなものへと変わり、やがて激しい驚きに彩られる。

「おまえ！」

それはあの少年だった。全てのことの発端となった、あの日に出会った傲慢《ごうまん》な少年だ。だが、あまりの気分の悪さに、少年への憎しみもわいてはこなかった。少年があまりにも青ざめた、動揺した顔をしていたせいかもしれない。

一方、名護は満足そうに伊佐木に尋ねた。

「見覚えがおありなのですね？　やはり。あなたの目の前で奇跡を行ったというのは、もしやこの娘なのではありませんか？」

「あ、ああ、間違いない！」

「その一言がお聞きしたかった。ありがとうございます。ああ、先を急ぎますもので、私どもはこれで失礼を。お引き止めして申し訳ありませんでした」

もう用はないと言わんばかりのそっけなさに、王子は我に返って叫んだ。

「待て！　その娘をどうするんだ？　こ、殺すんだろうな？」

脅しと哀願が入り混じった悲鳴のような声に、名護はこっそりと笑った。伊佐木はこの少女をひどく憎み、それと同じほど恐れてもいるのだ。だから悪意をこめて答えてやった。

「いいえ。殺しはいたしません。王がこの娘をご所望なのです」

名護の言葉は、王子には思いもよらぬことであったらしい。その目が点になった。

「お、伯父上が？」

「はい。王子はご存じないでしょうが、王はずっとこの娘を探しておられたのですよ。ふふふ。殺すどころか、手中の珠《たま》のように大切になされるでしょう。王子も、王の前でこの娘をののしるような真似は、控えたほうがよろしいですよ」

なぶるような言葉に、王子の顔が醜く引きつった。その顔を心地よく眺めながら、名護は輿を運んでいる男達に出発の号令をかけた。

ふたたび輿は動き出し、伊予はうめいた。吐き気がまたぶり返してきたのだ。おおいが降ろされたせいで、空気も濁り始める。だんだん頭が朦朧《もうろう》としてきた。

もうだめだ。息ができない。あたしは死ぬんだ。

本気でそう思った時、輿が止まった。おおいが取り払われ、戸がきしむ音が響いた。顔を上げると、名護が手を差し伸べていた。

「さあ、おいでなさい」

夢中で伊予は輿から飛び出した。固い地面に足が触れて嬉《うれ》しかった。澄んだ空気を何度も吸ううちに、吐き気も徐々におさまってくる。やっと伊予は顔を上げた。そして初めて、自分が壮大な建物の前に立っていることに気づいたのだった。

それが神々の館と言われても、伊予は一も二もなく信じただろう。それほどその館は美しかった。どこもかしこも磨かれ、全てが神々しい光を放っているように見える。それにこの大きさときたら。想像を絶するとはこのことだ。

口を開けて見惚《みと》れている少女を、名護の声が我に返した。

「穂高見の宮にようこそ、火具地の姫」

ここが王の住まいなのかと、伊予は圧倒された。王の権力がどれほどのものなのか、この宮を見るだけでわかるような気がした。

名護に連れられて、伊予は宮に入った。歩きながら、少女は用心深く中の様子を探った。なるほど、兵士があちこちに立って守りを固めているが、隙がないわけではない。なにしろ、これだけ広いのだ。うまくやれば逃げられるかもしれない。

だが、まるで伊予の心を見透かしたかのように、名護が物柔らかに言ってきた。

「逃げようなどとは考えないことです。あの子を失いたくはないでしょう？」

逃げれば狭霧を殺す。そう脅しているのだ。

伊予は唇を嚙《か》み、すごい目で名護を睨《にら》みつけた。それが逃げることをあきらめた少女にできる、ただ一つの抗《あらが》いだったのだ。名護は満足そうに笑った。

「よろしい。あなたはとても素直な賢いお子ですね」

やがて二人は大きな部屋に入った。そこには数人の女がいて、二人に頭を下げてきた。

「さあ、まずは湯を浴びて、こざっぱりとしていらっしゃい」

と、名護は女達にうなずきかけた。女達にはそれで意味が十分伝わったらしい。うやうやしく頭を下げ、名護が出て行くまで顔を上げようとはしなかった。

が、名護が去ると、女達は打って変わった冷たい目で伊予を見下ろしてきた。その顔には、「こんな汚らしい子の世話をするのか」という不満がありありとあった。

「おいで」と、一人がそっけなく声をかけてきた。逆らうわけにもいかず、伊予は女達のあとに続き、広々とした湯殿に連れ込まれた。そこでは、さらに数人の女達が袖《そで》をまくりあげて待ち構えていた。

嫌な予感を覚えた時には、伊予は着ていたものを剝《は》ぎ取られ、湯を張ったたらいの中に放り込まれていた。何をするのという叫びは、すぐに悲鳴に変わった。粗布を手にした三人の女達が、いっせいに伊予をこすり始めたのである。

悪意をこめているとしか思えないこすり方だった。固く丸めた粗布で力一杯こすられて、伊予は生皮を剝がされると本気で怯《おび》えた。だが逃げようにも、女達はがっしりと周りを固めていて、どうにもならない。結局、おとなしくしているのが一番だと悟った。

そうしているうちにも、垢《あか》は大きな塊となってぼろぼろとこぼれおち、湯を真っ黒に汚していく。伊予は恥ずかしさに顔を赤くした。

女達も、こすってもこすっても垢が出てくることにあきれたようだ。

「ちょいと。もう一杯湯を持ってきておくれ。これじゃとてもだめだ」

「まったく、どうやったらこんなに汚くなれるか、教えてもらいたいもんだよ」

「ほんとに、とんだ大仕事を押し付けられてしまったわね」

意地の悪い言葉をこれみよがしに放ちながら、女達は新たな湯をたらいにそそぎこんだ。

やっと女達がこするのをやめた時には、伊予は息も絶え絶えになっていた。だが、責め苦はそれで終わったわけではなかった。やっとの思いでたらいから這《は》い出た少女を、今度は別の女が大きな布で包み込んだのだ。これでまたごしごしと拭《ふ》かれた。髪も一つにねじあげられ、水気がきれるまでぎゅうぎゅうと絞られる。

たまりかねて、伊予は女のむこうずねを蹴《け》っ飛ばした。女は悲鳴をあげて飛び上がり、鬼のように目を吊《つ》り上げた。

「ちょっと！　何すんのよ！」

「何すんのよじゃない！　もっと優しくやってよ！　これじゃ髪が引っこ抜けちゃう！」

伊予のわめきに、女は目を見張った。

「おまえ、口が利けたの？」

本気で獣の子だと思っていたような口ぶりに、伊予はむっとなった。伊予の睨みに一瞬たじろいだものの、その若い女はすぐに強気になって言い返してきた。

「なによ、その目は。いいからおとなしくして、黙ってあたし達にまかせなさいよ。おまえにきちんと身支度をさせろと、言いつかっているんだから。もっとも、おまえにそんなものが似合うなんて、誰も思ってはいないけどね」

女はふたたび伊予を捕まえ、ごしごしと頭を拭き始めた。さっきよりも荒い手つきだ。

「ああ、やだやだ。送り人なんて、とっくに滅んだと思ってたのに。あんたの世話が終わったら、すぐに禊《みそぎ》をしなくちゃ。死の穢《けが》れが移ったらたまらないもの。ほら、終わったわよ。とっととそっちに行ってよ」

そう言って、女は荒っぽく伊予を突き飛ばした。よろめく少女を、別の女が受け止めた。

「ちょっと！　乱暴に扱うんじゃないよ。ほら、おまえも。そう動くんじゃない。きれいな衣を着せてやるんだから」

その言葉通り、女達は裳裾《もすそ》の長い薄衣《うすぎぬ》を伊予に着せてくれた。美しい薄紅色の、見たこともないほど上等な衣だ。色の美しさもさることながら、その肌触りときたら。まるで磨き石のようだ。思わずほうっと息をつく伊予を、一人が指の先でつついた。

「ほらほら、ぼうっとしていないで。これで終わったわけじゃないんだから」

女達はさらに少女の身支度を続けていった。しかし、そのやり方はやはり荒かった。力まかせに帯を締められた時には、腰骨をへし折られるかと思ったほどだ。

着付けが終わると、女達は伊予を座らせ、櫛《くし》で髪をとかし始めた。これがちょっとした大仕事だった。鳥の巣のような頭は、ちょっとやそっとのことでは櫛を通さず、くしけずられるたびに伊予は悲鳴をあげた。だが、もちろん、やめてはもらえなかった。

女達の奮闘と伊予の我慢によって、ようやく髪は櫛を通すようになった。

そうなると、獣の子などには間違っても見えなかった。女達が情け容赦なくこすってくれたおかげで、肌は光を放つほどだし、髪もなめらかに肩に落ち、しっとりと艶《つや》を帯びている。着ている衣がほのかな紅色ということもあって、まるで花びらのように初々しく見えた。

その変わり様には、女達も驚いたようだ。

「へえ、どこの犬の子かと思ったら、案外きれいな子じゃないの」

「ねえ、こんなに白い肌、見たことある？　まるで白瑪瑙《しろめのう》のようじゃない。それにほら、目も髪も夜みたいに黒々しているわ」

「ほんとにね。でも、所詮《しょせん》はどこからか拾われてきた子よ。品というものがまるでないわ」

「そりゃあねえ」

賞賛を底意地の悪い笑いで締めくくり、女達は自分達の仕事を再開した。

髪に上等のかずらの汁をしみこませ、おおらかな形に結い上げてから、小さな白い花を飾った。そのあとは、喉元《のどもと》と手首に淡い色の玉飾りを巻きつける。最後に、唇と目の端に薄めの紅をうっすらとはいた。

その間も伊予をこきおろし続けた女達であったが、全ての作業を終えた時、その口はぴたりと閉じられた。

「な、なかなかいいんじゃない？」

一人がやっとのことでそう言った。なにやら悔しげなものがこもった声だった。

これからどうなるのだろうと、伊予は当惑しながら立っていた。そこへ、「終わりましたか？」と名護が入ってきた。伊予を見るなり、名護は目を丸くした。

「これはこれは……見違えましたよ。まるで春霞《はるがすみ》の姫神のようだ。その淡い色合いを見事に着こなしておられる。本当によくお似合いですよ」

あいにく憎い男に褒められても、少しも嬉《うれ》しくなかった。睨んでくる少女に、名護もそれ以上機嫌を取るのをあきらめた。

「行きましょう。王がお待ちかねです」

差し出された手を振り払い、伊予はあごをそらせて名護の横に立った。苦笑したものの、名護は何も言わずに歩き始めた。

そうして名護は宮のさらに奥にある、大きな部屋へと伊予を導いた。部屋の前に立った時、伊予は息を吸い込んだ。

いよいよ王との対面だ。火具地の里を襲い、一族を滅ぼした残酷な男。きっと熊の化け物のような恐ろしい姿をしているか、疫病神《えやみのかみ》にも似た禍々《まがまが》しい顔をしているに違いない。だが、どんなことがあっても目はそらすまい。

そう心に誓い、伊予は部屋に足を踏み入れた。

それは大きな部屋だった。見たこともないような品々で飾られて、豪勢なことこの上ない。そして、奥の上座には一人の男が座っていた。あそこに座れるのはただ一人だけだ。教えられなくとも、そこにいるのが何者かわかる。

　だが、伊予はいささか面食らった。どんな恐ろしげな男かと思いきや、そこに座っていたのは大柄な、だが、すっきりとしなやかな体軀《たいく》の美丈夫だったからだ。

　男は若々しく、惚《ほ》れ惚《ぼ》れするほど見目がよかった。涼やかな目は快活そうで、好奇心に輝きながら伊予を見つめてくる。そのおもざし、身のこなしの全てに、人の心を惹《ひ》きつける魅力があふれている。神話に出てくる男神《おがみ》のように雄々しい、美しい男だ。

　一瞬見惚《みと》れかけたものの、すぐに伊予は気を引き締めた。火具地が滅んだのも、ばば様が死んだのも、今自分が女達から拷問を受けたのも、全てはこの男のせいなのだ。

　殺せるものなら殺したいと、憎悪をこめて伊予は男を睨《にら》んだ。

　猛日王の口元に、ゆるやかな微笑が浮かんだ。それはすぐに楽しげな笑い声へと変わる。ひとしきり笑ってから、王は言った。

「まさしく大火美姫の娘だ。おもざしも何もそっくりだ。間違いようがないとはこのことだな。姫が蘇《よみがえ》ったかと一瞬思ったぞ」

「……………」

「この俺が一人の女の顔を覚えているなど、信じられないか？　まあ、確かに俺はたくさんの女達と出会ってきたがな。だが本当のことだ。もう十三年も前になるが、俺の前に引き出された時の、かの姫の姿は今もはっきり覚えている……」

　昔を思い出したのか、王の目がふと曇った。

「……あれは本当に美しい女だった。捕虜になっても、女神のように堂々としていて……はちきれんばかりの身重の腹をそらし、傲然《ごうぜん》と頭をあげ、まっすぐ俺を睨んできた。今のおまえのようにな。その誇り高さを、俺は好ましく思ったものだ」

と、王は伊予に目を戻した。奇妙な光がそこにはまたたいていた。

「後にも先にも、あれほど手に入れたいと思った女はいない。おまえはその女の面影を宿す姫。しかも蘇りを行える巫女《みこ》でもある。まれなる宝を、俺は手に入れたというわけだな」

言っている意味がわからなくて、伊予は眉《まゆ》をひそめた。王はくすりと笑った。

「そうか。まだまだ子供なのだな。その様子だと、大人になるのにはもう少しかかるか。だが、そのくらいは喜んで待とう。さなぎが美しい蝶《ちょう》になるように、子供というものはある日突然、大人の女になるものだ。俺がおまえを妻にする日も、そう先のことではなかろうよ」

一体、この男は何を言っているんだろう。

言われた意味に気づき、伊予は驚くよりもあきれはてた。

『あたしを妻にできるなんて、本気で思っているの？　あたしがあんたをどれだけ憎んでいるか、わからないとでもいうの？』

だが、少女の侮蔑《ぶべつ》のまなざしに、王はまるでかまわなかった。楽しげに言葉を続ける。

「楽しみだな。おまえが穂高見の大后《おおきさき》として、俺の横に座る日が来るのが本当に楽しみだ。ははは、そんな顔をするな。今におまえも、それがどんなに素晴らしいことかわかるだろう。この宮の中で、おまえは誰よりも高貴な女として君臨するのだ。どんな贅沢《ぜいたく》も思いのままだぞ。おまえの手に入らないものはない。ただ一つ、自由を除いてな」

急に王の様子が豹変《ひょうへん》した。張りのある声は低い唸《うな》りとなり、穏やかだった目は逆上した獣のように、ぎらぎらと燃え始める。

顔の皮がべろりと剝《は》がれ、どす黒い本性が剝《む》き出《だ》しになったかのような変わり様に、伊予は心底恐ろしくなった。思わず席を蹴《け》って逃げようとした。だが、三歩と動けなかった。王が蛇のように飛びかかってきたのだ。

王はひとっ飛びで距離を縮め、その大きな手で伊予を捕らえた。暴れる少女を荒々しく抱き寄せ、王はじわりとささやいた。

「逃げることは許さん。おまえはこれから俺のためだけに生きるのだ。俺の妻となり、俺が死んだ時は蘇らせる。そして俺の子を産むのだ。おまえと同じ力を持つ娘をな。おまえが死んだ後には、俺はおまえの娘と結ばれ、また娘をもうける。そうやって、おまえの血を引く娘達の力を借りながら、俺は永遠を生きていく。生きて、神にも近づいてみせる！」

その目は赤く濁り、息は興奮で燃えるように熱かった。

正気じゃない！　この男は心を病んでいる！

もはや伊予は悲鳴をあげることすらできなかった。怒りも憎しみも消え去っていた。

今感じるのは、身を喰《く》らい尽くすような恐怖だけだ。

すくみあがっている少女に、男はふたたび優しく笑いかけた。

「そう怯《おび》えるな。やろうと思えば、俺はなかなか優しい夫になれる男だぞ。この世のありとあらゆる美しい物で、おまえを飾ってやろう。ほしい物はなんでも手に入れてやる。必ずおまえを幸せにすると、俺の名にかけて約束しよう」

ただしと、猛日王は念を押した。

「逃げようなどとは思わぬことだ。俺の手の内に、おまえの最後の血族がいることを忘れるな。おまえがおとなしくしているかぎり、俺は誓ってあの少年には手を出さない。だが、おまえが少しでも逆らったり、逃げたりしようとしたら、時をかけてあの子をなぶってやる。骨を砕き、歯を叩《たた》き折り、目をくりぬいて、口を裂いて。正気を失うほどの苦しみを与えてやる」

それが口先だけの脅しでないことは、伊予にもよくわかった。だからうなずいた。拘束を受け入れるのは死ぬほど恐ろしかったが、狭霧の命には代えられない。

少女がこくりとうなずくのを見て、猛日王は破顔した。

「よしよし、いい子だ。疲れているだろう？　今食事を運ばせる。ここは海から目と鼻の先なのだ。うまい魚がたんと取れる。焼いた貝なぞ、ことにうまいぞ」

だが、恐怖にさいなまれている少女に、食事のことなど考えるゆとりはなかった。

伊予は気を失った。

十二

伊予が気を失った頃、狭霧は強固な牢《ろう》に入れられていた。

分厚い板で仕切られた、暗い穴ぐらのような牢。四、五人は十分寝られる場所に、狭霧は一人で放り込まれた。牢番《ろうばん》の男達に言わせると、これは特別扱いなのだそうだ。

何が特別なのかはわからなかったが、とにかく一人でいられるということはありがたく、少年はさっそく寝藁《ねわら》の上に寝転がった。ここ数日、まともに休むことができず、体は疲れきっていた。まずは眠ろう。眠って力を取り戻し、これからどうするかを考えなくては。

だが、いざ眠ろうとすると、眠れなかった。体は疲れているはずなのに、頭は冴《さ》える一方だ。次から次へと、色々なことがわきあがってくる。ことに思い浮かぶのは、伊予のことだった。

一目見た時から、同族だとわかった。獣のようななりをした、しかしまっすぐとしたまなざしの少女。胸を射抜くような、誇らかな目だった。だが、傷つき寂《さみ》しがっている目でもあった。あの目を見た時、狭霧は自分の運命を悟ったのだ。この姫に仕えるために、自分は生まれたのだと。

これからはずっと一緒にいます。

そう言おうとした矢先、奇妙な男達に捕らわれてしまったのだ。最初は何がなんだかわからなかったが、伊予と男達の話を聞きかじるうちに、それなりに事情がわかってきた。

まずわかったのは、男達が猛日王の配下だということ、王が伊予を求めているということ、そして伊予が、王とその部下である呪師《じゅし》を激しく憎んでいるということだった。

伊予の憎しみにたぎった目を思い出すと、胸が痛んだ。

そんなふうに荒《すさ》んだ目をしてはいけない。あなたはそんな目をしてはいけない人だ。どんなにそう叫び、伊予の荒ぶる心をなだめたかったことか。だが、話しかけたくとも口には猿ぐつわがかまされており、手足が縛られているので、近づいて寄り添ってやることもできなかった。目で語りかけるのがやっとだったのだ。

狭霧は、道中ずっとそうした荒っぽい扱いを受けていた。が、伊予は違った。いましめは手首だけだったし、男達はとりあえず伊予のことは大事に扱っているようで、休みのたびに少女の縄を解《ほど》き、食べ物や冷たい水を差し出していた。

やろうと思えば、逃げられるはずだった。だが、伊予は逃げるそぶりさえ見せなかった。自分のせいだと、狭霧は地団太を踏んでいた。自分が捕らわれていることによって、伊予の自由までもが奪われている。それは、たとえようもない口惜しさだった。

そして今日、狭霧は完全に伊予から引き離されてしまった。そのことがつらくてしかたなかった。

悔しさと怒りで、涙が出てきた時だ。「飯だ」と、牢番の男が椀《わん》を持って入ってきた。椀からはいい匂いが立ちのぼっていた。見れば、器こそ粗末なものだったが、入っているのは真っ白な米の粥《かゆ》ではないか。

それは虜囚の食事ではなかった。事実、牢番はうらやましそうに狭霧と粥を見比べて、言ってきた。

「おまえ、一体何者だ？　今さっき名護様の使いが、この粥と言付けを届けてきたんだ。おまえの扱いは特に気をつけろって、わざわざ念を押してきてよ。食事は毎回、宮から届けさせるって言っていたし、あとで鹿皮の差し入れもしてくれるそうだぜ」

なるほど。人質として、それなりに大事に扱ってくれるというわけか。

苦々しく思いながらも、狭霧は椀を受け取った。

しかし、椀を渡してからも、男はなかなか牢を出ていこうとはしなかった。粥をすする狭霧を、好奇心もあらわに見つめる。ふといぶかしげな顔つきになった。

「おまえ、どっかで会ったか？」

狭霧は男を見上げて、かぶりをふった。火具地の生き残りということを知られないように、できるだけ山からおりずに暮らしてきたのだ。この男とは通りすがった記憶さえなかった。

だが、男はしつこくじろじろと見つめてきた。と、ぱっと目を輝かせたのだ。

「そうだ！　おまえ、火具地だろ！」

思いがけない相手からの思いがけない言葉に、狭霧は椀を取り落としそうになった。その動揺した表情に、さらに男は確信したようだ。

「やっぱりそうか。男にしてはきめの細かい白い肌、女どもが騒ぎそうな顔。そうそういるもんじゃねえ。まさか生き残ってた奴がいたとはなあ」

男はにやりとして、身を乗り出してきた。臭い息が狭霧の顔に吹きかけられた。

「おい、ぼうず。俺はな、今でこそこんな牢番をやっちゃいるが、これでも前は兵士でよ、十三年前の火具地の里への襲撃にも加わっていたんだぜ」

少年の顔色が見る間に悪くなったことに、男は意地の悪い喜びを覚えたようだ。下卑た笑いを浮かべ、得意げにぺらぺらとしゃべりだした。

「おうよ。今でもよっく覚えているぜ。あれはあっけない戦だったよな。初陣の俺でさえ、手応《てごた》えがねえと思ったほどだもの。おまえら火具地は女みたいな男ばかりだったからな。まったく哀れな連中だよ。あれだけの武器を生み出す技があったんだ。それを使いこなすだけの力を持っていたら、あの夜に滅びていたのは猛日王のほうだったかもしれないぜ」

男の嘲笑《ちようしよう》を、狭霧は青ざめて聞いていた。全身が氷のように冷たく、だが中では熱いものがぐるぐると駆け巡っている。毒でも飲んでしまったかのようだ。

だが、男は情け容赦なく話し続ける。その顔が口惜しげに歪《ゆが》んだ。

「あっという間に制圧して、これからお楽しみだと思ったのによ。猛日王め。里の連中を皆殺しにして、火をかけろと命令してきやがった。まったく耳を疑ったぜ。女達も上玉ばかりだったのによ。それをただ殺しちまうなんて、あんなもったいねえことはねえ。だが、猛日王が相手じゃな。誰も逆らえねえ。男はともかく、泣き喚いている女子供、年寄りを殺すのは、あまり気持ちいいことじゃなかったな。あとで夢にまで見ちまったもの」

だがおまえはそれをやったんだなと、狭霧は心の中で叫んだ。哀れと思いながらも、みんなを殺したのだ。狭霧にしてみれば、この男も猛日王と同罪だった。

武器になるような物は何もなかったので、それならと、熱い粥を浴びせかけてやろうと思った時だ。外から別の男の声が響いてきた。

「おう、宇多彦《うたひこ》！　たかが飯くばりにいつまでかかってやがる！　こっちは忙しいんだ。とっとと出て来やがれ！」

「わかってるよ。ちぇっ！　まったく細かいことにうるせえ野郎だぜ。じゃ、また後でな、火具地っ子」

なれなれしく笑って、男は牢を出て行った。

一人になった狭霧は、呆然《ぼうぜん》とそこに座り込んだ。もう粥を食べる気にはなれなかった。

火具地の生き残りが牢にいることを、きっとあの男は外でぺらぺらとしゃべるだろう。噂は見る間に広がっていき、やがてはどこかにいる伊予の耳にも入るに違いない。そしてそのことはさらなる枷《かせ》となって、伊予の身を縛ることになるのだ。

その時を思って、狭霧は涙をこぼした。

同じ頃、一匹の黒狼《こくろう》が穂高見にひそやかに足を踏み入れた。

その黒狼はまるで影のように動いた。人の目に触れないように、陰から陰へと素早く滑り込む。その体はあばらが浮き上がるほど痩《や》せていた。皮はだぶつき、毛並みはぼろ布のように乱れて、見る影もない。脇腹には大きな傷があった。ざっくりと噛《か》みとられたような傷は、まだ完全にはふさがっておらず、じくじくとした汁がたれている。それでも走り続けるその姿には、空恐ろしいほどの執念が感じられた。

かすむ目で辺りに気をくばりながら、闇真は五日前のことを苦々しく思い出していた。

あの時、輝火山の偵察を終えて戻った闇真は、何が起きたのかと、あっけにとられた。辺りには覚えのある男の匂いがふりまかれ、地面は何人もの人の足跡で踏み荒らされている。それだけでも心臓が跳ね上がったが、かろうじて残っていた平静さは、倒れている伊予を見た時にかけらもなく吹っ飛んでしまった。

思わず我を忘れて駆け寄ったのが、まずかった。抱き起こそうと手をかけたとたん、伊予の体はさっとかき消え、かわりに何かが音もなく弾《はじ》けたのだ。

身を引く間もなく、いきなり脇腹に激痛が走った。小さな蛇のような生き物が、脇腹に食いついてきたのだ。そいつは青緑色の尾を鞭《むち》のようにしならせながら、闇真の肉を食い破り、さらに体の奥へ潜りこもうとしてきた。

闇真は痛みにひるみつつも、急いでそいつの尾を手でつかみ、引っ張り出そうとした。だが、尾はぶつりと引きちぎれてしまった。まるでとかげの尾のようにもろいらしい。そして尾がちぎれても、頭のほうはまったく躊躇《ちゅうちょ》しなかった。ぐんぐん肉を食らっていく。

このままでは体の中を食い荒らされてしまう。

命の危機を感じた闇真は狼の姿になり、自分の脇腹に噛みついた。そうして肉ごと妖《よう》虫《ちゅう》をえぐりとったのだ。

引きずり出した妖虫を一噛みで片付けたあと、闇真はよろよろとその場に横たわった。ひどく気分が悪かった。体の中に毒が入ってしまったかのように、ふんばることができない。目もかすんできていた。

罠《わな》にはまったのだと気づき、悔しさが唸《うな》りとなって喉《のど》から湧き上がった。まんまと伊予を奪われるとは。悔やんでも悔やみきれない失態だった。

追わなければ。追って、取り戻さなければ。

だがいくら焦っても、この傷では動きようがなかった。無理に動けば、この森を出る前に死ぬことになるだろう。

歯《は》噛《が》みしながら、闇真は傷がふさがるのをひたすら待った。妖虫にやられた傷は、たちが悪かった。なかなか血が止まらず、いつまでも刺すように痛んだ。目も時折見えなくなる。

待って、待って、待ち続けて。一昨日《おととい》の昼頃にようやく血が出なくなった。体は弱ったままだったが、ともかく今はこれでいいと、闇真は動き出した。

あの呪師《じゅし》は、必ず伊予を猛日王のもとへ連れて行くはずだ。だとしたら行き先は一つ、穂高見国の宮しかない。そこを目指して、昼も夜も駆け続けたのだ。それだけに、やっとたどり着けたという喜びは大きかった。

忍びやかに闇真は動き、宮のすぐ近くまで這《は》いよった。かすむ目をこらして様子をうかがい、低い唸りを吐き出した。

やはりだ。宮全体が巨大な結界に包まれている。おそらく名護が張ったのだろう。余計なものを入れず、中のものを外に出さない檻《おり》そのものだ。

どうしたものかと闇真は考えた。この中に入るには、誰かが自分を招き入れるか、連れ込んでくれなければ無理だ。押し入ることもできなくはないだろうが、危険が多すぎる。目はなんとか見えているが、いまだ鼻は死んだも同じ。伊予の居場所を探し出すのに時間がかかるだろうし、罠が仕掛けてないともかぎらない。

なにより無理に結界を破れば、名護に自分の訪れを告げることになってしまう。それは望ましくなかった。闇真は慎重にことを運びたかった。こっそり宮に入って、隙を見て伊予を助け出す。それが一番の策だ。

手間はかかるが、やはり誰かに取り入るしかなさそうだ。自分を人間と信じ込み、疑いもなく宮に連れ込んでくれる人間。相手としては、身分がある者のほうがいいだろう。

身分の高い連中は、お気に入りの奴婢《ぬひ》や采女《うねめ》をやたらとそばに置いておきたがり、またそのわがままが許されている。

では、その相手を誰にするか。考え込む必要はなかった。すぐに一人の若い男の顔が、頭に浮かんできたのだ。

あれがいい。よし。あいつにしよう。

獲物を決めた妖狼《ようろう》の口に、にやりとした笑みが浮かんだ。

十三

伊予の、宮での暮らしが始まった。待遇はすばらしくよかった。食事や着物が極上なのはもちろんのこと、様々な贈り物が毎日のように猛日王から届けられる。その上、若い采女が二十人も付き従い、身の回りの世話をしてくれる。自分では指一本動かさなくともいいくらいだ。

だが、采女達のまなざしは決して温かいとは言えなかった。伊予はすぐに悟った、『あたしは嫌われている』と……。

采女は、簡単に言ってしまえばはしためだが、ただのはしためとはかなり違う。彼女達はそれぞれ下級豪族の出なのだ。それなりに顔立ちも整っており、気位も高い。「自分達は選ばれた女達なのだ」という自負と傲慢《ごうまん》さも持ち合わせている。

それだけに、采女達は伊予に仕えるのをいさぎよしとしなかった。主《あるじ》として与えられたのが、どこの誰ともわからない子供だということに、強い不満を抱いたのだ。

数日は我慢をしていたものの、伊予がおとなしい少女だと知ると、采女達はすぐに横柄な態度をとるようになった。伊予が何か頼んでも聞こえないふりをしたり、あからさまに迷惑そうな顔をしたり。

蔑《さげす》みと嫉《そね》みのまなざしにさらされて、伊予は息苦しくてならなかった。豪華な食事も、ほとんど食べられなかった。すぐに胸のあたりが苦しくなって、食べ物が喉を通っていかなくなるのだ。

そういうところが、余計に女達の暗い喜びを刺激したらしい。陰口や嫌みだけではおさまらず、ついには嫌がらせが始まった。伊予の食事には小石が混ざり始め、寝具は水をかけられた。替えの衣は洗濯中だと、薄着のまま何時間も放っておかれもした。

だが、伊予は黙って耐えた。それしかしようがなかったからだ。

むろん、逃亡のことを考えなかったわけではない。《はざま》を使って狭霧を探し出そうと、何度も試みた。だが、だめだった。宮内の《はざま》への入り口は、全て閉ざされていたのだ。名護のしわざだと、伊予は歯軋《はぎし》りした。

もちろん、いくら名護でも宮の外まで術をかけてはいないだろう。だが、自分は宮からは一歩も出られない身だ。一人になれることさえなく、常に監視の目がつきまとう。逃げるそぶりを見せれば狭霧の命が危ないし、こうなるともうお手上げだった。

『でも、今にきっと、きっと狭霧と一緒にここを逃げ出してみせるから』

そのことだけを支えに、伊予は檻の中で機会をうかがうことにした。

十日ほどが過ぎたある日、名護が伊予を呼びに来た。猛日王が会いたがっているというのだ。

この十日間、猛日王は伊予の前にまったく姿を見せなかった。伊予を怯《おび》えさせまいという、あの男なりの気遣いだったのだろう。だが、手に入れたばかりの小鳥の様子を見たいという願望を、ついに抑えられなくなったに違いない。

この呼び出しに、伊予は肌が透き通るほど青ざめた。あの男とふたたび顔をあわせる。考えただけで、全身に冷水を浴びせかけられるような思いだ。が、逆らうわけにはいかない。

先日届けられた薄黄身色の衣を着て、伊予はいやいや王の部屋に向かった。

伊予が名護と共に歩み始めた頃、猛日王は自室でぼんやりと昔を思い出していた。ずいぶんと昔、まだほんの幼子で、真比呂《まひろ》と名乗っていた頃のことを。

思い出せる記憶の中で最も古いものは、刺すような胸の痛みと息苦しさだ。せきをするたびに、喉にたんがからむ苦しさ。体が燃えているような熱の高さ。そうしたものは、幼い真比呂にとってはなじみのものだった。ずっと長い間、この体に取《と》り憑《つ》いていた悪友のようなものだ。

今、猛日王はあの頃のことを懐かしく思い浮かべていた。熱やせきの苦しさが懐かしいのではない、必死に自分を看病してくれた母の、優しい手の感触が懐かしいのだ。

本当にひ弱でか細い子供だった真比呂を、母は決して見捨てなかった。他の誰もが、父さえもが「この子は成人するまで生きられまい」と、あきらめていたというのに。

『母上……』

心の中で小さく呼びかけると、それに答えるように胸の奥が甘くうずいた。

優しかった母。かぎりなく自分を愛してくれた。あれほど深く激しい想いを、猛日王は他に知らない。病弱な一人息子を溺《おぼ》れるように愛し、そのために命さえも投げ出したのだから。

変化が訪れたのは、九つになる少し前の春。その年の山藤が咲き始めた頃から、真比呂はいきなり寝込むことが少なくなった。胸がほとんど痛まなくなり、せきも減った。なにより肌に血の色がのぼるようになったのだ。奇跡だと誰もが思った。

だが、それと入れ替わるように、健康だった母がみるみる具合を悪くしていった。ふくよかだった体が痩《や》せ始め、顔色が目に見えて悪くなった。これは異様なことだった。どこがどう悪いとも言えないのに、ただただ衰えていくのである。

ついに倒れた。そうなると、もう寝床から起き上がることもできなくなった。

真比呂はつきっきりで看病をした。薬師《くすし》と巫女《みこ》以外は、母に近づけさせなかった。父親さえ追い払った。母は自分が守るのだ。そんな熱い思いに、幼い少年は燃えていた。

ある夜、母が寝床から真比呂を呼んだ。薬草をせんじていた真比呂はすぐに駆け寄って、母の手を握りしめた。

母はすっかり病み衰え、もはや骨と皮ばかりとなっていた。命の輝きがほんのわずかに目に残っているだけだ。それを最後とばかりにきらめかせながら、母は息子にそっと秘密を打ち明けたのだ。入らず山の魂換《たまが》え塚《づか》の神に願い、自分の命をおまえに与えたのだと。

少年は天地が崩れるような衝撃を食らった。息ができなくなり、頭が割れるように痛んだ。耐えられずに逃げ出そうとしたが、母にしっかり腕をつかまれているため、身を引くことすらできなかった。

泣き出す少年に、母はささやいた。

「おまえを丈夫に産んであげられなかったのは、全て私のせいだもの。その間違いを正すために、私は神に願ったのです。私の命をおまえに与えてくれと。神は応じてくださされた……ああ、すっかり頬も丸くなりましたね。これを見られる日が来るなんて、本当になんとありがたいことか！」

しきりに魂換え塚の神を称《たた》える母。しかし、真比呂にはそれが神とは思えなかった。入らず山は、常に重たい霧がたちこめている禁域。そのよどんだ空気の、さらに奥にある魂換え塚は、あらゆる不浄が集まる場所、禍《まが》つ国《くに》への入り口とさえ言われている。そんな所に善き神がいるはずがなかった。

一体、母は何と取引をしたのだろう。

だが、問い詰めることはできなかった。どこにそんな力が残っていたものか、母はいきなり息子をぐっと引き寄せたのだ。真比呂を抱きしめたまま、母は熱っぽくささやいた。

「ねえ……ねえ、真比呂。かわいそうな真比呂。体が弱いというだけで、邪魔者扱いされて。ああ、さぞ悔しかったことでしょう。でも、もう大丈夫。これからのおまえは、なんでもできる。おまえは二人分の命を手に入れたのだもの。神にだってなれるはず。生きて生きて生き抜いて！　い、生き続け、ておく……」

最後まで言い切れず、母はそこで息絶えた。

真比呂はまばたきさえ忘れ、ただただ見つめていた。今の今までしゃべっていた母の、大きく見開いた目から光が消えていく様を……。

ぼんやりしていたのは束の間で、次にはすさまじい恐怖の大波が押し寄せてきた。少年は小屋を飛び出した。そのまま夜の森に駆け込み、闇雲に走りながら声を限りに泣きわめいた。心は恐怖で一杯だった。それは、死そのものに対する壮絶な恐れだった。

人は誰もが死ぬ。目から光が消えるのと同時に、それまでの全ても幻のように消えてしまう。死んだら、全てが終わりなのだ。

母は自らの命を自分に与えてくれた。だが、それが一体なんになろう。健康となり、人よりいくらかは長く生きられたとしても、結局は死ぬのだ。死ぬ？　自分が？

「い、いやだ！　いやだ！　いやだ！　死にたくない！　死にたくない！」

なんとしてでも生き延びる、生き続ける方法を見つけ出さなくては。

死への恐怖に捕らわれた少年は、その分、命というものに貪欲《どんよく》になった。

母の弔いが終わったその日から、真比呂はがむしゃらに体を鍛え始めた。まずは力だ。《永遠》を手にするには、ありあまるほどの力、他者を従わせる権力がなくてはならない。

それを手に入れるために、真比呂は我が身を痛めつけるほど鍛錬に励んだ。それまで走ることとさえままならなかった体は、鍛えれば鍛えるだけ、おもしろいほど強くなっていった。また成長もすばらしく、十二歳の時には大人と変わらぬ体格に育っていた。

初陣は十四の時。田にひく水を巡って、川上に住む一族と戦った。真比呂の戦いぶりはすさまじかった。獣のごとき暴れように、味方でさえおののいたほどだ。

実際、他者の命を奪うことに、なんのためらいもありはしなかった。他人の命など知ったことではない。大切なのはあくまでも自分、母からもらった命が息づく自分だけなのだ。

隣の里との小競り合いで、族長であった父と異母兄二人が戦死したのは、十六の時だ。三人には特に親しみも感じていなかった真比呂だが、この時は早くに死んでくれたことを感謝した。これで、自分の前に立ちふさがる目障りなものは、全て消えたのだ。

十六歳の若者が長《おさ》となることを、一族は誰も反対しなかった。天性の戦上手と見事な統率力で、真比呂はすでに長としての器を、十分に見せつけていたからである。猛々《たけだけ》しい、長となる者に、もはや普通の名は似合わない。真比呂は自分で名をつけた。この世で唯一の日輪。誰も近づくことのできない、絶対の炎と熱の王を意味する名。

穂高見の猛日王はこうして生まれたのだ。

それからは次々と戦を起こし、他の部族や里を襲っては、自分のものにしていった。そんな彼を、強欲だと、みなは思っただろう。だが、戦に明け暮れる日々を送ったのも、数々の里をたいらげて国を造ったのも、権力自体に対する欲からではない。全ては《永遠》を手に入れるための手段に過ぎないのだ。

そして今、長年渇望してきたものがついに手の中にある。これほどの安堵《あんど》と満足を覚えるのは、実に何年ぶりだろう。

喉《のど》を震わせて笑った時だ。名護と伊予が部屋に入ってきた。

伊予を見るなり、王は眉《まゆ》をひそめた。十日ぶりに目にした少女は、ぎょっとするほどやつれていたのだ。むっつりとした顔は青白く、恨みがましい目にもどこか生気がない。怒りと憎しみで生き生きと輝いていた少女に、一体何が起きたというのか。あの時のはちきれんばかりの力は、一体どこへ行ってしまったというのか。

王は焦った。母親の大火美姫のように死なれては困るのだ。

「……少し痩せたようだな。きちんと食事はとっていると聞いていたのだが。どうした？　具合でも悪いのか？」

気遣う王に、伊予は何も言わなかった。言うべきことなど何もないと、言わんばかりだ。かわりに、名護があることを王に耳打ちしてきた。とたん、王の目に稲妻にも似た激しい光が横切った。

「そうか。愚かな女どもが陰でおまえをいたぶっているのか。これは俺の落ち度だな。王の寵愛《ちょうあい》を受ける娘にどれほどのねたみが集まるか、頭に入れておくべきだった。だが安心しろ。その不満もすぐ断ち切ってやる」

「……えっ？」

「ちょうどいい機会だ。おまえが俺にとってなにより特別なのだということを、国中に知らしめてやろう。名護。馬を飛ばして、豪族どもにふれを出せ。八日後に、俺の妻、穂高見の大后《おおきさき》となる姫を披露する宴《うたげ》を開くとな」

「かしこまりました」

名護は素早く部屋を出て行った。二人きりとなると、王は上座から立ちあがり、伊予に歩み寄った。少女は、反射的にあとずさろうとするのを、必死でこらえているようだった。

怯《おび》えている少女の顔を、王は真正面からのぞきこんだ。

「次は蝮《まむし》退治だ。人の懐でぬくぬくと肥え太る毒蛇を追い出してくれる。ああ、おまえは何も心配しなくていい。全て俺がけりをつけてやる。さ、部屋に戻るといい」

声こそ優しかったが、その唇には物騒な笑いが浮かんでいた。

十四

一人で部屋に戻ってきた伊予を、采女《うねめ》達はあからさまな嘲笑《ちょうしょう》でもって出迎えた。

「あら、お帰りなさいませ、姫様」

嫌みの棘《とげ》をたっぷりとこめて、采女の一人、綾乃《あやの》が声を投げつけた。綾乃は、美人揃いの采女達の中でもずば抜けて美しく、そして誰よりも伊予を目の敵にしている女だった。今も、伊予の前でわざとらしく鼻を鳴らし、顔をしかめた。

「おや、なにやら変な臭いがいたしますこと。どこからか穢《けが》れた臭いが迷い込んできたようですわ。おお、くさいくさい！　まるで、つぶしたかずらのような臭いですこと」

悪意の笑いが、女達の口からさざなみのようにあふれる。だが、伊予は黙っていた。ここで食ってかかれば、彼女らを余計に楽しませるだけだと、わかっていたからだ。

伊予が黙っているのをいいことに、綾乃は図に乗ってさらに言葉を続けた。

「おお、いやだ。この腐ったような臭いはたまらないわ。ねえ、姫様から猛日王様に頼んでいただけないものかしら？　ここでは息がつまってしまいます。どうかお部屋を変えてくださいと。王は、姫様の言うことなら、なんでも叶《かな》えてくださるのでしょう？」

そう言い終えたとたん、綾乃の美しい顔が醜く引きつった。自らの言葉に傷ついたのだ。

ぎらぎらと光る目で、綾乃は伊予をねめつけた。そこからほとばしる悪意は、すでに憎悪と言えるほど高まっている。またそれを隠そうともしなかった。

『なんでこんな娘に、この私が膝《ひざ》を折って仕えなければならないの！』

この娘が来るまで、自分は宮でも際立って美しい女として男達の目を集め、あの猛日王の心さえもつかんでいたはずなのに。

口惜しさにもだえながら、綾乃は幸せだった頃のことを思い浮かべた。

そうだ。以前の王は毎晩のように自分を部屋に呼び、熱く恋の歌をささやいてくれたではないか。あの力強い腕でこの身を抱きしめてくれたのも、一度や二度ではない。

このままなら妃《きさき》の一人に加えられるのも、そう遠くはない。いや、もしかしたら大后にしてもらえるかもしれない。

猛日王が一人の娘、それもまだほんの小娘に大后の大部屋を与えたのは、綾乃がそう思い始めた矢先のことだった。

綾乃は落胆に打ちのめされたが、王はさらに残酷な追い討ちをかけてきた。憎んでも憎み足らない小娘に、采女として仕えるよう、綾乃に命じたのだ。

こうしたことは宮ではよくあることと、綾乃は焼けつくような憤りを感じつつも、割り切ろうとした。妃にしてもらえなくてもいい。猛日王が少しでも自分を愛してくれれば、それでいい。誇りを殺して、そう思おうとした。

だが、この望みも裏切られた。伊予が来たその日から、王は綾乃をまったく相手にしなくなったのだ。彼女を部屋に呼びつけなくなり、通りすがりに甘いささやきをかけてくれることもなくなった。

今では王が綾乃に声をかけるのは、伊予の様子を尋ねるためと決まっていた。あの子は何不自由なく暮らしているか。食事はちゃんとしているか。そう尋ねる王の声には、本心からの気遣いがある。伊予が王にとって特別なのだということが、いやでも思い知らされた。

しかも、王は伊予の様子を尋ねることはあっても、綾乃を気にかける様子はまるでないのだ。「元気か？」という一言さえない。このことは綾乃の心をずたずたにした。一度は恋人とまでなった愛《いと》しい男。その男による仕打ちに、心が壊れそうだった。

だが、綾乃の恨みや怒りは王にではなく、まっすぐ伊予へと向かった。

この子でなければ、まだあきらめもついた。この子以外の者が王の寵愛を受けるなら、まだ許すことができた。だが……。

『こんな子供に負けるなんて！』

綾乃は憎悪の目で伊予を睨《にら》んだ。頼りなげに目を伏せている様子が、ますます怒りを育《はぐ》ませる。それを感じ取ったのか、伊予が綾乃から身を引いた。その拍子に、伊予の髪が小さくゆれた。小蛇のように軽やかなその動きを見た時、綾乃の中で何かが弾《はじ》けた。

気づいた時には、伊予の髪をつかんで引き上げていた。悲鳴が心地よく胸に響いた。もっとだ。もっとこの悲鳴を聞きたい。凶暴な感情が暴れるままに、綾乃は伊予を引き回した。

「なんでおまえが！　なんでおまえなどがかわいがられるのよ！　おまえには何もないはずよ！　まだ子供で、血の誉れも、後ろ盾となる一族もありはしないわ！　そんな禍々《まがまが》しい印を額に刻んだりして！　まともな人間ですらないじゃないの！　それなのになんで！　いいえ、渡さないわ！　あの方は私のものよ！　私だけのものよ！」

　憎悪のわめきは、あとからあとから口からあふれでる。

　いつにない綾乃の激しさに、最初は笑っていた女達も、青ざめて止めに入ってきた。

「お、おやめなさいよ、綾乃」

「そうよ。もし王の耳にでも入ったら……」

「どいて！　邪魔しないで！」

　間に入ってきた女達を二人ばかり突き飛ばし、綾乃は伊予を奥へと引きずっていった。その手が置いてあった刃物をつかみとる。それを少女の顔に押し当てて、女は叫んだ。

「おまえなんか、送り人らしく死者と交わっていればいいのよ！　王は私のものよ！　その顔が王の心を惑わせているというのなら、切り裂いてやる！　二目と見られぬ顔にしてやる！」

　伊予は違うのだと叫びたかった。王が自分を手元に置いておくのは、そんな理由からではないのだと。だが、組み敷かれ、のしかかられているせいで声が出ない。声どころか、息さえままならなかった。このままでは顔を切られる前に、息がつまって死んでしまう。

助けを求めて周りを見たが、女達はうろたえているだけで、助けを呼びに行く知恵さえ思い浮かばないようだ。

伊予はふたたび綾乃に目を戻した。綾乃の顔は嫉妬《しっと》と憤怒《ふんぬ》に歪《ゆが》んでいた。それは人のものとは思われないほど、すさまじい形相だった。ほとばしる邪気と悪意は禍神《まがつかみ》そのものだ。恐怖と闇の中に呑《の》み込まれかけながら、伊予は死の気配をはっきりと感じ取った。

だが、口に残忍な笑いを浮かべながら、綾乃が伊予の顔を切り裂こうとした、まさにその時だ。ぬっと部屋に大きな影が入ってきて、綾乃を伊予から引《ひ》き剝《は》がした。

騒ぎはぴたりと途切れた。信じられないと、その場にいる全員が現れた男を見る。

綾乃の手から刃物が落ちた。真っ青になった唇から、あえぎがもれた。

「た、た、猛日王様……」

だが、猛日王は綾乃には見向きもしなかった。伊予を抱き起こし、息ができるようにと、少女の背中を撫《な》でさすり始める。そのしぐさはとても優しかった。

「大丈夫か？」

優しい声音に、伊予は不覚にも涙をにじませてしまった。殺されかけた衝撃は、それほど伊予を怯えさせていたのだ。この男にだけは助けられたくなかったのに。助けられた上に、声をかけられてほっとしてしまうなんて。自分が情けなかった。

もがいて身を離す少女に、王はほっとしたように笑った。

「よしよし。無事でなによりだ。それにしても……」

と、王は初めて、立ちすくんでいる綾乃のほうを振り返った。

「嫉妬に燃える女が、これほど恐ろしいものだとは思わなかったぞ。虫も殺せないような顔をしていても、腹の内は黒く、残酷な真似がいくらでもできる。なんとも怖いものだ。女の憎しみに比べたら、男の戦など可愛いものだな」

「猛日王。わ、私は決して……」

蒼白《そうはく》となりながら口を開きかける綾乃に、猛日王は微笑みかけた。優しい笑みだった。

「ん？　なんだ、綾乃？　言いたいことがあるなら、かまわん、言《い》ってみろ」

男の笑みに、綾乃は体に力が戻るのを感じた。王はまだ私を愛しんでくださっている。そう感じたのだ。恐れと警戒が溶けていき、綾乃はおずおずとした微笑みを浮かべた。

媚《こ》びを含みながら、綾乃は王に訴えた。寂しかったのだと。見捨てられたのだと思うと悲しくて、それでこんなことをしでかしてしまったのだと。

長々とした哀願を、猛日王は静かに聞いていた。やがて太いため息をついた。

「寂しかったか。それはすまないことをしたな」

すまないと謝られ、綾乃の頰は嬉《うれ》しさで赤く染まった。

「王……ああ、猛日王様……」

綾乃は大胆にも王にすりより、その厚い胸に身を投げかけた。だが、甘えてくる女から、猛日王はつと身を離した。

「王？」

不思議そうに自分を見上げてくる女に、王は微笑みながらゆったりと告げた。

「だが、おまえは思い違いをしている、綾乃。俺は伊予が愛しいからおまえを忘れたのではない。ただ単におまえに飽きただけだ」

思いがけない言葉に、綾乃は雷に打たれたかのようにこわばった。顔色は白を通り越した灰色に、唇は紫にと変色する。それでも信じられず、綾乃は王を見つめた。

「そ、それは……あの……」

「わからないか？　では詳しく言ってやろう。俺は確かにおまえが愛しかった。そばに置いておいて、その美しさを愛《め》でるのは楽しかった。だが、おまえは所詮花《しょせん》だ。美しさに惹《ひ》かれて摘み取るが、すぐに色あせてしまうので、また新たな花へと目が向く。おまえはそういう花のうちの一つだ。だが、伊予は違う。伊予は宝の石だ。決して色あせず、輝きを失うこともない石。だからこそ、飽きることがない。俺にとって、伊予はそういうものなのだ」

おまえと伊予とでは、価値がまるで違うのだ。おまえは、どこにでもいる、いつでも手折れる女達の一人にすぎないのだ。そう告げる王の一言一言が、綾乃の心を打ちすえていった。

言葉の鞭《むち》に耐え切れず、花がしおれるように綾乃は崩れた。絶望のあまり涙もでない。声だけですすり泣く女に、王は一歩近づいた。その気配に、綾乃は慌てて体を起こした。寵愛《ちょうあい》を失ったとわかった今は、哀れみだけでも買わなければ。そう思って、必死の目でとりすがった。

だが、女を見下ろす王の目は、かぎりなく静かで冷たかった。

「たかが采女《うねめ》の分際で、この俺の妻を傷つけようとするとはな。……名護」

猛日王が呼ぶと、名護がするりと部屋に入ってきた。名護は立ち尽くしている綾乃の腕をつかみ、そのまま外へと連れ出していった。綾乃はなすがままだった。

もう二度と会うことはない。

綾乃が見えなくなった時、伊予はなぜかそう感じた。

そして猛日王は、去っていく綾乃にはもはや目もくれなかった。王は腰の剣を引き抜くと、大股《おおまた》で歩き出した。その先には采女達がかたまっていた。

采女達は魂を抜かれたように呆然《ぼうぜん》としていたが、王が近づいて来るのを見ると、我に返った。

「きゃあああああっ！」

一人が叫ぶと、全員が思い出したかのように叫びだし、砕けた腰のまま逃げだそうとした。だが、王は一人も逃がさなかった。逃げまどう女達を次々と捕まえては剣を振るい、その長く美しい黒髪を首筋のあたりで切り落としていったのである。

やがて王の作業は終わり、女達の悲鳴も押し殺したすすり泣きへと変わった。

無残な頭になった女達に、王は静かな声を投げつけた。

「おまえ達はそれで許してやる。今後は心をこめて伊予に仕えろ。また伊予をないがしろにするような真似をしてみろ。今度は髪ではなく、首を切り落とすからな」

声が静かなだけに、強烈な凄《すご》みがそこにはあった。女達も、髪のことを嘆いていられずに震え上がった。

そんな女達を、伊予はぼんやりと見ていた。つっと、見開いた目から涙が一筋流れた。どうして涙が出るのかはわからなかった。消えてしまった綾乃を哀れんでか、髪を切られた女達を哀れんでか。それとも、こちらに近づいてくる男への強い恐れからだろうか。

『全てがこの男のためにねじまげられる。この王のために、あってはならないことがこれからも起きる。そして、あたしはそこから絶対に逃げられないんだ』

絶望の涙を流す少女の頰を、王は優しく撫でた。

「心配するな。これで全てがうまくいく」

優しい声だった。優しい暗黒の声だった。

『ばば様、助けて！　助けて！　闇真！』

だが、少女の心の叫び声に答えてくれる者はいなかった。蜘蛛《くも》の巣《す》にひっかかった羽虫のように、伊予に逃げ場はなかった。

十五

自分の館《やかた》に戻るなり、伊佐木王子は腰にさしていた太刀を床に叩《たた》きつけた。ぱんと、柄にはめこまれた石が砕けたが、それには見向きもせず、王子はわめいた。

「酒だ！　酒を持ってこい！」

いつになく荒れている主《あるじ》に、はしため達はわらわらと動いた。その様子が、王子の苛《いら》立《だ》ちをさらにあおった。

「何をぐずぐずしている！　早くしろ！」

やっと高杯《たかつき》と酒の入った水差しが運ばれてきた。王子はそれを奪い取り、杯に注ぎもしないであおった。ほんのりと甘い酒が、喉《のど》をかっと焼きながら胃に落ちていく。だが、酔いはいっこうに訪れなかった。むしろ不快さが強まってくるばかりだ。

苛立ちの原因は、先程伯父《おじ》王に呼びつけられたことにあった。四日後に宴《うたげ》を催すから、必ずそれに参列するようにと、伯父に命じられたのだ。宴や祭りの類《たぐい》が大好きな伊佐木であったが、今回ばかりは死ぬほど出席を拒みたかった。

「あの小娘を大后《おおきさき》として知らしめるための宴だと！　俺は出ないぞ！　断じて出るものか！」

そうわめいたところで、伯父の命令に逆らう度胸が生まれるわけでもない。結局は宴に参列して、自分よりも上座に座っているあの小娘を見る羽目になるだろう。そうわかっているだけに、王子の怒りは激しかった。これほど惨めな気持ちになったことはない。酒では気がまぎれないとわかり、王子は大声で叫んだ。

「美玉《みたま》！　美玉、どこにいる！　美玉！」

奥から一人の女が現れた。うつむきがちに歩いてくる女は、七日前に王子が手に入れてきた奴婢《ぬひ》だ。それ以来、王子のお気に入りとなっているが、女が気に入られているのは、その容姿ゆえではない。美しいどころか、女はぎょっとするほど醜かった。いや、醜いというより、顔の造作がないに等しいのだ。

女の顔は、粗い赤土をこねあげて作られた土人形のようだった。一面が赤黒くただれており、目鼻立ちもなにもあったものではない。かろうじて口が見える程度で、あとはふくれあがったただれにおおわれている。

目さえなかった。閉じたままのまぶたはただれの中に埋《うず》まり、完全に肉と同化してしまっているのだ。幼い頃に火事に巻き込まれたせいだというが、とにかく無残だった。

王子がこの女と出会ったのは七日前、長窪《ながくぼ》の豪族、戸摩彦《とまひこ》の館に招かれての夕餉《ゆうげ》の席でであった。初めて見た時は、そのあまりの醜さにのけぞった。

「おまえはなんだ！　どこから来た化け物だ！」

思わず口汚くののしる王子に、顔を伏せながら女は口を開いた。

「美玉と申します」

顔の醜さに反して、その声は深く柔らかく、潮《うしお》のように豊かだった。

「美玉？　美しい玉という意味か。ふん。おまえほど美しさと縁遠いやつが名乗るには、あまりに酷な名だな。蝦蟇《がま》のほうがよっぽどふさわしいぞ」

目障りだ、失せろとあごをしゃくる王子に、とりなすように戸摩彦は言った。

「王子。これは確かに蝦蟇と呼ぶにふさわしい女ですが、そのかわり、それは良い声で鳴くのですよ。私も数日前にこの女を買いとったばかりなのですが、それもこの女の声音に惚《ほ》れ込んだからでして。ぜひ王子にも聞いていただきたい。いや、ものは試しと、どうか」

しつこくすすめられ、しぶしぶ王子は女が歌うことを許した。どうせたいしたことはあるまい。そうたかをくくっていたのだが……笛の音にあわせて女が歌い始めたとたん、魂を奪われていた。

天の鳥が地上に降りてきて歌い始めたのかと、一瞬思った。どうしてこのような声が出せるのか。奇跡としか言いようのない麗しさだ。しかも、その麗しさの中には弱さ、はかなさはかけらもない。甘く、それでいて力強いのだ。

絶妙な音の波に心をさらわれ、王子は心地よく酔いしれた。歌が終わった時には、なぜ歌い続けないと、思わず女を責めてしまったほどだ。

美玉の声には確かに力があった。聞く者の魂をからめとる、強烈な呪縛《じゅばく》だ。すっかりそれに魅了された王子は、矢も盾もたまらず、戸摩彦から半ばもぎとるようにして女をもらいうけ、自分の館へと連れ帰ったのだ。

顔の醜さも、一日もすると気にならなくなった。それどころか、今ではこの、目を開くこともできない泥団子のような顔を見ると、安らぎさえ覚える。

ひざまずく女に、王子はねだるように命じた。

「美玉、歌ってくれ。おまえの声で、俺の荒ぶる心を鎮めてくれ」

「はい」

乞《こ》われるままに美玉は歌い始めた。豊かな声がゆるやかに広がっていく。盛り立てる笛や太鼓の調べがなくとも、その歌声は十分に美しかった。

ふうっと伊佐木王子は息をついた。自分でもどうにもならなかった高ぶりが、やっと鎮まってくる。

歌が終わると、王子は美玉に酌をさせながら不満をぶちまけ始めた。

「伯父上はどうかしているぞ！　あんな小娘を大后にするなんて！　女どもは、なぜあんな子供が大后に取り立てられるのだと、泣いて悔しがっているそうだ。無理もない。宮に集められた女達は、いずれも血筋の正しい美しい女ばかりだからな」

王子の腹立たしげな愚痴に、美玉は静かに耳を傾けていた。時々かすかに首を動かし、王子の言葉に賛同してみせる。この静けさと従順さも、王子は気に入っていた。

新たな杯を干すと、若い王子は据わった目つきになりながら、うめくように言った。

「宮の連中は、あれをどこかの姫だと思い始めたようだがな。ふん。伯父上があの娘をそばに置きたがるのは、あれが蘇《よみがえ》りの術者だからだ。今回ばかりは伯父上を見損なったぞ。蘇りに目がくらんで、あの娘の本性が見抜けないとはな。だが、俺は知っている。あれは送り人だ。俺が矢を向けても逃げようともしない、黄泉《よみ》の娘だ。死の臭いを放つ、穢《けが》れそのものの娘だ！　あんな不吉な娘を大后などとは認めない！　そうだろう、美玉？　俺が言っていることは正しいことだろう？」

「はい」

うなずいた後、美玉はためらいがちに口を開いた。

「王子、あの……」

「なんだ？」

「その……王子は伊予姫に矢を向けたとおっしゃいましたが、それは真でございますか？」

王子は血走った目で美玉を睨《にら》みつけた。噛《か》み付くように言う。

「あの娘を姫などと呼ぶな！　聞くだけで虫唾《むしず》が走る！　ああ。矢を向けたのは本当だ。向けただけではない。放ってやった。当たらなかったがな」

あの時娘の胸を射抜いていればと、苦々しく王子はつぶやいたが、美玉は別のことを気にしているようだった。うつむいたまま、ぼそりと言った。

「……それはまずいことをなされました」

「何がまずいんだ？」

まるで気にせずに酒を飲み続ける王子に、美玉は押し殺した声で言った。

「王子、おわかりいただけませんか？　伊予が大后になるという噂が本当であれば、王子は未来の大后に矢を向けたことになるのでございますよ？」

やっとその意味に気づき、王子の赤らんでいた顔はさっと色を失った。気遣わしげに美玉は言葉を続ける。

「伊予のほうは、そのことを忘れてはいないでしょう。殺されかけたことを忘れる者はいない。それに……つい先日、伊予を侮った采女《うねめ》が一人殺され、他の采女達も罰として髪を切られたそうでございます」

「あ、ああ、その話なら聞いた。なんでも、その殺された采女というのは、一時は伯父上のお気に入りだったそうではないか」

「はい。それを未練もなく……そんなにも伊予を大切にしている王のことです。今に、伊予の頼みなら、なんでも叶《かな》えるようになるかもしれません。たとえ、それが王子の命であっても……」

最後のほうは言葉を濁らせたものの、美玉が言わんとしていることは明白だった。もはや王子は蒼白《そうはく》となっていた。酔いは完全に醒《さ》め、自分の危機に冷や汗がにじみでる。ぶざまなほど焦りながら、伊佐木は美玉にすがりついた。

「ど、どうしたらいい？　美玉、俺は一体どうしたら？」

「……打つべき手は一つしかございませぬ」

美玉は小さく、しかしきっぱりと言い切った。王子の喉《のど》がごくりと鳴った。

「……伊予を殺せというのか？」

「いいえ。それでは王のお怒りを買うことになります。それより、王がお心をかけるほどの娘ではないことを、王に教えてさしあげるほうがよろしいでしょう」

「どうやってだ？　伊予が蘇りを行えるのは、事実なんだぞ？」

美玉は少し考え込んでいたようだが、やがて思い切ったように口を開いた。

「そのことなのですが、伊予は本当に蘇りを行えるのでしょうか？」

「本当だ。俺はじかに見たんだからな。俺が二本も矢を射込んだ狼を、あの娘は蘇らせた。あれはまやかしなどではなかった」

王子は力をこめて言ったが、美玉は納得しなかった。もごもごと口を動かす。

「お言葉を疑うつもりは毛頭ございません。しかし、気になることを聞いたものですので」

「なんだ？　言ってみろ」

「はい。なんでも、伊予は育て親を、呪師《じゅし》の名護様に殺されたそうでございます。しかし、伊予はその育て親を蘇らせなかった。実の親よりも慕っていたというのに。私が不思議に思うのは、そこなのでございます。ただの獣を助け、心から慕っていた育て親を見殺しにする。そんな不思議がありえるでしょうか？」

「……そうだな。それは……確かに変だ」

王子の目にも疑問が浮かんだ。

ここぞとばかりに、美玉はたたみかけた。

「王子、本当は伊予は蘇りなどできないのではないでしょうか」

「馬鹿言え。それでは狼のことはどうなる？」

「確かに、それが普通の獣であれば、蘇ったのは娘の力ゆえとしか言いようがございません。しかし、名護様の付き人達から聞いたところでは、その狼は妖魔《ようま》が変化したものであったというではありませんか？」

優しい、だが有無を言わせぬ口調で、美玉は言葉を紡ぐ。

「妖魔は獣とは違います。妖気《ようき》を放つ魔性なのです。力は強く、傷が癒《い》えるのも早い。たった二本の矢で殺せるようなものではありません。伊予は、傷を癒《いや》すためにじっとしていた妖魔のそばにいただけなのです。そして絶妙の間合いで妖魔は立ち上がり、さながら伊予が蘇らせたかのように、王子の目に見せた。そうなのではないでしょうか？」

王子の目がぎらぎらと燃え始めた。聞けば聞くほど、美玉の言っていることが真実に思える。こんな単純なことがどうして思い浮かばなかったのか、自分でも不思議でしかたなかった。

「そうだな。おまえの言うとおりだ。少し考えてみればわかることだったのに、なんで一つの考え方しかできなかったんだろうな。よし！　今すぐ伯父《おじ》上のところに行って、このことを申し上げてくる！」

勇み立つ少年を、美玉はやんわりと押しとどめた。

「いいえ、お待ちを。どうせなら、もっと王子の手柄を広めるようになさいませ」

「俺の手柄を広めるだと？」

「はい。四日後の宴《うたげ》がまたとない機会でございます。その宴の席でおっしゃるのです。本当に蘇りができるというのであれば、皆の前でそれをやってみせてくれと。何か生き物の死骸《しがい》でも持ち込むのがよろしいでしょう。娘がそれをやらなければ、王子の勝ち。あなたは娘の企みを見破った者として、猛日王の寵愛《ちょうあい》と信頼を勝ち得ることになりましょう」

女の言葉は美しい夢となって、伊佐木の心に染み込んできた。ほうっと、王子は息をついた。

「おまえは俺の宝だ、美玉。おまえがいなかったら、どうなっていたことか」

「過分なお言葉でございます」

「過分なものか。よし。おまえも一緒に宴に来い。顔を垂れ絹で隠せば、誰もおまえのことなど気にかけまい。そして全てが終わったら、俺のためにその場で歌ってくれ。俺の勝利を祝う歌を」

美玉はうやうやしく頭を下げた。その口元にはかすかな笑みが浮かんでいた。

十六

伊予のための宴は、日の入りと同時に始まった。

この日のために、めったなことでは使われない宮の大広間が開放された。ちりひとつなく清められた床。そこここに飾られた、摘み取ったばかりの若菜や花々。魚油を入れて火を灯《とも》した貝皿は、黄金色《こがねいろ》の光をふりまき、めでたい席をより美しいものにしている。

広間に入れ替わり立ち替わりに現れる采女達は、客達の周りを魚のように泳ぎまわった。贅《ぜい》をこらしたご馳走《ちそう》を運んだり、洗練されたしぐさで酌をしたり、望まれるままに舞を披露したりする。

彼女達に囲まれて、客達はおおいに飲み食いし、声を張り上げて楽しんでいた。集められたのは、全部で三十人ほど。いずれも穂高見に散る豪族の長《おさ》達だ。彼らが笑い、身動きするたびに、髪や胸元を飾る色鮮やかな珠《たま》がちらちらと輝く。

だが、どんなに酒を飲もうとも、豪族達はここに呼ばれた理由を忘れはしなかった。舞や歌の合間を縫うようにして、順々に王に挨拶《あいさつ》をし、その隣に座る少女に祝いの言葉を述べて、高価な品々を捧《ささ》げていった。未来の大后《おおきさき》に媚《こ》びておいて、損はないというわけだ。

ところが、彼らの贈り物やへつらいの言葉に対して、少女はひどくうつろな目で見返してくるだけだった。

『奇妙な姫だ』と、豪族達は思った。

『確かに、大きくなったら、曙《あけぼの》のように美しい姫になるだろう。しかしなあ。猛日王が妻にと望むのもわからなくはないが、このようになんの表情もないとなると、かえってその美しさが不気味に見える。まるで血の通わぬ石のようだ』

好奇の目を向けられる中、伊予はじっと耐えていた。

今日の伊予の装いは、いつにも増して豪奢《ごうしゃ》だった。緑を基調とした衣をまとい、淡いうぐいす色の衣の上に、金糸が織り込まれた若草色の羽衣を重ねている。帯は、銀糸の入った桜色だ。

よい香りのする油をしみこませた髪は美しく結い上げられ、金と翡翠《ひすい》、白玉のかんざしで飾られている。喉と手首を飾るのは、花の露のような白瑪瑙《しろめのう》だ。額の刺青《いれずみ》も、宴の席には忌むべきものだということで、細かな玉石を縫いつけた布で隠されている。

だが、このように飾り立てられればられるほど、伊予は惨めだった。この美々しさの陰で、体が内から腐っていくような心地がする。

ここを出たい。出て、少しでもいいから一人になりたい。

それだけが今の望みだった。だが、宴が終わるまで退席できないことを、伊予は知っていた。そして、宴は朝まで続くのだろう。それを思うと、胃の中が硬くこわばって、きりきりと痛んだ。この頃ではすっかりなじみとなってしまった痛みだ。

『早く終わって……』

王の隣に縮こまるようにして座りながら、ひたすらそれだけを願っていた時だ。

伊佐木王子が宴の間に入ってきた。今夜の王子は贅沢《ぜいたく》な白絹の織物で身を包み、結い上げた髪も美しく、若い王子として申し分ない華やかさだ。だが、その顔にいつもの傲《ごう》慢《まん》さはなく、心なしか青ざめてさえいた。

また彼の後ろには、垂れ絹で顔を隠した女が、ひっそりと付き従ってきていた。自分のはしためを連れてくるなども、普段の伊佐木らしからぬことだ。

入ってきた甥《おい》に、猛日王は上機嫌で声をかけた。

「遅かったではないか、伊佐木」

「申し訳ありません、伯父上」

わびる王子の顔色はあいかわらず悪かったが、なぜかその口元には奇妙な薄ら笑いがはりついていた。その笑いを保ったまま、王子は言葉を続けた。

「今宵《こよい》の主役であらせられる伊予姫に、どんな贈り物をするか、迷いましてね。瑠璃《るり》の首飾りにするか。それとも水晶の杯にするか。いやいや、そんなものではいけない。なんと言っても、蘇《よみがえ》りを行える姫への贈り物ですからね。ありきたりの品ですませてしまっていいわけがない。そうでしょう、伯父上？」

伊佐木王子の言葉に、一瞬、その場は静まり返った。

「……蘇りを行える娘だと？　今、王子はそう言ったのか？」

「あの姫がか？　まさか」

「だが、本当にそうだとしたら……王がなぜあの娘を大后に望んだのか、うなずけるな」

そんなざわめきが広がる中、さっと猛日王は立ち上がった。絶対の秘密にしておきたかったことを、あっさりと暴露した甥への憤怒《ふんぬ》で、顔がどす黒く染まっていた。

「伊佐木……貴様、よくも……」

殺気だった目を向けられても、王子はひるまなかった。

「伯父上、本当にその娘が蘇りを行えると、そう思っているのですか？」

「黙れ、伊佐木！　それ以上言うことは許さん！　出て行け！」

「いいえ！　伯父上が目を覚まされるまで、俺はここを一歩も動きません。お願いですから、正気に戻ってください。伯父上はその娘にだまされておられるのです」

と、伊佐木王子は伊予を睨《にら》んだ。そのまなざしには黒々とした憎悪があった。

「俺は知っている。この娘は送り人だ。命ではなく死を司《つかさど》る、穢《けが》れた黄泉《よみ》に仕える不吉な娘だ。そんな娘を妻になどしたら、伯父上はおしまいだ。黄泉の娘と契りを交わすなど、許されない！　それに、その娘は伯父上が望む力など持ってはいないのです！」

力ずくで甥を追い出そうと歩み寄りかけた猛日王は、最後の一言にぴたりと立ち止まった。怒りに煮えたぎっていた目に、疑いの影が浮かび上がってくる。その隙をつくようにして、王子は懇願した。

「伯父上、お願いです。どうかそこで見ていてください。俺がその娘の化けの皮を剝《は》ぐのを。もし間違っていたら、どんな罰でも受けますから」

そう言って、伊佐木王子は戸口のほうに向かって、うなずきかけた。

と、一人の男がのっそりと広間に入ってきた。見るからに力のありそうな巨漢である。

その太い腕に抱えられているものを見て、伊予は悲鳴をあげた。

「狭霧！」

それはまさしく狭霧だった。体はすっかり痩《や》せていて、手足首には青黒い縛《いまし》めの痕《あと》が痛々しく残っている。今の今まで縄で縛られていたに違いない。ぐったりと力の抜けた姿は、まるでしおれた花のようだった。

狭霧は憔悴《しょうすい》しきっているようであったが、それでも伊予を見て弱々しく微笑んできた。駆け寄ろうとする伊予を片腕で押さえながら、王は鋭く甥を見た。

「よくその子を見つけられたな」

「牢《ろう》にその娘の血族がいると、偶然小耳にはさんだのですよ。下々の連中はそろって口が軽い。秘密を守りたいのであれば、次からは舌を切り取った奴婢《ぬひ》をお使いになるんですね」

猛日王はもとより、名護も目を見張った。あの伊佐木が、王にこんな無礼な口をきくとは。よほどの覚悟をしているのか、それとも正気を失っただけなのか。

王達の戸惑いにはかまわず、王子は狭霧を振り返った。

「一つ、確かめてみようではありませんか、伯父《おじ》上。その娘が本当に蘇りを行えるかどうかを。相手が私や伯父上であれば、伊予は蘇りを行わず、我々を見捨てるかもしれない。だが、この少年が相手であればどうかな？」

伊予は足が崩れそうになった。王子が何をするつもりなのか、悟ったのだ。やめてくれと叫びたかったが、声が出ない。息をするのがやっとだ。

だが、伊予のかわりに叫んでくれた者がいた。

「おやめください、伊佐木王子！」

声を上げたのは、伊佐木王子が連れてきた、垂れ絹をかぶった女だった。不思議そうに王子は振り返った。

「なぜ止める、美玉？　おまえが言ったんじゃないか？　伊予に蘇りをやらせろと」

「確かにそうは申しましたが……」

女はかなり慌てているようだった。美しい声が震えている。

「ですが、そ、その少年はまだ生きているではありませんか。それをわざわざ殺《あや》めてからというのは、あまりにむごうございます。どうかその少年ではなく、何か別の、鳥や獣の死骸《しがい》などで……」

「そんなものがこの子供の代わりになるものか！　いいから黙って見ていろ」

「いけません、王子！」

「や、やめて！」

「伊佐木！　よせ！」

女と伊予と猛日王、三人の叫びが重なった。だが、それを無視して、伊佐木王子は大男にうなずきかけた。男はうなずき返し、狭霧の喉《のど》へと手をかけた。

「やめて！」

王の手を振り払って、伊予は無我夢中で駆け寄ろうとした。その途中で、ばきっと、何かがへし折られる恐ろしい音が響いた。

伊予はぎくりとして立ち止まった。見れば、狭霧の首が奇妙な形にねじれ、頭があらぬほうに向いている。それは、生きている人間が曲げられる角度ではなかった。

目にしている光景がなかなか信じられず、伊予はしばらく立ち止まってそれを見ていた。

「いやあああああっ!」

自分の口からほとばしる絶叫に、伊予はようやく我に返った。

「狭霧! ああ、狭霧!」

走りより、男の腕からもぎ取るようにして狭霧の体を受け取った。頬をさすり、ねじれた首をもとに戻し、必死で呼びかける。だが、狭霧は答えなかった。その体はまだ温かかったが、すでに命の灯《ともしび》は消え去っていた。

しかし、伊予はその死を受け入れることができなかった。狭霧のためだけに、今まで耐えてきたというのに。その狭霧が死ぬ? 最後の自分の一族が? だめだ。失いたくない。失うわけにはいかない。

魂《たま》駆けするために、ただちに息を整え始めた。真由良や闇真の警告など、頭から消し飛んでしまっていた。今大切なのは、狭霧を取り戻すことだ。そのためなら自分がどうなろうと、かまうものか。

必死な思いにつられるかのように、みるみる五体の感覚は薄れていった。体は眠りに入り、かわりに額の目が開いていくのを感じる。もうすぐだ。もうすぐ魂駆けできる。

この時、一人の女がこちらに走ってくるのが、目の端に入った。女の顔は赤黒いただれでおおわれていたが、その左目はかっと開き、中では金色の瞳《ひとみ》が燃えていた。

「やってはいけない！　伊予、だめだ！」

だが、その忠告は少しばかり遅かった。見知らぬ女の口から闇真の声が飛び出てきたことを不思議に思いながらも、伊予の魂は体から離れていたのである。


伊予が気を失うのを見て、美玉は、いや、闇真は激しく舌打ちした。

とんでもない番狂わせが起きてしまったものだ。首尾よく宴《うたげ》に入り込んだら、隙をついて伊予をかっさらって逃げるつもりであったのに。あの少年のことを知らなかったのが、まずかった。伊佐木が余計な真似をしなければ、まだ動きようがあったものを。

だが、もはや全てが手遅れだった。伊予はあの少年を必ず助けるだろう。たとえ自分が闇に堕《お》ちることになったとしても……。

闇真は、顔に張り付けていた赤粘土の仮面を剥ぎ取った。急に、それまでかぶっていたそれが息苦しく感じられたのだ。どのみち、これにはもう用はない。

素顔をさらした闇真に、伊佐木王子はあえいだ。

「美玉……おまえ……」

隻眼の女妖《じょよう》は王子を見た。こみあげてくる怒りに身が震えた。

「おまえは本当に……とんでもない王子だ」

それだけ言うのがやっとだった。

自分を落ち着かせようと何度か深く息をついた後、闇真は皮肉げに口の端を吊《つ》り上げた。

「まあいい。とりあえず、おまえには借りを返してもらおうか」

次の瞬間、女は巨大な黒い影となり、風のように王子に襲い掛かった。甲高い悲鳴が上がり、血しぶきが飛び散った。狼となった闇真は少年の頬に食らいつき、その柔らかな肉をざっくりと噛《か》み取ったのだ。頬を押さえて、王子は転げまわった。

突如現れた狼と血の臭いに、その場は騒然となった。男達は蒼白《そうはく》となり、女達は絶叫しながら、我先に戸口へと逃げ出す。伊佐木王子も、痛みに泣きわめきながらも、なんとか部屋から這《は》い出した。

騒ぎの後に残ったものは、闇真と倒れている子供達、猛日王と名護の五人、それにめちゃくちゃになった宴の残骸《ざんがい》だけであった。

子供らを体でかばうようにしながら、こちらに向きなおった黒い狼。そのらんらんと燃える金の目に、名護ははっとした。

「……おまえか」

「私だ」

交わした言葉はただそれだけ。それ以上の言葉は必要なかった。妖狼《ようろう》の目は早くも激しい殺気にたぎり、それを受ける呪師《じゅし》の目も、並々ならぬ敵意に光り始めていたのだから。

「ここはおまかせください、王」

前に進み出ながら、名護は猛日王に言った。

「妖魔《ようま》と戦うには、それなりのやり方がありますので」

自分の大事なものを守るために、両者は一歩も引かないという気迫をこめて睨《にら》み合った。

十七

魂駆けした伊予は、急いで狭霧の魂を探した。狭霧はすぐ見つかった。黄泉津比良坂《よもつひらさか》への道が見つからず、うろうろと近くをさ迷っていたのだ。

「狭霧、こっちよ！　こっちへ来て！」

声をかけると、狭霧はほっとしたように近づいてきた。

「織火姫……」

「大丈夫。もう大丈夫だから。こっちへ来て」

伊予は手を伸ばし、狭霧を抱きしめた。とたん、少年は銀の火の玉となった。ひんやりとしたそれを手で包み込みながら、伊予は必死に願った。死なせたくない、たとえ他の生き物から命を奪ってでも、狭霧を生き返らせたいと。

前にも味わったことのある熱い高ぶりが満ちてきた。それは風となって巻き起こり、周りにいる生き物から命をかき集め始める。

ずずずっと、自分が命を吸い上げているのを伊予は感じた。だが、全てを吸い尽くしてはだめだ。誰も、何も殺してはいけない。一つの命からほんの少しずつ、削るようにして集めなくては。

それは一気に吸い上げるよりも、はるかに力の加減が難しかった。少しでも気を抜くと、ごっそりと取ってしまいそうになる。逆に力を抑えすぎると、身がつぶれてしまうような痛みが走る。

体がどんどん磨《す》り減っていくような気がした。今にも薄っぺらな木の葉のようになってしまいそうだ。だが、伊予は歯を食いしばり、細心の注意を払って命を集め続けた。

やっと、もう十分だと思えるほどの命がたまった。これならいいだろうと、狭霧の魂へと吹きかけた。命を吹き込められた死魂《しにだま》はたちまち金色になり、力強く脈打ち始める。

もう大丈夫だと見きわめ、伊予は少年の魂を手放した。思ったとおり、金色に燃える魂はまっすぐ現世《うつしよ》へ、狭霧の肉体へと帰っていく。

「よかった」

安堵《あんど》の息をついたこの時、伊予は背後の暗闇からすさまじい冷気が立ちのぼってくるのを感じた。

ぎょっとして振り返り、目をこらした。

闇の奥に何かがいた。こちらからは何も見えないが、その何かは確かに自分を見ていた。あらんかぎりの怒りと憎しみをこめた、喰《く》らいつくようなまなざしで……。

叩《たた》きつけられる敵意は刻々と高まり、放たれる殺気は刃《やいば》のように容赦のないものと化していく。そのすさまじさは、とても耐えられるものではなかった。

身を切り刻まれるような恐怖に、無我夢中で伊予は現世に逃げ戻った。


一方、現世では、闇真と名護が激しく睨み合っているところであった。

両者の間には、妖魔のしかばねが累々と横たわっていた。名護によって呼び出され、闇真に倒されていった使い魔達だ。彼らの血で、闇真の口の周りや胸元はぐっしょりと濡《ぬ》れていた。黒い体は、今は紅の光沢を放っている。

焼けつくような憎しみを向けてくる黒狼《こくろう》に、名護は感嘆したように言った。

「たった一匹で、十五の使い魔を倒すとは。見事なものですね。いまさらながらに惜しいと思いますよ。あなたがこれほど強いとわかっていれば、あなたを最初に捕らえた時、逃がしはしなかった。どんな無茶をしようとも、逃がしはしなかったのに」

それにしてもと、名護は薄く笑いながら使い魔達のしかばねを見やった。

「よくもこうも躊躇《ちゅうちょ》なく殺せたものだ。同族でないとは言え、同胞《はらから》には違いないというのに。さすがは妖魔だ。人にはない残酷さですね」

名護の嘲笑《ちょうしょう》に、闇真は荒々しく笑い返した。

「いかにも下種《げす》らしい言葉だ。おまえに妖魔の何がわかる？　無理やり名を奪われた妖魔の、生きながら腐っていくような苦痛がわかるとでも？　これ以上、一瞬たりとも苦しめたくないから殺したのだ。この哀れみがどれほど深いものか、おまえなどには到底わからないだろうさ」

そう言い返しながらも、闇真の心はきしむような痛みを感じていた。

今日という日を、私は決して忘れないだろう。私の牙《きば》にかかって死んでいった、哀れな彼らのまなざしを、決して忘れることはないだろう。だからこそ、この男だけは許さない。多くの同胞を捕らえ、その魂を穢《けが》し、汚らわしい罪に使ってきた男。この私に、同胞の血を味わわせた男。許すわけにはいかない。決して許しはしない。

その決意と怒りをこめて、闇真は吼《ほ》えた。

「さあ、さっさと残りの使い魔を出すがいい。それが片付いたら、使い魔にされた妖魔達の苦しみがどんなものか、たっぷりとその体に教えてやる！」

向けられるのは、ただれるような敵意。だが、名護は平然とせせら笑った。

「使い魔がいなければ私が戦えないと、そう思っているのですか？　だとしたら、ずいぶんとなめられたものだ」

そう言って、名護は腰から小さな両刃《もろは》の短刀を引き抜いた。緑の石からけずりだされた短刀で、刃にも柄にも、見事な彫刻がほどこされている。

それを自分の手の平に押しあてながら、名護は床に広がる血だまりに目を向けた。

「実を言うと、私の使い魔はさっきので最後なのですよ。ついでに言うと、彼らがあなたにやられてしまうのも、初めからわかっていた。あなたにはわからなかったのだろうなあ。こうなることこそが、私の狙いだったということが……」

「なに？」

いぶかしがる闇真の隙をつくかのように、名護はさっと短刀を滑らせた。切り開かれた手のひらから、みるみる血があふれ始めた。それは異常に黒々としており、油のように光っていた。

たらたらと、黒いしたたりは床の血だまりに混じり合っていった。それを見て、闇真は嫌な予感に胸がざわめいた。なぜかはわからないが、毛という毛が逆立ってくる。

思わず飛び離れようとした時だ。足もとから殺気がわきあがってきた。

気づいた時には殴り飛ばされていた。岩石に殴られたかのような重たい一撃に、闇真の体は完全に宙に浮いた。そのまま壁に叩きつけられ、一瞬気が遠のきかける。が、ぐっと気張った。ここで気を失ったらおしまいだ。

臓腑《ぞうふ》が暴れているような苦痛を無視して、闇真は起きようとした。だが、体が動かない。何かが重たくのしかかり、体の自由を奪っているのだ。

必死で顔をもたげて、闇真はぎょっとした。自分の体にからみつき、動きを封じているものの正体を見たからだ。

それは闇としか言いようがなかった。どこまでも黒く、形がなく、ただそこにあるだけのもの。しかし、確実な力を持ち、闇真を押さえ込んでいる。

闇真は首を振るい、自分の肩のあたりにへばりついている闇に嚙《か》みついた。ぶしゅりと、なんとも言えない感触、そしてなじみの味が口に広がった。

目を見張る妖狼に、闇の向こうから名護の声が響いてきた。

「使い魔と主《あるじ》との間には、特別な絆《きずな》がある。たとえ命が絶えても、下僕の血は主の血に従い、動くのですよ」

闇真は歯嚙《はが》みした。

これは呪術《じゅじゅつ》だ。まんまと名護の術にからめとられてしまったのだ！

闇真は自由になろうと、暴れ回った。だが、暴れれば暴れるほど、血の闇はしっとりと体にはりつき、闇真の力を吸い取っていく。

しだいに頭の動きが鈍くなり、目の前がぼやけ始めた。

いつしか、闇真は暴れるのをやめていた。うまく頭が働かなかった。何をしたらよいのか、何をすべきだったのか、思い出すことができない。名護が自分のほうに近づいてくるのを、ぼんやりと感じた。その手に長い剣が光っているのも見えたが、闇真はかまわなかった。

刃のことなど、どうでもいい。思い出すべきは、もっと大切な何かなのだ。

そうして目をさ迷わせた時だ。闇真の目の端に、わずかな動きが入った。

闇真は何気なくそちらを見た。猛日王が見えた。伊予に近づこうとしている。

伊予！

体中の血が一気に逆流し、闇真は正気に戻った。伊予が危ないということに、かつてない力が体の奥底からほとばしった。力は光となり、全身を包みこんでいた闇を一瞬ではじきとばした。

「うおおおおっ！」

雄叫《おたけ》びをあげて起き上がった次の瞬間、真上から重たい殺気が降ってきた。

何かを考えるよりも先に、体が動いていた。神業としか言いようのない素早さで、闇真は横へと飛びすさった。が、全てはかわしきれなかった。風が唸《うな》り、肩に熱い痛みが走った。右肩を名護の剣に切り裂かれたのだ。

が、今は構っていられない。闇真は身を翻し、伊予のもとへと向かった。

「王！」

名護の警告の叫びに、ぎょっとして猛日王は顔を上げた。牙をむきだした狼が、間近に迫っていた。

武人ならではのすばやさで、王は剣を抜きはらった。だが、決死の一撃はかわされ、もう一度剣を振るおうとした時には、狼の前足が肩に振り下ろされていた。

肩の骨がはずれるような衝撃と共に、猛日王は壁際にまで突き飛ばされた。その拍子に手から剣が離れる。

青ざめる王の首に狙いをつけ、闇真は突っ込んだ。次には王の首から血がふきだすはずだった。だが、二人の間に風のように滑り込んできた者がいた。

王が追い詰められるのを見て、一瞬たりとも名護はためらわなかった。獣じみた速さで身を投げ出し、王と狼の間に割って入ったのだ。主をかばった男の左肩に、鋭い牙が容赦なく食い込んだ。

闇真はわずかも躊躇しなかった。猛日王のかわりに、名護を得た。敵を得たことに変わりはない。牙がしっかりと肉に食い込む感触に、闇真は歓喜の唸りを上げた。これを待っていたのだ。

『私の同胞の痛み、その身で味わってもらうぞ！』

暴れる呪師《じゅし》を押さえ込み、闇真はあごに力をこめて、大きく頭を振った。

伊予が現世に戻ったのは、ちょうどこの時だった。目を覚ました少女の耳にまず入ってきたのは、何かが引き千切られる鈍い音と、甲高い絶叫だった。

慌てて起き上がってみれば、向こうに、腕を肩から食いちぎられた名護がうずくまっており、その前には美しくも猛々《たけだけ》しい黒毛の狼が立っていた。

「く、闇真！」

「伊予！」

振り返った闇真は一瞬目を和ませたものの、すぐにそれを曇らせた。

「おまえ……おまえはやってしまったんだね？　あれを、《い》してしまったんだね？」

闇真の目に絶望が広がるのを、伊予はいたたまれない思いで見ていた。禁忌を犯したことよりも、闇真を悲しませてしまったことがつらかった。

何か言わなくてはと、口を開きかけた時だ。後ろで小さな物音が立った。振り返り、伊予は歓声をあげた。

狭霧が立ち上がろうとしているところだった。まだ動きはおぼつかないが、手足のあざはきれいに消えているし、折られた首も元通りに治っている。

「狭霧！」

声を弾ませて飛びついた。狭霧は少しよろめいたものの、すぐに笑いを返した。

「織火姫……」

「ああ、狭霧！　狭霧！」

少年の首にかじりついて、伊予は泣き笑いした。やはり蘇《よみがえ》りをしたのは正しかったのだ。誰がなんと言おうと、自分は正しいことをなしたのだ。

『何があったとしても、あたしはこのことを悔やんだりはしないわ』

だが、いつまでも喜んではいられなかった。太い息を吐き、それまで黙っていた猛日王が口を開いたのだ。

「すばらしい……おまえは本当に、本当に蘇りの力を持っていたのだな」

それは、「もう決して手放しはしないぞ」と言わんばかりの声音だった。

伊予は狭霧を支えながら、王を睨《にら》みつけた。狭霧が戻ってきた以上、この男の命令に従う必要はこれっぽかりもないのだ。

自由になれた喜びと、狭霧を傷つけられたことへの怒りに震えながら、伊予は低く言った。

「あんたが何を考えているか、わかるわ。でも、あんたは約束を破ったのよ。あたしがおとなしくしているかぎり、狭霧を傷つけないという約束を」

「ちょっと待て。その少年を傷つけたのは俺ではない。それは俺が命じたことではない」

弁明しようとする王を、伊予は激しくかぶりをふって黙らせた。

「同じことよ。あんたは火具地一族を滅ぼして、狭霧やあたしを孤児にした。それだけじゃない。ばば様を殺し、狭霧をひどい目にあわせた。みんなの幸せを狂わせるあんたが憎いわ、猛日王！　この世の誰よりも、あんたが憎い！」

憎悪をこめて言い放つ少女に、猛日王は焦った。なんとかしなければ、伊予は本当に自分の手から離れてしまう。

少し考え込んだ後、王はうずくまっている名護のそばに膝《ひざ》をついた。

「名護。おい、名護。聞こえるか？」

「は、はい」

名護は無理やり顔を上げた。出血がひどいため、早くも土気色の顔となっている。その呪師に、猛日王は優しく微笑みかけた。こよなく愛《いと》しい者に投げかけるような、静かで思いやりに満ちた笑みだった。

「傷が痛むか？　無理もない。見事に肉を持っていかれてしまったからな。手当てをしてやりたいが、心ノ臓に近い左肩を噛み裂かれては、血止めの薬も役には立つまい」

主の柔らかな笑みと口調に、名護は強い不安を覚えた。猛日王がこうした表情を浮かべるのは、たいていそれとは裏腹な、残虐な行為をなす前兆であったからだ。だが、まさか……そんなことがあるはずがないと、名護はすがるように王を見つめた。

名護の不安のまなざしを受け、王の微笑みはさらに深くなった。

「心配するな。今すぐ楽にしてやる」

そう言って、王は床から剣を拾い上げ、それを無造作に名護に突き刺した。研ぎ澄まされた刃《やいば》の切っ先は、名護の体を貫き、床板にまで突き通った。

胸を焼かれるような激痛にみまわれながら、それでも信じられなくて名護は王を見た。どこまでも静かな目線が、こちらに向けられていた。

「許せよ」

その一言を聞いたとたん、名護は裏切られたことを知った。王が剣を振るったのは、名護を苦しませずに逝かせてやろうと、気遣ったからではない。あくまで役立たずなものとして、処分するためだ。顔は悲しげでも、その目は雄弁に語っていた。

さあっと、心が冷えた。猛日王は自分を信頼していたわけでもなんでもなかったのだ。役に立つ男として、都合よく利用していただけだったのだ。事実に気づいた名護の胸を、傷の痛みを上回る苦痛がかきむしった。

だが、王の手際は確実だった。目の前がぼやけてきたことに気づき、名護は慌てて王に視線を向けた。王の顔を目に焼き付けておきたいという衝動を、抑え切れなかったのだ。そして、そのことに無性に泣きたくなった。こんな目にあわされて、心底口惜しいと思うのに。それでもなお猛日王を求め、さらには愛しいと思ってしまうとは。

『王。わ、私は、それでもあ、あなたを……』

意識はそこで途絶えた。

ごぶりと血を吐き、無念で顔を醜く歪《ゆが》ませたまま、名護は息絶えた。

名護の死を見届けると、猛日王は立ち上がって伊予を見た。もっとも忠実であった部下を手にかけたというのに、その目には悔いも悲しみも浮かんではいなかった。それどころか、王はさらに信じられない言葉を吐いたのだ。

「さあ、おまえの育ての親を殺した男、その妖魔《ようま》を捕らえて術をかけた男を殺してやったぞ。まだ足りぬなら、伊佐木の首もやる。なんなら、その少年になぶり殺しにさせてもいい。それで許してはくれまいか？」

伊予も狭霧も闇真も、絶句した。開いた口がふさがらないとはこのことだ。だが、猛日王はあくまで本気で、あくまで必死だった。

「おまえが俺の手元に残ってくれるのなら、何も無理やり妻にしようとは思わない。火具地の血を絶やさぬように、そこの少年と結ばれてもいいぞ。新たな里も持たせてやる。だから頼む。俺が死んだら蘇らせてくれ。俺は死にたくない。死にたくないんだ！」

しまいには膝をついて懇願し始めた王の姿に、伊予は一瞬哀れみさえ感じた。この男ほど生を楽しまず生きてきた者もいないだろう。ずっと死に怯《おび》え、それから逃れようともがき苦しんで……。

だが、哀れみはしたものの、許すことはできなかった。

伊予は静かに告げた。

「あんたを死なせはしないわ、猛日王」

「おおっ！」

満面に喜色を浮かべる王の前で、伊予は自分の額をおおっていた飾りを引き千切った。それを床に捨てながら、ゆっくりと言葉を続けた。

「死なせはしないわ。少なくとも今はね。それではあまりに簡単すぎるもの。あんたは生きるのよ。過ぎていく一日一日を数えながら、自分が衰えていくのをひたすら嚙《か》み締めて生きていく。そうして、死に近づいていく恐怖をたっぷり味わってから、死ぬがいいわ」

にわかに青ざめる王を、伊予ははっしと見つめた。

「できるかぎり命を引き延ばすがいいわ。生きることだけにしがみついて、惨めに老いていくといい。でも、どんなに逃げても、死はいずれあんたを捕まえる。あたしは絶対にあんたを助けない。でも、手をくだすこともしない。復讐《ふくしゅう》は、あんた自身の命に預けることにする。それが、あんたがこれまでにしてきたことへの報いだわ。生きるがいいわ、猛日王、その日が来るまで震えながら生きるがいい！」

猛日王の顔が石のようにこわばった。伊予の言葉は鋭い刃となって、彼の心をえぐったのだ。えぐられた箇所からは、恐怖が水のようにこぼれだした。

ぶるぶる震えていた王だったが、やがて吐息のようなつぶやきをもらした。

「そうか。どうあっても、おまえは俺のものにはならぬというのだな。それなら……」

言葉を途中で途切れさせ、王は突然襲いかかった。手に握られた剣は、まっすぐ伊予に向けられる。自分のものにならないのなら、誰のものにもさせるものか！

王は恐ろしく素早かった。だが、妖狼《ようろう》の動きはそれを上回るものだった。剣が伊予に届くよりも早く、闇真は矢のように王のもとへ飛び込んだのだ。

みぞおちを突かれ、王はぐわっとうめいてうずくまった。息ができなくなり、目の前が暗くなりかける。

必死で気を失うまいとする王に向かって、伊予は鋭く声を放った。

「あんたはすぐに剣を使う。気に入らないことがあると、力ずくで自分の思い通りにしようとする。命の尊さを知らないから、そんなに簡単に人を殺せるのよ。だから見せてあげる。送り人の目にどんなものが映るのか、あんたにも見せてあげる。そうすれば、命を奪うことがどんなに重い罪か、わかるはずよ」

一言一言に打ちつけるような強さをこめて言った後、伊予は闇真のほうを振り向いた。

「闇真。あたしの目に見えるものを、あいつに見せることはできる？」

「小難しいことを言ってくれるね。だが、おまえの望みとあらば。私の首に手を回して」

伊予が言われたとおりにすると、闇真はしばらく息を整えていたが、やがてふうっと長い息を王へと吹きかけた。

小細工をほどこされてはたまらぬと、猛日王は動こうとした。術にかかる前に、狼や伊予を殺そうと思ったのだ。その首に、ひやりと冷たいものが巻きついてきた。

ぎょっとして振り返った。何か白いものが自分の首をしめてくる。それは女の腕だった。赤い衣をまとった女がこちらに身を投げかけ、両腕で首を巻きしめてきているのだ。

驚いたのは一瞬で、次には激しい怒りがわきあがった。

「どけ！　邪魔だ！」

振り払って蹴倒《けたお》すと、女の体はあっけなく床に沈んだ。今の勢いでは、骨が数本折れたかもしれない。だが、王はまったくかまわなかった。こんな女など知ったことではない。

王は周りを見回した。いつの間にか、伊予や狼の姿は消えている。一体どこへ行ったものか。

探そうと足を踏み出しかけたが、ふと衣が濡《ぬ》れているのに気づいて、下を見た。見て愕然《がくぜん》となった。衣と袴《はかま》は、真っ赤な水のようなもので染まっていたのだ。続いて、馴染《なじ》み深い臭いが鼻をついた。

ただの染みなどではない。これは血だ。それも、流れたばかりの新しいものだ。

怪我をしたのかと、慌てて自分の体を見回したが、それらしき傷は見当たらなかった。

おかしいと思った時、後ろで何かが動くのを感じた。目を向けてみれば、先程の女が両手を差し出して、こちらに歩いてくるところだった。

猛日王は小さくあえいだ。初めて女の顔がはっきりと見えたのだ。

それは綾乃だった。

綾乃は、墓から這《は》い出てきたかのような、恐ろしい姿をしていた。柳のように乱れた髪、白土のようにそそけた肌、奇妙に燃えている眼。胸には大きな穴があき、そこから流れる血が衣を染め上げている。赤い衣を着ていると思ったのは、血のせいだったのだ。

ゆらゆらと近づいてくる女から、王は思わずあとずさった。いや、これが綾乃のはずがない。綾乃は死んだ。つい数日前に、名護に命じて殺させた。なのに、なぜここにいる！

が、すぐに王は冷静になった。口元に冷笑が刻まれる。

「ふん。幻か。なかなかよくできているが、わかってしまえば、ただの霞《かすみ》にすぎん」

幻とわかった以上、馬鹿正直につきあう必要はない。それより、この幻を生み出している伊予を探し出さなくては。今は姿が見えないが、きっと近くにいるはずだ。

冷たい手でうっとうしく触れてくる女を撥《は》ね除《の》けて、王は足を踏み出そうとした。と、綾乃が初めて口を開いた。青黒い唇から、秋風のようにかすれた声がこぼれた。

「王……猛日王様……どうして私を見てはくださらないの？　もう私がお嫌いなの？」

こちらを見ようともしない王に、綾乃は涙を含んだ声でさらに訴えかけた。

「王は褒めてくださったわ。おまえの肌は羽毛のように柔らかく、おまえの腕は春の木漏れ日のように温かいと。他の誰にも見せたくないから、銀の籠《かご》に閉じ込めて、ずっとそばに置きたくなると……もう、そう思ってはくださらないの？」

綾乃の目からゆっくりと血の涙が流れ始めた。不吉な色の涙は、その青ざめた頬をみるみる汚していく。猛日王が思わずたじろぐほどの、なんともすさまじい女の涙だった。

気を吞《の》まれた時、王の心に疑問がさしこんできた。

『俺は確かにこの女にこの言葉を言った。何度かの逢瀬《おうせ》の夜に、戯れに口にした言葉だ。だが、本物の綾乃しか知るはずのない言葉だ。どうして、この幻がそれを言える？　幻を生み出しているのは伊予のはずだ。なぜ伊予はこのことを知っている？』

彼の疑問に答えるかのように、どこからともなく伊予の声が聞こえてきた。

「それは幻なんかじゃないわ、猛日王」

「伊予か。どこにいる？」

「すぐ近くよ。いい？　それは幻なんかじゃないわ。愛《いと》しいと思っていた人に殺されて、でもそれを信じられなくて、綾乃の死魂《しにだま》は黄泉《よみ》に行くことを拒んだ。そして、あんたに憑《つ》いたのよ」

猛日王の腹の内に、強烈な怒りがたぎった。ぶるぶるとわななきながら、王は吼《ほ》えた。

「やめろ！　このふざけた真似を今すぐやめろ！」

「もう遅いわ」

伊予の声は淡々と響く。

「綾乃はずっと、あんたのそばにいたのよ。あんたはそれに気づいていなかっただけ。だけど、もう気づいてしまった。気づいてしまったことを忘れることはできないわ。これからあんたはずっと綾乃に付きまとわれ、彼女の恨み言を聞き続けるの。あきらめるのね。彼女の妄執は強すぎて、送り人のあたしでも黄泉には連れて行けないもの。ああ、もう一人いるわ。綾乃よりもあんたに強い思いを抱いている死魂が。それも見せてあげる」

「よせ!」

王の叫びが終わらぬうちに、足元からぬっと一つの影が立ち上がった。

思ったとおり、それは名護だった。胸の傷口から血をあふれさせ、血の涙を流す目は、怒りと失望で燃えている。

恨みのまなざしに、たまらずに猛日王はわめいた。

「俺は血まみれの王だ! それを承知で、おまえは俺に仕えていたはずだ! 俺は火だ! 全てを焼き尽くす劫火《ごうか》だと、そう言ったのはおまえだぞ! その火が自分の身に及ばないと思っていたのは、おまえのおごりじゃないのか?」

身勝手な叫びに対して、名護は目を光らせながら、自分の手のひらを王に突きつけた。

その手は彼のものではない、どす黒い血で濡れていた。

「ごらんなさい、王よ」

しわがれた声で亡霊は言った。

「ごらんなさい。私の手はあなた以上に血で染まっている。あなたは忘れてしまったのか？　あなたの命令で、私がどれほど無垢《むく》な者達を手にかけてきたかを。そんな役目を引き受けたのは、あなたに喜んでもらいたかったからだ。あなたが心からの微笑みを見せてくれるなら、それで私は満足だった。あなたのためなら、死だって恐ろしくはなかったのに！」

「なら、なぜ出てきた！　死など恐ろしくないとほざきながら、なぜそんな浅ましい姿で出てきて、俺に恨み言を言う！」

王が叫び返すと、名護は冷ややかに口元を吊《つ》りあげた。

「心の底から信じていた者に裏切られて、穏やかに黄泉に下れるとでも？　あの時、あなたが私を少しでも哀れんでくれたなら、あなたの手をわずらわせまいと、私は迷わず自分の喉《のど》を突いていた。だが、あなたは許せと言って、あっさり私を突き刺した。あんな惨《むご》い裏切りはない！」

そう叫んだ後で、名護は急に物欲しげな目で王を見つめた。生きていた頃の名護であれば、決してこんな目で王を見ることはなかっただろう。そこには王の全てを呑み込みたいという、貪欲《どんよく》な飢えがあった。

空気をすすりこむようなうめきを、名護はあげた。

「……あなたはいまだ私の心を捕らえている。いや、今となっては、いっそうあなたの生気に惹《ひ》かれてしまう。なんと浅ましいことだ。これ以上ないほど憎んでいるというのに……あなたは毒そのものだ。こんなになっても、なお私を苦しめる。このどうしようもない慕わしさと恨みゆえに、私は黄泉に行けない……もうあなたしか残っていないのですよ。あなたのそばにいたいという望みしか、私には残っていない。生きていた時と同じように、私はあなたの影となりましょう。あなたを憎み、そして慕いながら。ああ、王よ。愛しい我が王よ！」

そう言って、名護は猛日王の体に張り付いた。同時に、綾乃もすがりつく。二人の冷たい体をよせられて、猛日王は息まで凍るかと思った。これまでに味わったことのない恐怖が、はらわたからこみあげてくる。

「よ、よせ！　離れろ！　いやだ！　触るな！　お、お、俺が悪かった！」

だが、二人の死霊は離れるどころか、いっそうしっかりと王を抱きしめるのだ。もう離さないと、あらんかぎりの愛しさと憎しみをこめて。

じわじわとしめつけられて、張り詰めた恐怖がついに弾《はじ》けた。王は自分の心が打ち砕かれる音を聞いた。

「うわあああああっ！」

正気を失い、のたうちまわり始めた王を、伊予達は静かに見ていた。すでに闇真は幻を送ることをやめていた。だが、猛日王の目には、今もまざまざと名護と綾乃の亡霊が映っているのだろう。見えない腕から逃れようと、躍起になっている姿は哀れだった。

だが、いつまでもこんな見苦しい様を見ることはない。「そろそろ行こう」という闇真の言葉に、子供達はうなずいた。

まず狭霧が闇真の背にまたがり、伊予がその後ろに張り付いた。まだ弱っている少年を支えるようにして、闇真のたてがみをつかむ。そうして闇真に「いいわよ」と言おうとした時だった。

奇妙な地鳴りが床を伝わり、どこからともなく生暖かい風が吹いてきた。伊予はぎくりとした。その風からは、間違えようのない黄泉の匂いがしたのだ。

続いて、なんとも耳障りな音が聞こえてきた。金属がこすれあうような甲高い音だ。

奇妙な音は次第に高まり、強まってくる。と、小さな丸い影が染みのように床に浮き出てきて、波紋のように広がり始めたのだ。

みるみる広がっていく、はてしなく暗い闇色の影。それはいつしか煮え立った湯のように、激しく泡立ち始めていた。大きく膨れた泡が弾けるたびに、例の耳障りな音が響く。そして泡が膨れれば膨れるほど、影はさらに広がっていくのだ。

またたく間に部屋一杯に広がった影。

と、泡立つ影の中央から、ひときわ大きな塊が浮上してきた。ゆっくりと、それはもがくようにして闇の中から這《は》い出してくる。

蜘蛛《くも》のように長い腕を使って体を持ち上げたそれは、見た目は人に似ていた。だが、全体の大きさは熊ほどもあった。肌は死んだ木のような灰色で、その上には黒と赤のまだら模様が毒々しく浮き上がっている。

深く首をたれているため、艶《つや》のない長い黒髪が前にかかり、顔を見ることはできない。が、しなびた乳房が二つあるところを見ると、どうやらこの生き物は女であるようだ。だが、下半身はなかった。というより、床に広がる影と一体化しているようなのだ。息をつめている面々の前で、それはゆっくりと顔をあげた。髪が後ろへ流れ、隠れていた顔があらわとなった。

伊予は悲鳴をあげていた。狭霧もだ。闇真は鋼の意志で声を押し殺したが、あとずさるのを止めるまではいかなかった。

現れたのは人間の、それも女の顔であった。薄い唇やそげた低い鼻、やや大き過ぎる目など、いびつで不自然ながらも人とよく似ている。だが、人間らしさはかけらもなかった。なまじ人と似ているためか、その嫌らしさ、忌まわしさといったらない。

女の顔を持つ生き物は、ぎょろりとした青い目で辺りを見回した。すぐそばですすり泣いている猛日王には、見向きもしなかった。その人間離れしたまなざしは、闇真や狭霧の上もすいっと通り過ぎる。

だが、伊予に目を向けた時、女は笑みめいたものを唇に浮かべた。それは殺意のこもった冷笑だった。

ひゅうひゅうと、伊予の喉からか細い息が流れだした。この生き物は自分に狙いをつけた。それがはっきりとわかったのだ。同時に、この殺気に覚えがあることにも気づいた。狭霧を蘇《よみがえ》らせた直後に、黄泉から感じた恐ろしい気配。あれと同じものだ。間違いない。

そうだ。この化け物は黄泉から来たのだ。黄泉の大女神につかわされて、この場にやってきたのだ。それが何を意味するかは、嫌でも理解できた。

大女神の怒りを買ったと知り、伊予は奈落《ならく》に突き落とされるような心地となった。心のどこかで、「これきりなのだから、見逃してもらえるかも」と思っていたのだが……。それが甘い考えであったことを、突き刺すような恐怖と共に嚙《か》み締めなくてはならなかった。

この間、黄泉のモノは伊予から目を離さなかった。だが、少女が自分の罪を悟ったのを見ると、ふいにその口が耳元まで裂けた。ぱっくりと裂けた口からは、緑がかった黒い牙《きば》がずらりと現れた。

足を踏み出すのと同じように、女は腕を動かして、こちらに這いより始めた。ずるずると、女の体が前に進むたびに、床の影も揺れ動き、伊予達に向かって押し寄せてくる。

ようやく闇真は我に返った。逃げなければ。いますぐ逃げなければ。

「しっかりつかまって！」

子供達に叫び、闇真は走り出した。宮を飛び出し、道を駆け、深い山へと走りこむ。

ごうごうと風が唸《うな》った。恐怖に駆り立てられた妖狼《ようろう》の足並みは、さながら稲妻のようだ。

だが……。

枝がしなり、葉が騒ぐ音がすぐに聞こえてきた。何かが、信じられない速さで追ってきている。それが何か、思い浮かべるまでもなかった。

闇真はあらんかぎりの力で走り続けたが、追っ手を引き離すことはできなかった。むしろ着々と追いすがってくる。開いていた差が縮まっていくのが、子供達にもわかった。背筋が寒くなるような高笑いが、ぐんぐんと迫ってきたからだ。

恐ろしさにぎゅっと目を閉じていた伊予だが、鼻に押し寄せてきた生臭い臭いに、たまらず後ろを振り返った。

人面の化け物がすぐ後ろに迫っていた。二本の腕を使って這い進み、恐るべき速さでこちらに向かってくる。その顔が半分に割れ、そこから黒いものが勢いよく吐き出された。

化け物の口から飛び出してきた、太く長い舌。それは蛇のようにしなり、走る闇真の腰を大きく殴りつけた。

「ぐわっ！」

強烈な一打ちに、闇真の体は木の葉のように吹っ飛んだ。

伊予の体も勢いよく跳ね上がった。指の間から闇真のたてがみがすり抜ける。気づいた時には投げ出され、柔らかい土の上に落ちていた。

起き上がった伊予は、自分が一人であることに気づいて、愕然《がくぜん》とした。闇真の姿も狭霧の姿も見えなかった。辺りは完全な闇だ。

頭が真っ白になった。

『ど、どうしよう！』

闇真と小さく呼びかけたが、返事はない。恐怖を必死でこらえ、伊予は仲間達を探そうとした。だが、できなかった。ふっと、首筋に生暖かい風がかかったのだ。それは腐魚を思わせるような、ひどい悪臭の風だった。

足が木の根のように大地に張り付いた。動かぬ足のかわりに、ゆっくりと首が後ろを向き始める。

振り向いた先に、丸い火の玉が二つ、ぎらぎらと青く燃えていた。化け物はいつのまにか伊予の真後ろに回りこみ、手を伸ばせば届くほどの近さにまで這いよっていたのだ。

化け物は笑った。少なくとも、伊予には笑ったように見えた。それからゆっくりと口を開き始めた。底知れぬ闇をはらんだ口が、どんどん大きくなる。だが、硬直している伊予には、逃げることさえ思い浮かばなかった。

これ以上ないほど大きく開いた口。その奥からぬらぬらとした長い舌が現れ、伊予の体に何重にも巻きついた。舌は骨が凍るほど冷たく、恐ろしくざらざらとしていた。

化け物は舌で伊予を持ち上げ、後ろを向いた。化け物の体の一部である影が、そこに広がっていた。ぐつぐつと、激しく泡立っている。中には大きく伸び上がり、上にかかげられた伊予に届こうとするものもあった。

ここで伊予はようやく気づいた。今や黒い沼地と化したその場が、無数の吹き出物のようなものでおおわれていることに。

ただの影などではない。浮かび上がってくる泡一つ一つが、奇怪な生き物であったのだ。泡が弾《はじ》ける音だと思ったのは、実はその生き物どもの鳴き声だったのだ。

やわやわとうごめき、かまびすしい音をたてているそれらは、どことなく地虫を思わせる。だが無害な地虫と違い、この虫どもはそろって鋭い牙をはやしていた。それが一つに集まり、肉を求めて鳴いている様子は、胸が悪くなるような光景だ。

雛《ひな》に餌を与える親鳥のように、化け物は伊予をゆるゆると下へとおろしていった。伊予の絶望を楽しむかのように、少しずつ舌を動かして。あと少しで、下にむらがる虫どもに届くだろう。そうなったらどうなるかは、火を見るよりも明らかだった。

ああ、自分は死ぬのだ。

伊予は目を閉じた。そのまま何もわからなくなった。

十八

伊予はぼんやりとしていた。ふわふわとした頼りない感覚に包まれ、頭は芯《しん》からぼうっとしている。何かとても大切なことを忘れているような気がするのだが。それがなんであったか、考える気力も起きなかった。

「起きなさい、伊予」

突然呼びかけられた。とたん、氷が割れるかのように、伊予ははっきりと意識を取り戻した。

振り向けば、目の前にふくよかな女性が立っていた。渋い茶の衣の上に、鮮やかな翠《みどり》の羽衣をまとい、咲き誇った藤の房で髪を飾っている。人でないことは一目でわかった。全身から温かな金色の光輝があふれていたからだ。

一瞬啞然《あぜん》としたものの、慌てて伊予はひざまずいた。この女神が自分を救ってくれたのだと、瞬時で悟ったのだ。

女神は微笑んだ。温かい微笑だった。

「お立ちなさい。私は膝《ひざ》をついてもらうために、おまえを呼んだわけではありませんよ……それに時を無駄にはできない。私達に許されている時は、ほんのわずかなものなのですから」

女神の顔が憂鬱《ゆううつ》そうに曇り、そこにこもった不吉さに伊予は怯《おび》えた。

「め、女神様……？」

「自分が罪人に堕《お》ちたことはもうわかっていますね、伊予。なにゆえ大女神の怒りを買ったかも。……おまえを追っていたものは、八鬼女《やきめ》。大女神が黄泉《よみ》で産み落とした子供です。大女神の命を受けて、罪人を狩りたてる黄泉の鬼。足を休めることを知らず、黄泉で生まれたがゆえに地上では殺すことができない。罪人の魂を肉体から狩り出すまで、どこまでも追い続ける狩人《かりうど》なのです……」

だが本当に恐ろしいのは、八鬼女の牙でも爪でもないのだと、女神は言葉を続けた。

「伊予、八鬼女に殺された者の魂は、八鬼女の腹の中に捕らわれてしまうのです。腹の中には、八鬼女の子達が待ち受けている。彼らは母親が送り込んでくる獲物を、永遠という時をかけてじわじわとむさぼるのです……」

真っ青になる少女を、女神は苦しげな目で見つめた。

「できることなら、おまえを助けてあげたい。でも、私は地の神にすぎず、黄泉のことは手に余ります。それに、今の私には力がない。穢《けが》れに蝕《むしば》まれている私には、こうして八鬼女をわずかな眠りにつかせるのもやっとなのです」

言われてみれば、確かに女神の頰には隠し切れないやつれが刻まれている。

「どこかお体でも悪いのですか？」

「ええ。ぬぐい取ることのできない汚濁が、私の体を蝕み、苦しめるのです」

いきなり女神は顔を歪《ゆが》め、胸を押さえてうずくまった。叫びもうめきもしなかったが、尋常ならぬ痛みに必死に耐えているのが伝わってくる。

「女神様！」

慌てて駆け寄ろうとする伊予を、女神は顔を上げて、ひたと見つめてきた。その目は苦痛で潤んでいたが、それ以上に期待に輝いていた。

「ですが、道がないわけではありません。伊予、私はすでに掟《おきて》を破ってしまっている。黄泉の母上がなさることには決して逆らってはならぬという掟を、私は八鬼女を眠らせ、その口からおまえを救い出すことで破った。私の身を清められる唯一の者を、失うわけにはいかなかったから……伊予、私の体を清めてくださいさい。私にもとの力を返してください。そうしたら私も黄泉へまいり、おまえを許してくださるよう、母上に頼んであげますから」

力のこもった声で言われ、伊予は激しくうろたえた。

「でも女神様！　あたし、あ、あたしは清めの力なんて持っていません！　あたしはただの送り人なんです！」

伊予の反論を、女神は包み込むような笑顔でさえぎった。

「いいえ、おまえだけが私の身に巣くう穢れを祓《はら》えるのです。他ならぬおまえ、火具地でありながら魂送《たまおく》りが行えるおまえだからこそ！」

しんと時が凍りついた。そのまま、どれほどの沈黙が流れたのか。伊予は苦しさを覚えて、はっと息を吐いた。しばらくの間、息をするのも忘れていたようだ。

「……あなたは誰なのですか？」

少女の問いに、女神の青ざめた顔にふたたび優しい微笑が広がった。

「私は大豊須姫。輝火山を含めた一帯の地を治める神です。伊予、おまえは私の加護を受ける者でもあるのですよ。その昔、おまえの先祖に生まれ変わりの力を授けたのは、この私なのです……くっ！」

またしても大豊須姫の体が激痛に震えた。大粒の汗を浮かべながら、姫は懇願した。

「急いで。あとわずかしか、私は八鬼女を抑えられない。この数刻が勝負です。おまえ達を輝火山のふもとまで運んでおきました。目を覚ましたら、時を無駄にせずに山に登りなさい。そこに、おまえがなすべきことが待っています。送り人であることを忘れないで、伊予。おまえの役目を……やりとげなさい」

切れ切れとした声音でそう言うと、女神の姿はふっと消え去った。

「ま、待ってください！　大豊須姫様！　あたしがなすべきことってなんですか！　教えてくださいい、大豊須姫様！」

答える声はなかった。その代わり、ぐいっと引き寄せられる力を感じ、自分が現世《うつしよ》に戻るのがわかった。

目を覚ますと、闇真と狭霧の青ざめた顔がこちらをのぞきこんでいた。

「よかった！　気がついたんですね！」

「怪我は？　どこか痛いところは？」

だが、伊予はぐずぐずせず、手短に二人に女神の話をした。

闇真は納得したようだった。

「なるほど。おかしいと思ったんだ。気を失った時は、確かに笹山《ささやま》にいたはずなのに、起きてみたら輝火山のふもとにいるのだもの」

それではここが輝火山のふもとなのかと、伊予は前を向いた。そして声を失った。

星空を後ろにして、黒々とした山が浮き上がっていた。木一本、こけ一つまみとして生えてはおらず、赤剝《あかむ》けになった山肌はなにやらどす黒いもので覆われている。漂ってくる邪気と悪臭に、伊予はそれがなんであるかを悟った。

不浄だ。恨み、憎しみ、無念、苦痛。そうした強い念が凝り固まり、松脂《まつやに》のようにべたついた汚濁となって、渦を巻いているのだ。

送り人として少なからず不浄を目にしてきた伊予だが、これほどまでに強烈な不浄を見るのは初めてだった。これは一人二人の念が作り出しているものではない。大勢の人達の、やりきれない思いが集まってできたものだ。

伊予は狭霧を振り返った。狭霧はさっきよりも青い顔で、伊予を見つめていた。そのこわばった表情に、伊予は悟った。この不浄の原因を、狭霧は知っているのだ。

「狭霧、これは一体どういうことなの？」

話してと乞《こ》われて、狭霧はついに重い口を開いた。

「た、猛日王に滅ぼされたせいで、火具地の死魂《しにだま》の群れは一気に膨れ上がってしまったんです。そして新しい子を、死魂の新しい器となるべき赤子を生み出す者はいなくなった。行き場を失って、火具地の死魂は輝火山に取《と》り憑《つ》いてしまったんです……」

滅ぼされたことへの怒りと憎しみはすさまじく、火具地一族の死魂はすぐに猛霊と化した。その不浄に蝕まれ、輝火山は穢れた地となりはててしまったのだ。人はおろか、虫一匹生きられない場所に。だから、狭霧の母は山に留《とど》まることができなかったのだ。

そこまで話すと、狭霧は泣き出さんばかりに伊予にすがった。

「ぼくは、あなたならみんなの魂を救えると思っていました。でも、不浄がこんなにひどいとは知らなかったんです。逃げましょう、姫！　山に入ったら、たぶんあなたも不浄に呑《の》み込まれてしまう！　それより逃げたほうがいい。ぼくはあなたに生きてもらいたい！」

逃げましょうと叫ぶ少年に、伊予はうなずけなかった。

伊予は、不浄におおわれた輝火山を見つめた。その恐ろしい光景に、なぜか惹《ひ》かれた。恐れるのが当然のはずなのに。どうしてか、「あそこに行きたい」と心が騒ぐ。

それをあおるように、誰かが胸の奥でささやいた。あの山に行かなければいけない。立ち向かわなければいけない。これはおまえの務めなのだからと。

鼓動と共に、その不思議な声は高まってくる。それは伊予を否応《いやおう》なく駆り立て、たぎるように熱い力となって、全身にみなぎった。

わきあがってくる自信と力に押され、伊予は誇らかに微笑んだ。

「心配してくれてありがとう。でも、あたし行くわ。自分のために行きたいの。だって、どんなに逃げても、いずれは八鬼女に捕まってしまうのよ？　逃げ疲れたところを襲われて、むさぼり食われるなんて、絶対いや。どうせなら、逃げるんじゃなくて、立ち向かうことに力を使いたいの」

口に出して言うと、その言葉がさらに伊予を酔わせた。そうだ。これが自分の本心なのだ。やらなければならないと、燃え立つように思った。

「そんなに心配しないで、狭霧。大豊須姫様は、あたしにしか不浄を取り除けないって、おっしゃったわ。あたしだけがあの不浄を清められるんだって。きっと、あたしはあの中に入っても大丈夫なのよ。神様が嘘を言うわけがないもの。そうでしょ？」

黙り込む狭霧に代わって、今度は闇真が厳しい顔をしながら口を開いた。

「それが本当だとしても、そう簡単には山頂にたどり着けないよ。山道は険しそうだし、あの不浄に触れたら、おまえの体はすぐに動かなくなってしまう。いくら私でもついてはいけないし。どうやって山頂まで行くつもりだい？」

「平気よ。体はここに置いていくから。魂駆《たまが》けしていけば、山道なんて関係ないし、死魂の姿もはっきりと見ることができるもの」

伊予の答えに、闇真の目が不安げにまたたいた。

「それは……かえって危ないんじゃないか？」

「大丈夫。絶対に無理はしないから。危なくなったらすぐ逃げるって、約束する。それより二人に頼みがあるの。あたしが戻ってくるまで、あたしの体を守ってくれない？」

「もちろんだ」

闇真はうなずき、狭霧も顔を引き締めて言った。

「命にかえても守ります」

「うん。信じてる。大丈夫。必ず戻ってくるから。待っていて」

そう約束して、伊予は魂駆けした。

少女の体を静かに草の上に横たえてから、闇真は感心したように隣の少年を見た。

「命にかえても守るか。いいことを言う。さすがは男の子だ」

「か、からかわないでください」

耳まで赤くなりながら狭霧は言った。

十九

魂駆けした伊予は、しばしの間、我を失っていた。魂だけとなった今、目に映る光景はさらにすさまじいものになっていたのだ。

山はまるで溶けかけた雪山のようであった。黒い汚濁は生き物のようにうごめき、一瞬たりともじっとしていない。意思を持っているかのように、じわじわと山を侵食していっている。これでは大豊須姫が苦しむのも無理はなかった。不浄は姫の体である土を汚し、毒となって姫を蝕《むしば》んでいるのだ。

よどんだ大気に、伊予は思わず喉《のど》を押さえた。実際に息をしているわけではないのにこの大気の重苦しさは一体なんなのだろう。粘ついた悪臭は空気にじっとりと染み込んでおり、ここにいるだけで身が腐っていくような心地がした。

山のふもとでさえこうなのだ。この穢《けが》れが流れてくる頂はどれほどすさまじいか、想像を絶するものがあった。

だが行かなければ。

怯《おび》える自分を奮い立たせ、伊予は山頂へと急いだ。山道の険しさなど、まったく問題にならなかった。ただ願いさえすればよかったのだ。山頂に行きたいと。次の瞬間、伊

予は頂の上に浮かんでいた。


山を見下ろしたとたん、少女の口から短い叫びが漏れた。

泉の水のように、黒い不浄がこんこんと湧き出している光景を思い描いていたのだが。

そんなものはどこにもなかった。かわりに広がっていたのは、里の風景だった。山頂の土地を切り開くようにして作られた、かなり大きな里。

だが、里の様子は悲惨なものだった。立ち並ぶ家や館《やかた》は打ち壊され、ほとんどに火がかけられていた。田畑や鍛冶場《かじば》は踏みにじられている。そこら中に略奪のあとが残っており、血や臓腑《ぞうふ》の臭い、何かが焦げる臭いが充満していた。

そして、火の粉が雪のようにふりかかる中、ゆらゆらと、たくさんの影がうごめいていた。人だ。ここからではよく見えないが、男や女、年寄りや子供もいるようだ。

『おかしい！　ここは火具地の里で、この十三年間、人は住んでいないはずなのに！』

混乱しながらも、伊予は近づいていった。そして、ぎょっとした。幻のようにゆらめく人々は、自分や狭霧と似通った顔立ちをしていたのだ。

火具地だ。これは火具地に間違いない。だが、なぜ？　滅んだはずの一族がなぜここに？

ここで伊予はようやく気づいた。彼らは死霊なのだと。だが、こんなにも生々しい死霊を見たのは初めてだった。彼らの思念はそれほどに強烈なのだ。焼き尽くされた里の光景さえ再現させるとはと、伊予は奇妙な感動さえ覚えた。

だが、人々の無残な様子は見るに耐えなかった。苦しみに顔を歪《ゆが》め、体につけられたすさまじい傷を見せつけるようにして、のたうっている。

無傷の者は一人もいなかった。首のない赤子を抱き、自らも胸を貫かれた女が泣きながら井戸に這《は》っていくそばでは、全身が焼けただれている男が何かをわめいていた。馬の蹄《ひづめ》で顔を踏み砕かれた老女が呪詛《じゅそ》を吐く隣では、矛が突き刺さったままの幼い子供達が、お互いを抱きながら母親を呼んでいる。

人々の傷からほとばしる血潮は、赤から黒へと色を変え、汚濁となって大地に染み込んでいた。子供や女達の苦痛に満ちた悲鳴、男達の悔しげな咆哮《ほうこう》、猛日王や運命を呪う呪詛の言葉は、おうおうという高い嘆きとなって大気を震わせ、瘴気《しょうき》の渦を生み出している。

これは現実ではない。だが確かに過去に起こった、里が滅びた時の光景なのだ。外の世界では十三年が経ったというのに、ここでは滅びた日から一日も時が進んでいない。黄泉《よみ》から締め出され、またその死から抜け出すこともできず、火具地一族は時が凍りついたこの場所で、ずっと痛みや苦しみに捕らわれ続けるしかなかったのだ。

伊予の目から涙があふれた。一族の滅びを目の当たりにして、鋭い刃物でえぐりまわされるような悲しみを覚えたのだ。

見れば見るほど凄惨《せいさん》な光景だった。それに目を奪われていたせいで、伊予は大切なことを忘れてしまっていた。猛霊が穢すのが、大地や大気ばかりではないということを。そして、今の自分がどれほど猛霊達の目を引くかということを。

伊予がここに入り込んだその時から、猛霊達は伊予に気づいていた。闇に沈んだ彼らの目には、伊予は暗闇の中に灯《とも》された松明《たいまつ》よりも、明るく輝かしく映るものだったからだ。

突然の闖入者《ちんにゅうしゃ》によって、苦しみや怒り以外のものが久しぶりに彼らの中に蘇《よみがえ》った。それは、この獲物をむさぼりつくしたいという飢えと欲だった。まだ穢れていない無防備な生魂《いくたま》は、猛霊にとってなによりものご馳走《ちそう》なのだ。

獲物を見つけた狼の群れのように、じりじりと猛霊達は伊予を取り囲み、自らの不浄で包みこんでいった。だが、少女は気づかない。目の前の光景に呆然《ぼうぜん》としているだけだ。それがさらにつけいる隙となり、不浄は少しずつ少女の中に染み込んでいった。

そして……猛然と襲いかかった。

「うっ！」

突然、全身が燃え立つように熱くなり、伊予はぎょっとなった。何かが体の中に入り込んでいる。何かが血の中に流れ込み、ただれるような怒りや情けなさ、恨みとなって、体中を駆け巡り始めている。そのおぞましさ、苦痛は、これまでに味わったことのないものだった。恐怖と驚愕《きょうがく》に我を忘れ、伊予は絶叫した。

焼けた石を押し込まれたかのような苦しみの中で、憎めと、誰かがささやいてきた。恨めと、誰かがそそのかしてきた。たった一人の声のようでもあり、たくさんの者達が集まっているようでもある声。

猛霊の声だと、伊予は自分が憑《つ》かれかけていることにようやく気づいた。慌てて追い出そうとしたが、できなかった。声は圧倒的な強さを誇っていたのだ。逆に押されて、魂がきしり声を上げ始めた。今にも壊れてしまいそうだ。

負のほうへ陰のほうへと、力は確実に伊予を引き寄せていった。無理やり引きずられる苦しさに、伊予は思わず認めてしまった。憎いと。

そう認めたとたん、驚くほど楽になった。中で暴れ回っていた力は、伊予自身のものとなったのだ。力は荒々しく、甘美な味がした。すすりこめばすすりこむほど体が熱くなり、さらなる力がわきあがってくる。その心地よさに、伊予は酔った。

そうだ、憎むのは当然のことなのだ。火具地を滅ぼした猛日王はもちろんのこと、火具地を守ってくれなかった神々を憎み、こんな光景を目の当たりにしなければならない自分の運命を憎んで、何が悪い。

「悪いのは猛日王や神々だ。あたしは、あたし達は悪くない！」

いつのまにか、伊予はよどんだ闇に取り囲まれていた。闇は優しく伊予を包み、甘い声でささやきかけてきた。

「我らのもとにおいで、血族の娘よ。我らと一つとなろう。そなたを守ってあげるよ。だから、そなたの中に我らを入れておくれ。そなたの体で、我らを生まれ変わらせておくれ。そなたには温かい血肉がある。我らには力がある。その二つが合わされば、運命さえも変えることができる。さあ、我らをそなたの体のもとへ導いておくれ」

抗《あらが》うことなど考えられなかった。伊予は闇に身をゆだねながら、うなずいた。

そうだ。あたし達は一つになるのだ。一つとなって復讐《ふくしゅう》するのだ。でも、誰に？　誰だっていい。のうのうと生きているこの世の人間全てに、自分達の苦しみを思い知らせてやろうではないか。

猛霊達を導くために、伊予は嬉々《きき》として足を踏み出した。

伊予の後を追うように、山の頂上を覆っていた黒い霧が動き始めた。ざわざわと、たくさんの人影がうごめくような緩慢な動きで、ついに霧は山から完全にはがれた。汚濁と不浄だけを山に残し、前を歩む少女を取り囲む。

それはこの世のものとは思えない光景だった。恍惚《こうこつ》とした笑みを浮かべて宙を歩む少女。それを取り囲み、渦を巻いている黒い瘴気の霧。彼らの異様な行進に大気は震え、近くの山に住む獣達も身を隠した。風さえも吹くのをやめる。

全てが静まり返った中、伊予達はついに山のふもとへと着いた。そこに横たわった伊予の体を見て、猛霊達は歓喜の声をあげた。器として必要なのは、大きな体ではない。自分達と同じ火具地の血を持つ肉体なのだ。

まず伊予が体に入った。自分が招き入れなければ、猛霊は入ってこられないからだ。

だが、体に戻って仲間を招こうとした時だ。額の刺青《いれずみ》がいきなり痛み始めた。焼けた鉄を押し付けられるような激痛と共に、誰かの声がわんわんと耳にこだました。

「さあ、これでいい。これでおまえも一人前の送り人だ。ほら、自分で見てごらん。ね、ちゃんと刺せているだろう？」

低く優しい老婆の声に、伊予はたまらない懐かしさを覚えた。とても親しい人の声だ。だが、一体誰の声だっただろう？

と、今度は少女の声が聞こえてきた。

「でも、すごくひりひりする」

「それはしかたないよ。まだ刺し終えたばかりだもの。痛みが消えるのに、五日ほどかかるかもしれないね。だけど、その刺青はおまえを邪悪なものから守ってくれるんだよ。それを思えば、五日なんてたいしたことはないだろう？」

ここで老婆の声がいくらか鋭くなった。

「だがね、いくら強いまじないをほどこしても、おまえ自身が悪いものを招き入れたりしたらなんにもならない。いつも心を強く持つんだよ。死者に同情するのはかまわない。けれど、死者の考えに染まってはいけない。自分が送り人だってことを、一時だって忘れてはいけないよ」

「わかってる。大丈夫よ。あたし、ばば様の言葉は全部覚えているもん。ばば様が死んだら、その魂送《たまおく》りだって、きちんとやってみせるわ」

　さかしげに言う少女に、老婆は笑った。

「おやおや、教えていなかったかい？　送り人に魂送りは必要ないんだよ。多くの死魂《しにだま》を送る見返りとして、送り人自身が死んだ時は、必ず黄泉に入れることになっているんだ。黄泉の大女神からの恵みだ。だからね、わしのことは気にせず、死魂を無事に送ることだけを考えなさい。わかったね、伊予」

　これは刺青を刺し終えた時に、ばば様とかわした言葉だと、伊予は思い出した。同時に、目の前の霧が晴れ渡るように、すっと冷静さを取り戻した。

　ああ、ばば様だと、伊予は思った。ばば様が今、黄泉から来てくれたのだ。約束通り、伊予を助けるために、黄泉から駆けつけてくれたのだ。真由良は伊予の心を闇から救ったばかりか、なにより必要な助言を与えてくれた。これから何をすべきかを、教えてくれたのだ。

　ばば様が伝えてきたことを理解した伊予は、差し込むような恐怖を覚えながら、早く入れろとせっついてくる猛霊達を見つめた。

　むごい死から抜け出すことができず、ずっと苦しんできた火具地達。彼らを助けたかった。黄泉に連れて行き、あの安らぎの中に眠らせてあげたいという想いに嘘はない。

　だが、彼らは黄泉の大女神に憎まれている者達だ。彼らを捕まえ、黄泉津比良坂《よもつひらさか》を下ることはできるかもしれない。が、その先の千引の岩は、大女神の意志そのもののように固く口を閉じ、火具地を拒むだろう。

並のやり方では、絶対に彼らを黄泉には導けない。だが、どうすれば閉ざされた入り口をこじ開けられるか、彼らを黄泉に入れられるか、伊予はもうわかっていた。その方法に気づいてしまったからこそ、怖くてたまらなかった。

やりたくない。逃げてしまいたい。お役目も何も、もうたくさんだ。この使命を誰かにゆずれるのなら、喜んで全てを投げ出すのに。何か、何か逃げ道はないものか。怖気《おじけ》づいた少女は、必死で考えた。

が、あまり猶予はなかった。伊予がなかなか入れてくれないのに焦《じ》れて、猛霊達はもう一人の火具地、狭霧に手を伸ばし始めたのだ。

伊予は慌てて跳ね起き、狭霧にまとわりつこうとしている猛霊達を一喝した。

「やめなさい！　その子に手を出したら、あたしの体には入れてやらないから！」

びくりと、猛霊達の動きが止まった。これでしばらくは足止めできるはずだと、伊予は闇真達のほうを振り向いた。

驚いたのは闇真と狭霧だ。こちらを向いた伊予の顔は、死人のように青ざめていたのだ。

どうしたと尋ねる闇真に、伊予は飛びついた。涙がどっとあふれだした。怖くて、つらくてしかたなかった。やるせない思いに、胸をかきむしられた。これしか手はないということはわかっている。自分がやらなければならないということも。

でも、なぜ？　なぜ自分なのだろう？　こんなこと、やりたくないのに！　自分にばかり嫌なことが起きて……いやだ！　やりたくない！　やりたくない！

逆らえないさだめを感じながら、それでも逆らわずにはいられなかった。自分が壊れてしまいそうなほど、伊予は怖かったのだ。

「伊予。どうしたんだ？　落ち着いて」

腰にしがみついて泣きじゃくる少女を、闇真はなんとかなだめて話を聞きだそうとした。が、はっと顔を上げた。風上から腐肉のような悪臭が流れてくるのに気づいたのだ。

青ざめる闇真に、狭霧もすぐに顔をこわばらせた。

「どうしたんです？　まさか……」

「ああ。どうやら女神の術が解けてしまったらしい。……狭霧、伊予を頼んだよ。この辺りのことはよく知っているのだろう？　川を下って、海に出てしまうといい。いくらあの化け物でも、海の上は走れないだろうからね。さ、お行き。私もすぐに追いつくから」

そう言って、闇真は呆然《ぼうぜん》としている伊予に、にこりと笑いかけた。その瞬間、伊予は悟った。闇真は死ぬ気だと。

ああ、そうだ。きっと闇真は死ぬだろう。あの八鬼女は地上では倒すことができないと、大豊須姫も言っていたではないか。それでも残って戦おうとするのは、伊予を逃がすためだ。

新たな涙があふれてきた。

ぐすぐすと泣きじゃくる伊予を、狭霧は無理やり引きずっていった。

「しっかりしてください。さあ、ちゃんと前を見て。この辺りは裂け目が多いんです。もし落ちたら命取りですよ。ほら」

うながす狭霧の手を振り払い、伊予はもう一度後ろを振り返った。闇真の、敵を迎え撃とうと身構えている姿が、胸にこたえた。

『闇真は命をかけて、あたしを逃がそうとしてくれている。狭霧だってそうだ。あたしが何も言わなくても、二人はあたしを守ってくれようとする。そんなことしないでと頼んでも、きっとそうしてくれるだろう』

そんな二人の思いに対して、自分はなんとずるく穢《けが》れているのだろう。やらなければならないとわかっているのに、なんとかしてそれから逃げようとしているなんて。自分だけが助かればいいと、ほんの少しでも思ってしまうなんて。

命を惜しみ、死を恐れる自分が心底憎かった。どうしたら、この自分の弱さにけりがつけられるだろうか。

伊予は目をさ迷わせた。夜明けが近いので、すでに辺りはうっすらと明るい。その薄ぼんやりした暗さを通して、前方に黒い筋が見えた。

見たとたん、吸い寄せられるように、そこに向かって走り出していた。

「どこに行くんです！　そっちは行き止まりですよ！」

狭霧の叫びを無視し、伊予は駆け続けた。まっしぐらに目星をつけた場所を目指す。

案の定、それは裂け目だった。伊予はふちから下をのぞきこんだ。崖《がけ》ほども深さがあり、中は鋭い岩肌が爪や牙《きば》のように飛び出ている。落ちればまず助かるまい。今の伊予には、この裂け目そのものが大口を開けた化け物のように思えた。

どくどくと、耳の奥が激しく脈打ち始めた。胸が痛い。あまりの恐怖に心臓が飛び出してしまいそうだ。どっと冷や汗があふれてくる。涙もだ。

やりたくない。ああ、やりたくない。

思わず顔を背けた時、狭霧が追いついてきた。

裂け目の前に立つ伊予を見て、狭霧ははっとなった。伊予の顔は恐怖に歪《ゆが》んでいた。恐ろしくてたまらないという顔で裂け目を見ているのに、なぜかそのそばを離れようとしない。それが狭霧をぞっとさせた。

心の不安を押し隠しながら、狭霧はできるだけ優しく言った。

「織火姫。お願いだから、こっちに来てください。早く逃げないと、あの化け物が来てしまう。その裂け目はとても飛び越えられませんよ。幅がありすぎるし、危険すぎる。ほら早く。ぼくの手を取って」

「……だめ……できない」

「できますよ。ぼくのほうに来ればいいだけなんですから」

しかし、伊予は動こうとしなかった。

「わかりました。それならぼくがそっちに行きます。絶対そこを動かないで。いいですね？」

「近づかないで！」

斬りつけるような声に、狭霧は立ち止まった。見れば、伊予は泣いていた。苦しくて苦しくてしかたがないという涙が、目からしぼりだされている。

「織火姫……」

「狭霧。お、送り人……送り人はね、魂送りをしてもらわなくても、死んだら必ず黄泉《よみ》入りすることができるの。たとえどんなことがあっても。そ、それが大女神との約束なのよ」

嗚咽《おえつ》しながら話し続ける伊予。その痛々しい姿に、狭霧はさらに強い不安を覚えた。

「大女神の怒りを買ったとはいえ、あ、あたしはまだ送り人よ。だから、大女神は八鬼女を送りこんできたのよ。あたしの魂を八鬼女の中に閉じこめて、あたしが黄泉入りできないようにするために……そして火具地の死魂《しにだま》達は、あたしの体をほしがっている……だから考えたの。彼らをあたしの中に入れて、あたしの一部にしてしまえばいいんじゃないかって。そのままあたしが死ねば、つ、つまり、八鬼女に殺される前にあたしが死ねば……もしかしたら……」

最後のほうはかき消えるような声だったが、それでも狭霧の耳にははっきりと届いた。

血が逆流するような怒りが体中を駆け巡り、狭霧は荒々しく怒鳴った。

「何を言っているんです！　そ、そんなこと！　そんなことして何になるって言うんです！　だめです！　許さない。ぼくはそんなこと、絶対に許さない！」

怒鳴られて、伊予はかっとなった。

「あたしだってやりたくない！　逃げられるものなら逃げたいわよ！　それができないから、できないからこんなに……なぜわかってくれないのよ！」

二人は殺気立った目で睨《にら》みあった。先に目を伏せたのは狭霧のほうだった。

「他の方法は、ないんですか？」

かすれた問いかけに、伊予は答えなかった。

何か言う代わりに、伊予は上を見上げた。そこに猛霊達が浮かんでいた。伊予が体の中に入れてくれるのを、今か今かと待っている。これ以上待たせたら、彼らは今度こそ狭霧を襲うだろう。少年を守りたいという思いが、伊予の心を決めさせた。

貪欲《どんよく》なまなざしから顔を背け、狭霧に目を戻した。小刻みに震えている自分の体を腕で包むようにしながら、伊予はささやいた。

「ごめんね、狭霧……会えてよかった。狭霧に会えてよかった」

「待って！」

だが、狭霧が駆け寄るよりも早く、伊予は周りで待ちかまえている猛霊達に言ったのだ。一言、「入りなさい」と。

伊予が言ったとたん、大波のように猛霊が押し寄せてきた。長い間待ち望んでいた体だ。少しでも早く手に入れようと、すさまじい勢いでもぐりこんでくる。

だが、中に入れはしたものの、伊予は渾身《こんしん》の力をこめて彼らの支配を拒んだ。今回ばかりは負けるわけにはいかないのだ。

暴れる猛霊達を宿したまま、伊予は裂け目に向けて一歩、足を踏み出した。

伊予がなそうとしていることに気づき、猛霊は慌てて逃げ出そうと暴れだした。

「くっ！」

伊予は血が出るほど唇を噛《か》み締めた。肉を食い荒らされるような感触に、吐き気がした。体の中を、千匹のおたまじゃくしが泳ぎ回っているかのようだ。

それでも伊予は必死で嫌悪と苦痛をこらえ、一人も外へ出さなかった。あらんかぎりの力、命をかき集めるあの力を使って、逃げようとする猛霊を自分の中へ引き寄せ、封じ込む。その確かな手応《てごた》えに、こんな時にもかかわらず、伊予は心の中で小さく笑った。

『ああ、闇真の言ったとおりだ。これが本当のあたしの力の使い道なんだ。この力は猛霊達を取り込むためのものだったんだ』

そうして、さらに一歩前に進んだ。踏み出した先に地面はなかった。

ぐらりと体が傾いた。足が地を離れ、体がふわっと浮く。

こちらに走ってくる狭霧の姿が、目の端に入った。突進してくる少年を見て、伊予の心に一瞬迷いが生まれた。今ならまだ間に合う。あの手を取れば、まだ落ちずにすむだろう。死ぬのはもう少しあとでもいいではないか。あと少しでいいから、狭霧と話したい。闇真とも最後の言葉を交わしたい。そんな想いが心を横切る。

しかし、少年の顔を見たとたん、伊予の迷いは消えた。やはりだめだ。今を逃したら、もう二度と自分で命を絶つことはできなくなる。そうなったら、闇真か狭霧のどちらかに、自分を殺してくれと頼むはめになるだろう。それだけは絶対にしてはならないのだ。のばしかけていた手を伊予は下ろした。それから後は簡単だった。

「うわあああっ！」

誰かの悲鳴が聞こえた時には、吸い込まれるように裂け目に落ちていた。

くるくると、伊予は転がりながら落下していった。体のあちこちが岩にぶつかっていく。だが痛みを感じかけた次の瞬間、ずんと、これまでに味わったこともない大きな衝撃がきて、目の前が真っ暗になった。

そのまま、どれほどの時が過ぎたものか。

気がつけば、裂け目の底に立っていた。だが、妙に体が軽い。頭もどことなくぼんやりとしている。何気なく辺りを見れば、すぐそばに狭霧と闇真が座り込んでいた。

伊予は凍りついた。彼らの腕の中には、他ならぬ自分のむくろが抱かれていたからだ。むくろは、あれほどの高さから落ちたにしては、こぎれいな有様だった。それでもあちこちに傷があり、手足も首もあらぬほうに折れ曲がっている。

一瞬、伊予は強烈な目眩《めまい》に襲われた。自分の亡骸《なきがら》がこんなに恐ろしいものだとは、思いもよらなかったのだ。しかし、それをかき抱き、泣いている狭霧と闇真を見るのは、さらにつらいことだった。

『あ、ああ……あ……』

伊予は二人を抱きしめ、言葉にならない思いを伝えようとした。が、闇真達はこちらを振り向こうともしなかった。声が聞こえている様子もない。

本当に死んだのだと実感したのは、まさにこの時だった。もう体に戻ることはできない。もう二度と、闇真や狭霧に触れることはできないのだ。

心が引き千切られるように痛んだ。生きていた時以上に、二人のことが愛《いと》しくてならなかった。別れのことを考えるだけで、それこそ身が半分にもぎとられてしまうかのようだ。

しかし、二人の嘆きを見るのは、それ以上の苦しみだった。狭霧は胸を裂くような悲痛な声で泣き始めていた。闇真も唸《うな》りのような嗚咽をもらしている。彼らの涙一滴一滴が、伊予の心に深い穴をうがった。

つらい。悲しい。苦しい。

徐々に体が重くなってきた。闇真達の苦悩が、伊予の中に流れ込んでくるのだ。もう立っていられない。重い感情に押しつぶされ、伊予はうずくまった。その体からは粘りが出始めていた。したたる粘りは、伊予を地に張り付けていく。

がんじがらめに縛られかけた時、伊予はふいに別の力を感じた。何かが自分を吸い寄せようとしている。足元を見れば、闇色の水が足首のところまできていた。

黄泉津比良坂《よもつひらさか》だ。伊予を引き入れようと、黄泉津比良坂が動き出したのだ。

黄泉津比良坂の闇は、そっと現世《うつしよ》から伊予を引き剝《は》がそうとした。だが伊予は逆らった。まだだ。闇真達の苦しみを和らげてからでなければ、どこにも行くものか。

伊予は闇に足をとられながら闇真達に近づき、二人を慰めようとした。だが、またしても体が重くなりだした。彼らの悲しみに心が負けて、共鳴してしまうのだ。そして心が共鳴すればするほど、彼らの嘆きも深くなる。二人を守りたいという自分の思いは、彼らにとって毒にしかならないのだ。

だめだ。見てはいけない。これ以上ここにいてはいけない。愛する人達をこれ以上苦しませないために、行くべき場所に行かなくては。

ようやく心が定まった。伊予は、闇真と狭霧に全ての思いをこめた一瞥《いちべつ》をくれた。

『さようなら』

ついに伊予は、黄泉津比良坂の流れに身をまかせた。少女は重たい闇の中に沈んでいった。

二十

慣れ親しんだ黄泉津比良坂を、伊予はゆっくりと下っていった。下るにつれて、不思議と涙は乾いた。焼け付くようだった別離の悲しみも薄れ、果たさなければならない役目のことだけが、くっきりと頭に浮き上がる。

今度は不安がむくむくと膨らみだした。もし千引の岩が開いていなかったら、どうしよう。自分の犠牲も、狭霧や闇真の苦悩も、全て無駄になってしまう。猛霊達を救えないばかりか、自分さえも猛霊になってしまうかもしれない。

『ああ、ばば様。どうかお願い。あたしに力を貸して。お願いだから』

やがて底にたどりついた。伊予は不安と期待に胸を高鳴らせながら、そおっと前を向いた。

千引の岩は大きく開いていた。その向こうには、まごうことなき黄泉《よみ》の暗闇が渦巻いている。伊予を迎え入れるために、黄泉は腕を広げてそこに待っていた。

ほっとしたのは一瞬で、伊予はすぐに気を引き締めた。黄泉が本当に火具地の死魂を受け入れてくれるかどうか。全てはそこにかかっているのだ。

伊予は胸に手を当てた。胸の奥深くに、小さな火の粉のようなものがたくさん集まっているのがわかる。一緒に連れてきた猛霊達だ。一箇所に固まって震えている。

痛々しいばかりに怯《おび》えている魂達に、伊予はそっとささやきかけた。

「怖がらないで。あなた達を傷つけたくて、ここに閉じ込めているわけじゃないの。……長い間苦しかったでしょう？　それを終わらせてあげるから。お願いだから、あたしを信じて」

繰り返しささやくうちに、火具地達の震えが少しずつおさまってきた。まるで捕らわれた山鳥が、徐々に落ち着きを取り戻すかのように。

頃合を見計らい、伊予は死魂《しにだま》を一つだけ取り出した。出てきたのは、くすんだ青にび色の火の玉で、どこか病んだような弱々しい輝きを放っている。

それを両手で撫《な》でさすりながら、伊予は優しく声をかけ続けた。

大丈夫。もう何も苦しまなくていいから。全て終わったことだから。もう楽になろう。苦しみは終わりにしよう。

そう言い聞かせるうちに、火の玉の輝きが徐々に強くなっていった。焔《ほむら》の色も、青から銀へと変わり、鮮やかに燃え立ち始める。それは力強く、浄化の喜びに満ちていた。

清めた死魂を、伊予はそっと黄泉の前へと放した。喜びに打ち震えながら、死魂はすっと黄泉の中に溶け込んでいった。それは、これまで伊予が見てきた黄泉入りと、なんら変わりなかった。

黄泉は火具地の魂を迎え入れたのだ。

嬉《うれ》しさを噛《か》み締めながら、一つ、また一つと、伊予は死魂を取り出して、清めていった。暗闇に次々と銀の火が現れ、黄泉の中へと泳ぐように消えていく。迷う者はおらず、ひしめいていた数はみるみる少なくなっていった。

とうとう残っている死魂は二つだけとなった。奇妙なことに、その二つだけは、浄化しても、なかなか伊予のそばを離れようとしなかった。

もの言いたげに自分の周りを泳ぐ火の玉に、どくんと伊予の胸が高鳴った。

なんだろう。この魂達からは特別な想いが伝わってくる。あふれるような愛《いつく》しみが、自分に向けられているのがわかる。思わず涙ぐんでしまうほど、それは優しいものだった。

気がつけば、二つの言葉が口からこぼれでていた。

「母様？　父様？」

手を差し出すと、二つの死魂は小鳥のようにその手に乗ってきた。それを、伊予はそっと抱きしめた。不思議だ。抱いているのは自分のはずなのに。まるで父と母に抱きしめられているような気がする。母の胸は温かく、よい匂いがした。父の腕は力強く、優しかった。黄泉の大女神だって、これほどの安らぎを作り出すことはできないだろう。

これからはいつも一緒だ。一つの岩のように、いつまでも三人一緒にいられるのだ。

「行こう。一緒に。ずっと一緒に」

死魂を抱いたまま伊予は歩み出した。だが、黄泉の少し手前まで来ると、伊予はいやいやながらも死魂を手から放した。

「先に入って。あたしを最後にしないと、岩が閉じてしまうかもしれないから。大丈夫。すぐに追いつくから」

自分は送り人だ。送り人として、なすべきことをしなければ。いつ千引の岩が閉じるかもわからないし、二人をまた猛霊に戻すわけにはいかないのだ。

伊予の心を悟ってか、死魂はそれ以上近づいてはこなかった。だが、動こうともしない。名残惜しげに留《とど》まるのは、未練ゆえではない。一人で残る娘を心配しているためだ。

二人の愛しみと不安を、伊予はひしひしと感じた。だが、二人が伊予を守りたいと思うのと同じほど、伊予は二人を救いたいと願っていた。だから笑顔を作った。

「大丈夫。すぐにあたしも行くから。だから先に入って、そこで待ってて。ね？」

少女の言葉に、ふたたび火の玉が動いた。伊予に泳ぎより、そっとその頬に触れたのだ。全ての想いをこめた、それでいてどこか別れを告げるような愛撫《あいぶ》であった。

それから魂達は寄りそうように飛びながら、黄泉の中に入っていった。

『終わった。やっと終わったんだ』

父母の黄泉入りを見届けて、伊予は初めてそう思った。もう憂うことは何もない。安心して黄泉へ入ろうとした、その時だ。それまで静かだった黄泉の暗闇が、ぐわりとゆらいだのだ。闇の向こうから何か飛び出してきたかのような、そんなゆらぎ方だった。

次の瞬間、伊予を取り巻く空気が変わった。息ができなくなるような冷たさが、伊予を押し包んだのだ。それは無数の手のように少女の体にからみつき、全ての動きを封じ込む。

伊予の体に震えが走った。誰かがそばにいた。姿こそ見えないが、自分を包む冷気の中に凍てつくような厳しさと怒り、そして《女》の気配を感じる。

「よ、黄泉の、大女神様……」

だが、ひざまずくこともうつむくこともできず、どこからともなく注がれる女神の険しいまなざしと向かい合うしかなかった。

闇が低く笑った。胸にぐさりと突き刺さるような、恐ろしい笑いだった。

「たいそうなことをやってくれたものですね、伊予」

その声音は冷え冷えとしており、真冬の北風のように伊予の心を切り刻んだ。

「おまえが妖狼《ようろう》を蘇《よみがえ》らせたことで、多くの生き物の命が奪われ、さらに多くの魂のさだめが狂うことになってしまった。でも、私は許すつもりでした。おまえの若さと無知に免じて、今回だけは許そうと……ところが、おまえは私の恩情に報いるどころか、さらに裏切った。まさか二度までも禁忌の技に手を出すとは。おごるにもほどがある！」

女神の声音はどんどん高ぶってくる。耐え切れず伊予は目を伏せたが、女神はおさまらないとばかりに鋭く言葉を連ねていった。

「誰も殺さなければ、あの少年を蘇らせても罪にならぬ。そう思ったのですか？　小賢《こざか》しい！　他者の命を盗むことを、私は許した覚えはない！　私はおまえを守り、愛しんできたというのに。その私を繰り返し裏切るとは何事です！　そのうえ私の腕をこじ開けて、火具地の死魂を送り込むとは！　なんと穢《けが》らわしい！　そうです！　私が何よりも忌み嫌っていた火具地を、おまえは私の中にそそぎこんだのです！　私の中に穢れを持ち込み、私の怒りをかきたて、平穏をかき乱した！　そして……」

と、女神の声が初めて柔らかく潤んだ。

「そして私の心を救ってくれた……」

はっとして伊予は顔を上げた。自分を取り巻く女神の気配は、それまでの冬の凍てつきから、春の木漏れ日のように温かみのある、和らいだものになっていた。

声を失う少女の前で、女神は誰に言うのでもなくつぶやき始めた。

「火具地……我が子、火之輝彦の血を受け継ぐ子供ら。息子でありながら母であるこの私を傷つけた火之輝彦の子と思うと、どうしても愛しむことはできなかった。それでも、全く気にかけていなかったわけではないのです。里が滅びた夜に生まれた赤子を、跡継ぎを探していた送り人の手に渡るように仕向けたのは、さすがに哀れと思ってのこと。その子が送り人となり、私のもとにやってくる様子を、いつも楽しみに見守っていた……」

それを聞いた伊予は、女神への敬いや畏《おそ》れを一瞬忘れ、思わず声を張り上げていた。

「それならなぜ、他の火具地を愛してくださらなかったのですか？　あたしを愛しむお心があったのなら、他の火具地も愛せたはずです。それなのにどうして！」

伊予の叫びに、女神はつらそうに声をかすれさせた。

「おまえの言うとおり、心の底には愛《いと》おしさがありました。でも……そのことに気づくことができなかった。もしかしたら、あえて気づくまいとしていたのかもしれません。それゆえに手を差し伸べることはできなかった……」

その声には、自分の心の狭さを恥じる思いがにじんでいた。

「……もっと早くに火具地を許すべきでした。いえ、そもそも火之輝彦に怒りを向けるべきではなかった。私を傷つけたために、我が夫、私が生み出したもの全てから憎まれたあの子を、私だけは庇《かば》ってあげるべきだったのに……ああ、私はなんということをしてきたのか！　取り返しのつかない愚かな真似を、火具地を拒むことで何度繰り返してきたことか！」

血を吐くような苦しげな声音で、自らを責める女神。もし女神にまことの体があれば、髪を根こそぎ引き抜き、胸を指で切り裂いていたに違いない。

その激しい自責の念に、伊予は耐えられなかった。女神の悲しみと悔やみはあまりにも大きく、胸をえぐるような鋭さとなって、そばにいる伊予を襲うのだ。

チガウ！　チガウ！　アナタノセイデハナイ！

胸の奥から熱く苦いものがこみあげてくる。わきあがってきた熱い気配は、次には声となって口から飛び出した。

「違う！　あなたのせいではない。あなたが恥じることなど何もないのです、母上！」

黄泉《よみ》の大女神に向かって叫びかけた声は、若い男のものであった。

自分の口から知らない男の声が出てきたことに伊予は驚いたが、女神の驚きようはそんなものではなかった。ぐらっと、その場が大きくゆらいだ。

「そなた……火之輝彦！」

女神の叫びに、伊予は目を見張った。だが、口は伊予の意思とは関係なく動き続けた。

「はい。こうしてお会いするのを長い間待っておりました。私が犯した罪を思えば、二度とお目見えかなわぬとわかっておりましたが、それでも……今一度お会いしたかった」

抑えようのない慕わしさと苦味にあふれた声。

　伊予は、自分の中に神がいるのを感じた。心ならずも母を傷つけてしまい、父からは憎まれ、兄弟からもうとまれた男神《おがみ》。その心の痛み、焼けつくような苦しみが、自分のもののように感じられる。

　動揺にかすれた声を母神が放った。

「火之輝彦……そなた、いつからこの娘に宿っていたのです？」

「伊予が生まれたその時からです」

「そ、そんなはずがない！　そなたは土人形の器の中で眠っていたはず……」

「火具地の里が落ちた時、巫女《みこ》の社もまた踏みにじられました。神として祖として祀《まつ》られていた私の土人形は、他の多くの土人形と共に砕かれたのです」

　器を壊されたことで、数百年ぶりに目覚めた火之輝彦の魂。その目に映ったものは、次々と殺されていく子孫達の姿だった。助けようにも彼には体はなく、また助けるにしても遅すぎた。できることは何もなかったのだ。

「……私は我が子らを助けられなかった。だから、せめてその魂だけでも救いたいと望みました。彼らが猛霊になるのは、目に見えていましたから。その時、母上が最後の赤子、滅びの中から生まれてくる赤子を、送り人に定めるという声が聞こえてきました。そこで私はその赤子の中にすべりこみました。私はずっと、あなたの愛娘《まなむすめ》となった伊予に宿っていたのです」

自分の口から聞こえてくる火の神の言葉を、伊予は呆然《ぼうぜん》として聞いていた。自分が火之輝彦と一つであったとは。何がなんだかわからなくなり、目眩《めまい》がした。

だが、伊予の困惑をよそに、黄泉神と火の神の話は続いていく。

「な、なぜ私はそれに気づかなかったのか？　そなたの気配をわからぬはずがないのに」

「私の魂と伊予の魂が、まったく一つのものとなっていたからです。伊予も気づいてはいなかったでしょう。私はほとんど眠っていましたから」

そうして、火之輝彦は伊予が成長するのを静かに待ち、時を見計らって、伊予が火具地の里に戻るように仕向けたのだ。闇真の蘇りをさせることによって。全ては猛霊と化した火具地を救いたいがためだった。

「母上から与えられた黄泉の力。そこに私の力が加われば、伊予は何にも勝る力、猛霊を自分の中に引き込み、清める力を手にするはずでしたから。伊予は母上の娘。私はその立場を利用しようとしたのです。しかし、私が無理なことをさせたために、伊予は母上の怒りを買ってしまい、そのうえ自ら命を絶つはめとなりました……私はまたもしくじってしまった。今度こそ誰も傷つけまいと思っていたのに」

苦しげに火之輝彦は息をつく。

「結局、私は臆病者《おくびょうもの》だったのです。我が子らを救いたいと願いながら、母上の前に出るのが恐ろしくて逃げ回り……こそこそとあざとい真似をして、さらに多くの者を不幸にした。なによりも、母上が嘆かれておられたということが身にこたえます。母上。どうぞ魍魎《もうりょう》どもをお呼びください。全てのことの発端となったこの火之輝彦に、あなたの怒りをぞんぶんにぶつけてください」

「……………」

「お許しなど、はなから望んではおりませぬ。卑劣な私には永久の苦痛こそがふさわしい。しかし、どうかお願いです。この娘だけは地上に還《かえ》してやってください。私のせいで、この娘は運命をねじまげられてしまった。私が関わらなければ平穏に暮らせたはずの人生を、返してやりたいのです。どうかお願いです」

必死で頼み込む息子に、黄泉の母神は静かに呼びかけた。

「私にものを頼むのであれば、まずはそこから出てくるべきでしょう。それはそなたの体ではないのですから」

伊予の体に不思議な感覚が走った。すとんと、体が二つに分かれるような、しかし少しも痛くはない感覚。ぶるりと身を震わせた時には、伊予の横に一人の若者が立っていた。

それは緋色《ひいろ》の衣をまとった若者だった。たくましい偉丈夫でありながら、子供のような幼さがその美しい顔の中に浮かんでいる。黄金色《こがねいろ》の長い髪は鮮やかにきらめき、炎のようにゆらめいていた。

火神は悲しげに闇を見つめた。そのまなざしからあふれる悲しみと苦しみは、海よりも深く果てしなかった。男神が自らを呪う声は、全てを押しつぶすような重い気配となって、その場に広がっていく。

男神の苦しみがわかるだけに、伊予はいたたまれなかった。なんとか黄泉の大女神にとりなしを頼もうとしたが、神々の間に口をはさむ隙など、どこにもなかった。

息詰まるような長い沈黙の後、闇がゆるやかに微笑んだ。

「私のもとにお戻りなさい、息子よ。本当に長い間、私はそなたを遠ざけていた。でも、それは間違いだった。こうしてそなたの目を見れば、わかります。あの不幸な出来事は、誰よりもそなたを傷つけていたのですね。私を許してください。そして戻ってきてください、火之輝彦」

「母上……」

火之輝彦の目から涙があふれた。伊予もまた泣いた。女神の許しの言葉はなんと温かく、なんと優しく心に響くのだろう。まるで全ての傷を癒《いや》すかのようだ。

「還ってきてください、火之輝彦。さあ、この母のもとへ」

甘やかな呼び声に、嬉々《きき》として足を踏み出しかけた火之輝彦だが、すぐに立ち止まった。

「しかし伊予は？　伊予はどうなりますか？」

男神の不安げな視線に、女神はびくともしなかった。ぴしりと声を響かせた。

「伊予のことは私が決めるべきこと。そなたが口を出すことではありません」

「しかし、伊予は私の娘です。娘を心配するのが、それほどにいけないことでしょうか？」

　火の神の反論に、闇が柔らかく笑った。

「確かにこれはそなたの娘。そして私の娘でもあります。そのことはそなたとてわかっているでしょう？　私を信じ、私のもとにおいでなさい。私は一刻も早くそなたを取り戻したいのです」

　これ以上は火之輝彦も何も言えなかった。

　もう一度、火の神は伊予を振り返った。その瞳《ひとみ》は様々な思いにゆれ動いていた。伊予に対する感謝とわびの気持ち、そしてなにより愛《いと》しさに。

　そのまなざしをうけたとたん、伊予は心を満たされた。この神もまた、自分の《父》なのだ。男神の、伊予の幸せを一心に願う気持ちが嬉《うれ》しかった。だから伊予は微笑みかけた。男神を力づけるように。

　伊予の微笑みに後押しされたかのように、火の神は黄泉の中に入っていった。

　男神の姿が闇の中に取り込まれるのと同時に、伊予は今まで自分の中に確かにあったものが消え失せたのを感じた。

　一瞬、心に大きな穴があいたような気がした。その喪失感を、素直に寂しいと思った。同時によかったとも思った。火之輝彦はやっと、自分が本当に戻りたかった場所に戻れたのだから。

　一方、息子を我が身に入れた女神は、「ああっ！」と深くうめいた。それは喜びの吐息だった。我が子を取り戻したという、胸がせつなくなるほどの愛しさに満ちた吐息だった。

そのまま女神は長い間口を閉じていたが、やがて伊予に静かに声をかけた。

「おまえは道を開き、私の中に火具地を入れてくれた。さらには火之輝彦を返してくれた。こうして腕に抱いて、やっとわかりました。火之輝彦も火具地も、他の子らとなんら変わりない私の愛しい子供なのだと。私から生まれていき、ふたたび戻ってくる命なのだと……」

「女神様……」

「……誰かを、何かを許せないのは苦しいことです。憎しみや怒りをずっと抱き続けることは、初めは心地よくとも、いつかは枷《かせ》になる。その重みに耐え切れず、それでも捨てきることができず……そういう意味では、他ならぬこの私も猛霊になりかけていた。いいえ、自分で気づいていなかっただけで、すでになっていたのかもしれない。それがおまえのおかげで救われた。伊予、おまえは一族や火之輝彦だけでなく、私をも救ってくれたのです」

安らいだ空気をかもしだしながら、女神は穏やかに言葉を続けた。

「誰にでも間違いはあります。私にとっての間違いは、火之輝彦と火具地を許せなかったことでした。だが、おまえがそれを正してくれた。だから私も、一度だけ掟《おきて》を曲げようと思います。伊予、私はおまえを許しましょう。おまえがしたこと全てを許しましょう」

のびやかな声で告げられたとたん、伊予はすっと心が軽くなるのを感じた。心に巣くっていた重苦しいものが、全て消え去ったかのようなすがすがしさだ。なによりも、女神の慈愛がふたたび自分に向けられているのがわかる。そのことが無性に嬉しかった。

嬉しさに打ち震えている少女を、大女神は優しくうながした。

「では、そろそろ行きましょうか、伊予？」

「は、はい！」

もちろん伊予に否はなかった。早く父様や母様、ばば様と一緒になりたい。なんの憂いもなくなった今、それだけが伊予の望みだった。

だが、黄泉《よみ》へ入ろうとする伊予を、女神はやんわりと押しとどめたのである。

戸惑う少女に、女神は笑いを含んだ声で言った。

「なかなかに慌て者ですね。あれほど火之輝彦がおまえを地上に戻してくれと頼んでいたのを、もう忘れたのですか？　それとも、やっと戻ってきた息子の頼みを拒むほど、私が薄情だと思っているのですか？」

「えっ？　えっ？」

「私はまだおまえを受け入れる気はないのですよ。おまえにはやるべきことがありますからね。今一度、現世《うつしよ》に戻ってもらいます」

伊予は仰天のあまり、ひっくり返りそうになった。

「そ、そんなの困ります！　だって、あたしは約束を……すぐに追いつくって……」

慌てふためく少女を、女神はじっと見つめた。染みいるような深いまなざしに、伊予は全ての抵抗を封じ込まれるような気がした。ふいに悟った。自分はそうしなくてはならないのだと。これは女神の意思であり、逆らうことはできないのだと。

「それは……ご命令なのですね？」

「そうです。私の命です。逆らうことは許しません」

ここで女神の声が少しばかり厳しくなった。

「それに、まったくそのままで還すことはできませんよ。私は生み出し、そして刈り取る神です。与え、奪うのが私の務め。おまえを現世に戻すには、それなりの代償が必要です。おまえの一部を、今ここで奪わなければならない」

奪うという言葉に、伊予はざあっと青ざめた。いったい、何を奪われるのだろう。目や耳だろうか。それとも腕とか足だろうか。

震える少女に、女神はふたたび優しく笑いかけた。

「怯《おび》えることはありません。おまえはただ、私に返すべきものを差し出せばよいのです」

「……返すべき、もの？」

「わかりませんか？　おまえが私に届けてくれた死魂《しにだま》は、すでに一人の送り人が生涯の間に届ける死魂よりも、はるかに多いのですよ。ほら、もうわかったでしょう？」

伊予はようやく女神が言わんとしていることを悟った。

「でも、あたしはずっと……送り人だったのに……」

もごもごとつぶやく少女。女神の笑みがさらに温かくなる。

「ええ。わかっています。でも、それは私が与えた力。その私がもうよいと言う以上、私に返すのが道理というもの。それに、おまえは送り人としては心が弱すぎる。愛しい者のためならば、平気で禁忌をおかそうとする。送り人に向いているとは言えないでしょう？」

こう言われてしまっては、伊予には何も言い返せない。

うなだれる少女に、女神の声が厳かに降りそそいだ。

「送り人の力をここに置いて、現世にお戻りなさい、火之輝彦の血を受け継ぐ娘よ。おまえはいずれ子を産み、新たな火具地を築き上げるでしょう。しかし、その者達が生まれ変わりの一族と呼ばれることは決してない。神々の母にして黄泉を治めるイザナミが約束します。新たな火具地には、私の愛しみがいつも注がれることでしょう」

と、伊予の額に何かが触れた。柔らかな指がそっと額を一撫《な》でするような感触が走り、伊予は何かがぽろりと剝《は》がれるのを感じた。

呆然《ぼうぜん》としている少女に、女神はふっと息を吹きかけた。とたん、伊予は黄泉から吹き飛ばされていた。

その一瞬、伊予は確かに女神の顔を見たと思った。その慈愛に満ちた微笑みは、伊予の心に鮮やかに焼きついた。

二十一

闇真と狭霧は、伊予の体を細々とした小川に運んだ。傷ついた体をできるだけ清めようとしたのだ。傷や折れた手足の痛々しさはぬぐいようがないが、それでも血を洗い流し、髪をきれいになでつけるくらいはできる。

だが、他に何をしたらいいかはわからなかった。亡骸《なきがら》を清め終えると、二人はその場に座り込んだ。支えの糸を切られた蜘蛛《くも》の巣《す》のように、二人の心は宙をさ迷っていた。

狭霧はじっと伊予を見つめた。伊予の顔は穏やかだった。まるでただ眠っているかのようだ。だが、伊予がこの眠りから覚めることは決してないのだ。狭霧は歯を食いしばった。散々泣いたあとだというのに、またしても涙がにじんできたのだ。

涙をぬぐう少年の横で、闇真もがっくりと膝《ひざ》をついていた。その体からは力が抜け、顔にはくまが浮かび、一気に十《とお》も歳をとったように見える。

守れなかった。守ると誓ったのに、守れなかったのだ。苦痛と惨めさに打ちすえられ、闇真は動けなかった。心が死んでいくような重苦しさだけが、今感じられることの全てだ。

やがて、打ちひしがれている二人のもとに、光が差してきた。朝日が昇ってきたのだ。その光を肩に浴びた時、狭霧は憔悴《しょうすい》しきった体に温《ぬく》もりを感じた。誰かに抱きしめられるような、不思議な温もりだった。

闇真もそれに気づき、二人は光に導かれるように立ち上がった。そして見たのだ。光の恩恵にあやかる輝火山の姿を。

長年、山を包み込んでいた不浄。そのしつこい穢《けが》れが、昇ってきた朝日を浴びるなり、嘘のように消え始めた。霞《かすみ》のように消えていく黒いよどみ。そのあとからは、青々とした緑が萌《も》え始める。

土地全体が一気に生き返ったように、騒がしくなった。風が鳴る音、生まれたばかりの草のざわめき、十三年ぶりに流れ始めた川のせせらぎ、そしてあまたの生き物達の声。それは再生を喜ぶ、歓喜の歌であった。

あっけにとられていた闇真と狭霧だったが、二人とも、ふと思った。もしかしたら、あるいはもしかしたら……。

二人は、息をつめて伊予を見下ろした。刻々と明るくなる中、伊予は先程よりも血色がいいように見えた。本当に眠っているかのようだ。

狭霧があっと叫んだ。伊予の全身にあった傷が、いつのまにかきれいに消えていたのだ。

もうためらってはいられない。闇真は伊予の胸に耳を押し付けた。とくんとくんと、聞き間違えようのない音が伝わってきた。しかも、それは徐々に強まってくるではないか。

それでもなお信じられなくて、二人はそのまま息を殺して見守り続けた。声をかけることもできなかった。そんなことをしたら、この奇跡が逃げてしまうかもしれないからだ。

切望と不安が入り混じった狂おしい時が過ぎていき、ついに伊予が大きく息をついた。そのまぶたがゆっくりと押し上げられていく。

目を覚ました少女は、まず狭霧を見て微笑んだ。

「ただいま、狭霧……」

「お、おり、ほ姫……」

「ああ、闇真も。よかった。無事だったのね……」

安心したように目を閉じかけた伊予であったが、はっと顔を上げた。

「そういえば八鬼女は？　どうなった？」

「八鬼女は……八鬼女は消えてしまったよ」

目を潤ませながら、闇真は優しく答えた。

「私の目の前で、いきなり地に潜って消えてしまったんだ。そのまま気配が消えてしまったから、これはおまえに何かあったんだと思ってね。慌てておまえ達を追いかけてみたら、狭霧が泣いていて、おまえが……いや、そんなことはどうでもいい。よく戻ってきてくれた！」

闇真は伊予を強く抱きしめた。狭霧は涙で口もきけず、ただうんうんと夢中でうなずいた。

狂喜の一時が過ぎたあと、伊予は自分が何をしたか、何が起こったかを、残らず闇真と狭霧に話して聞かせた。最後にそっとつぶやいた。

「はっきり言って……なんだか変な感じ。送り人として生きていくのが、あたしのお役目だと思っていたのに、それが急になくなってしまったから……いきなり裸にされた気分よ」

うつむく少女の額に、もはや送り人の刺青《いれずみ》はない。伊予が目覚めるのと同時に、刺青も消えてしまったのだ。まっさらな額を落ち着かずにこする伊予に、闇真は声をかけた。

「伊予……」

「わかってる。あたしの本当の役目は、火具地の魂送《たまおく》りをすることだったんだって。あの力もそのためのもので、火具地が黄泉《よみ》入りしたところで、あたしの送り人としての役目は終わったんだって、ちゃんとわかってる。だけど……なんだか心細いの」

「……でも、おまえは一人じゃない」

静かに言われ、伊予はまじまじと闇真を見た。

「これからも一緒にいてくれるの？」

「私はおまえの守り人だ。おまえが何になろうと関係ない。そばにいるのが私の務めだ」

狭霧が慌てた様子で口を挟んできた。

「ぼくももちろん一緒です。最高の守り人がついているとはいえ、あなたは放っておくととんでもない無茶をしそうですし。それに民は王に従うものだから」

「よしてよ。あたしはただの伊予よ」

「いえ、あなたは火具地の新たな王です、織火姫」

あのねえと、伊予はうんざりしたように狭霧を見た。

「頼むから、あたしのことは伊予と呼んでよ。織火っていい名だとは思うけど、やっぱりあたしは伊予だもの。この名前はそう簡単に捨てられないわ」

「でも……せっかくあなたの父君がつけた名なのに」

渋い声で抵抗する狭霧に、伊予は真面目な顔で答えた。

「父様はわかってくれるわ。心の中にしまっておくだけで、忘れるわけじゃないもの。だからね、あたしの娘が生まれたら、その子にその名前をあげようと思っているの」

「あなたの、娘？」

狭霧は絶句した。闇真も目をむく。だが、伊予は平然としていた。

「そうよ。だって、黄泉の大女神様はこうおっしゃったんだもの。おまえはいずれ子を産み、新たな火具地を築き上げるでしょうって。火具地の血を絶えさせないようにするのが、生き残った者の役目だからって。つまり、あたしはたくさん子供を産まなくちゃいけないのよ」

伊予はくるりと狭霧に向き直り、どぎまぎしている少年ににっこり笑いかけた。

「もちろん、これは狭霧のお役目でもあるのよ。だって、あたし一人で一族を作り出せるわけないもの。だから狭霧にも手伝ってほしいの。手伝ってくれるでしょ？」

「も、もちろん。ぼくでよければ」

哀れなほど赤くなりながら、小さく答える狭霧。伊予は楽しげに手を打ち合わせた。

「よかった。ねえ、楽しみじゃない？　あたし達、それぞれどんな人と結ばれるのかしらね？」

「はっ？」

ぽかんとする少年の前で、伊予はうきうきとした調子で語りだした。

「あたし、優しい人がいいなあ。そりゃ顔がよければもっといいけど。でも、やっぱり心根が良い人でなくちゃ。狭霧は？　やっぱり優しい女の人がいいでしょ？」

「そう、ですね……」

がっくりする狭霧がおかしくて、闇真はたまらず吹き出した。

「何がおかしいの、闇真？」

「いや、なんでもない、なんでもない」

不思議そうな伊予に、闇真は笑いながらかぶりを振った。伊予がずいぶんと大人びたことを言ったので、少しばかりどきりとしてしまったのだが。どうやら、伊予はその本当の意味に気づいてはいないらしい。

闇真は狭霧を見た。静かな強さを持つこの少年は、これからさらに健やかな誠実さを備えていくことだろう。少年の成長した姿を、闇真ははっきりと思い描くことができた。

いかなる時も伊予を守り支える、穏やかな、だが強い力を秘めた青年。

いずれ伊予も、狭霧の目に宿るものに気づき、それに応《こた》えるだろう。そして、それは決して遠い先のことではないのだ。

「その時までの、ほんの少しの辛抱だよ、狭霧」

肩を落としている少年に、闇真は小さく微笑みかけた。

本書は二〇一〇年二月に小社より刊行された単行本を、加筆修正の上、文庫化したものです。

この作品はフィクションです。実在の人物、団体等とは一切関係ありません。

送《おく》り人《びと》の娘《むすめ》

廣嶋玲子《ひろしまれいこ》

平成26年 10月25日　初版発行
令和5年　8月20日　再版発行

発行者●山下直久

発行●株式会社KADOKAWA
〒102-8177　東京都千代田区富士見2-13-3
電話　0570-002-301(ナビダイヤル)

角川文庫 18823

印刷所●株式会社KADOKAWA
製本所●株式会社KADOKAWA

表紙画●和田三造

●お問い合わせ
https://www.kadokawa.co.jp/（「お問い合わせ」へお進みください）
※内容によっては、お答えできない場合があります。
※サポートは日本国内のみとさせていただきます。
※Japanese text only

ISBN978-4-04-102064-7　C0193

◆◇◇

角川文庫発刊に際して

角川源義

第二次世界大戦の敗北は、軍事力の敗北であった以上に、私たちの若い文化力の敗退であった。私たちの文化が戦争に対して如何に無力であり、単なるあだ花に過ぎなかったかを、私たちは身を以て体験し痛感した。西洋近代文化の摂取にとって、明治以後八十年の歳月は決して短かすぎたとは言えない。にもかかわらず、近代文化の伝統を確立し、自由な批判と柔軟な良識に富む文化層として自らを形成することに私たちは失敗して来た。そしてこれは、各層への文化の普及滲透を任務とする出版人の責任でもあった。

一九四五年以来、私たちは再び振出しに戻り、第一歩から踏み出すことを余儀なくされた。これは大きな不幸ではあるが、反面、これまでの混沌・未熟・歪曲の中にあった我が国の文化に秩序と確たる基礎を齎らすためには絶好の機会でもある。角川書店は、このような祖国の文化的危機にあたり、微力をも顧みず再建の礎石たるべき抱負と決意とをもって出発したが、ここに創立以来の念願を果すべく角川文庫を発刊する。これまで刊行されたあらゆる全集叢書文庫類の長所と短所とを検討し、古今東西の不朽の典籍を、良心的編集のもとに、廉価に、そして書架にふさわしい美本として、多くのひとびとに提供しようとする。しかし私たちは徒らに百科全書的な知識のジレッタントを作ることを目的とせず、あくまで祖国の文化に秩序と再建への道を示し、この文庫を角川書店の栄ある事業として、今後永久に継続発展せしめ、学芸と教養との殿堂として大成せんことを期したい。多くの読書子の愛情ある忠言と支持とによって、この希望と抱負とを完遂せしめられんことを願う。

一九四九年五月三日

火《ほ》鍛《か》冶《じ》の娘

廣嶋玲子

叶えたい夢がある全ての人に届けたい物語。

古代日本。火《ほ》鍛《か》冶《じ》の匠を父に持つ少女、沙《さ》耶《や》は、父のような火鍛冶になるのが夢だった。しかし里には、女は鉄を鍛えてはならないという掟があった。そこで男と偽り、父が病で逝った後も鍛冶を続けていた沙耶だが、そんな彼女に意外な依頼が。それは麗しの王子の成人の祝いに、剣を鍛えてほしいというもの。沙耶は懸命に鍛えるが、その剣は恐ろしい魔剣へと変貌し……。少女の夢と挫折、そして冒険を描いた傑作和風ファンタジー！

ISBN 978-4-04-113793-2

天涯の楽土

篠原悠希

古代九州を舞台に、少年たちの冒険の旅が始まる!

弥生時代後期、紀元前1世紀の日本。久慈島《くじのしま》と呼ばれていた九州の、北部の里で平和に暮らしていた少年隼人《はやと》は、他邦の急襲により里を燃やされ、家族と引き離される。奴隷にされた彼は、敵方の戦奴の少年で、鬼のように強い剣の腕を持つ鷹士《たかし》に命を救われる。次第に距離を縮める中、久慈の十二神宝を巡る諸邦の争いに巻き込まれ、島の平和を取り戻すため、彼らは失われた神宝の探索へ……。運命の2人の、壮大な和製古代ファンタジー!

角川文庫のキャラクター文芸

ISBN 978-4-04-109121-0

宮廷神官物語 一

榎田ユウリ

何回読んでも面白い、極上アジアン・ファンタジー

聖なる白虎の伝説が残る麗虎国《れいここく》。美貌の宮廷神官・鶏冠《けいかん》は、王命を受け、次の大神官を決めるために必要な「奇蹟の少年」を探している。彼が持つ「慧眼《えげん》」は、人の心の善悪を見抜く力があるという。しかし候補となったのは、山奥育ちのやんちゃな少年、天青《てんせい》。「この子にそんな力が？」と疑いつつ、天青と、彼を守る屈強な青年・曹鉄《そうてつ》と共に、鶏冠は王都への帰還を目指すが……。心震える絆と冒険を描く、著者渾身のアジアン・ファンタジー！

角川文庫のキャラクター文芸

ISBN 978-4-04-106754-3

ISBN 978-4-04-113598-3